Paul Buderath

Der Künstler

Weitere Titel des Autors:

Der Selfie-Killer: Dein letztes Foto
Dein böses Herz

Über den Autor

Paul Buderath, geboren 1981, lebt und arbeitet in Essen, im Herzen des Ruhrgebiets. Neben seiner Tätigkeit als Arzt widmet er sich seit Jahren seiner zweiten großen Leidenschaft, dem Schreiben. Dabei beschäftigt er sich mit nervenzerreißenden Geschichten, wie sie nur im Moloch der Großstadt entstehen können.

Paul Buderath

Der Künstler

Thriller

lübbe

Originalausgabe

Die Bastei Lübbe AG verfolgt eine nachhaltige Buchproduktion. Wir verwenden Papiere aus nachhaltiger Forstwirtschaft und verzichten darauf, Bücher einzeln in Folie zu verpacken. Wir stellen unsere Bücher in Deutschland und Europa (EU) her und arbeiten mit den Druckereien kontinuierlich an einer positiven Ökobilanz.

MIX
Papier aus verantwortungsvollen Quellen
FSC® C014496
FSC
www.fsc.org

Titelmotive: © shutterstock.com: Contrail | homydesign | STEVEN CHIANG
Umschlaggestaltung: Massimo Peter-Bille
Satz: 3w+p GmbH, Rimpar
Gesetzt aus der Palatino
Druck und Verarbeitung: GGP Media GmbH, Pößneck
Printed in Germany
ISBN 978-3-404-18585-6

5 4 3 2 1

Sie finden uns im Internet unter luebbe.de
Bitte beachten Sie auch: lesejury.de

Für Regina und Paul Moritz

Prolog

Nur ein schmaler Lichtstreif über dem Horizont durchdrang die Dunkelheit. Am Himmel türmten sich dichte Wolken unheilverkündend auf, und es war schwer zu sagen, ob die Sonne unterging oder der Tag anbrach. Das Gegenlicht verwandelte die Umrisse der Bäume und Sträucher in die Silhouetten geheimnisvoller Waldwesen, die sich kauernd dem Blick des Betrachters entzogen. Was immer in den Schatten lauerte, blieb besser dort verborgen.

Ein übernatürlicher Schein beleuchtete die Figur im Vordergrund. Der Mann hatte die Augen nach oben gerichtet und schien direkt in den Ursprung des Lichts zu schauen, der außerhalb des Gesichtsfelds des Beobachters lag. Im Spiel von Licht und Schatten auf dem perfekt proportionierten Körper zeigte sich die wahre Meisterschaft des Künstlers: die kleine Vertiefung unter dem Schlüsselbein, die gespannten Sehnen auf dem Fußrücken, der hervorspringende Adamsapfel. Jedes Detail war so plastisch, dass man mit den Händen danach greifen wollte. Auf dem Gesicht des Mannes lag ein Ausdruck zwischen Schmerz und tiefer Ergebenheit, der den Zuschauer gefangen nehmen musste.

Peter Paul Rubens war nicht ohne Grund einer der prägenden Künstler der Barockmalerei gewesen. Die sinnliche Kraft seiner Personendarstellungen war beispiellos und von atemberaubender Schönheit. Selbst hier, als Reproduktion in einem Katalog, entfaltete das Meisterwerk einen Sog, dem sich zu entziehen unmöglich war. Wie konnte man nicht voller Ergriffenheit innehalten vor diesem blutenden, sich in Todesqualen windenden Mann, der so real war, als atmete er tatsächlich. Wie nicht mitfühlen mit diesem makellosen Wesen, das blutüberströmt seinem Schöpfer ins Antlitz sah?

Die schwere Standuhr schlug ein Uhr. Jetzt war nicht die Zeit zum Genießen. Erst gab es noch eine Menge Arbeit zu erledigen. Der Mann, der mit dem Gesicht nach unten auf dem Holzdielenboden lag, würde bald wieder zu sich kommen. Dann galt es, zügig zu handeln, ehe er das volle Bewusstsein zurückerlangte und womöglich Probleme machte. Bei Nummer eins hatte alles hervorragend funktioniert, so durfte es weitergehen, damit der Plan aufging. Vor dem Fenster herrschte tiefe Nacht. Verheißungsvoll spiegelte sich das fahle Mondlicht auf der glänzenden Klinge. Ja, die Zeit zum Genießen würde bald kommen.

1. Kapitel

Kriminalhauptkommissar Alexander Michelsen pfiff durch die Zähne und verschränkte die Arme vor der Brust. Was für ein Start in den Tag!

Die Frau von der Einsatzzentrale hatte nicht zu viel versprochen, als sie ihn am Morgen um halb sechs aus dem Bett geklingelt und von einem »speziellen Fall« gesprochen hatte.

Mit einer Mischung aus Faszination und Fassungslosigkeit betrachtete er die groteske Szene. Es war Anfang November und draußen um diese Zeit noch stockdunkel. Allein das Licht der Straßenlaterne vor den schmutzig trüben Fenstern der leer stehenden Dreizimmerwohnung in Essen-Altendorf tauchte den Raum in einen dämmrigen Schein. Er sah sich um. Die Dunkelheit gab die Details nur widerwillig frei. Die Tapeten waren von den Wänden gerissen, der nackte Putz an etlichen Stellen mit Spachtelmasse ausgebessert. Er registrierte den Umriss der abmontierten Deckenleuchte als hellen Kreis an der vom Zigarettenrauch gelblich verfärbten Zimmerdecke, in der Mitte drei Stromkabel ohne Isolation.

Er ging in die Knie. Vor ihm auf dem Boden lagen zwei abgetrennte Köpfe, jeder auf ein weißes Tuch gebettet. Wie sie dort in der hinteren Ecke des Raums lagen, wirkte es beinahe, als habe sie jemand beim Räumen der Wohnung dort vergessen. Der linke Kopf gehörte einem jüngeren Mann mit feinen Gesichtszügen. Auf dem Hals, unmittelbar unter dem rechten Ohr, trug er ein Tattoo. Michelsen neigte den Kopf zur Seite, um die Schrift besser lesen zu können. *R. G.* stand in geschwungenen Lettern auf der Haut des Toten. Vielleicht die Initialen einer Verflossenen? Er hatte nie nachvollziehen können, warum Menschen ihre Körper freiwillig derart verschandelten. Immerhin, bei der Identifikation von Leichen konnten Tätowierungen überaus hilfreich sein. Mit geschlossenen Augen – fast friedlich – ruhte der schmale Kopf auf der linken Wange, dem rechten zugewandt. Der gehörte einem älteren, bärtigen Mann. Seine Augen waren halb geschlossen. Der Mund, aus dem wenige gelbe Zähne ragten, war wie zu einem müden Schrei geöffnet. Das Blut aus den beiden Halswunden hatte die Tücher darunter dunkelrot verfärbt, als thronten die abgetrennten Häupter auf einem roten Kissen.

Was, zur Hölle, lief falsch in dieser Welt? Sicher, Menschen töteten andere Menschen seit Anbeginn der Zeit. Menschen, die sie hassten. Menschen, die sie liebten. Manchmal aus verständlichen Gründen und manchmal ohne ersichtlichen Grund. In sechs Jahren als Leiter der Mordkommission der Essener Polizei hatte Michelsen schon einige Male gedacht, er habe alles gesehen. Und jetzt befand er sich mit zwei abgehackten Köpfen in einer leeren Wohnung im Norden der Stadt.

»Haben wir irgendeine Idee, was diese Scheiße soll?«, fragte er, ohne ernsthaft auf eine Antwort zu hoffen.

»Um ehrlich zu sein, nein.« Der Beamte vom Kriminaldauerdienst neben ihm, ein junger Typ Ende zwanzig, sah unglücklich aus. »Wir wissen nicht mal, wer die beiden Opfer sind.«

Der Kriminaldauerdienst, kurz KDD, stellte so etwas wie die schnelle Eingreiftruppe der Kriminalpolizei dar. Wann immer eine Straftat vorlag oder vermutet wurde, leiteten die Mitarbeiter des KDD die ersten Schritte ein. Sie kümmerten sich um den ersten Angriff, die Sicherung von Spuren oder Befragung von Zeugen, bevor die Spezialisten des zuständigen Fachkommissariats die weiteren Ermittlungen übernahmen. Wenn jedoch, wie in diesem Fall, offensichtlich ein Tötungsdelikt vorlag, informierte der KDD umgehend die Mordkommission und übergab den Tatort.

»Wo sind die Körper?«, wollte Michelsen wissen.

Der Beamte zuckte mit den Schultern. »Jedenfalls nicht in der Wohnung.«

Michelsen seufzte. Er verließ den wenig hilfreichen Kollegen und lief die restlichen Räume ab. Alle waren leer. Das Apartment war seit zwei Monaten nicht vermietet, wie er am Telefon erfahren hatte. Die Wohnungstür war gewaltsam geöffnet worden.

Eine Mieterin hatte den schrecklichen Fund in den frühen Morgenstunden gemacht. Gegenüber den Beamten hatte sie beteuert, durch die offene Wohnungstür neugierig geworden zu sein. Sie hatten keinen Anlass, ihre Version der Geschichte anzuzweifeln.

Eine leere Wohnung mit offener Tür – viel schlechter konnte man ein Mordopfer nicht verstecken. Hatte der Täter die Köpfe hierhergeschafft und drapiert, damit sie jemand fand? Welcher kranke Irre enthauptete zwei

Männer und deponierte die Köpfe in einem Apartment, in dem niemand lebte? Hatte der Mörder die Köpfe ebenfalls verschwinden lassen wollen wie die dazugehörigen Leichen? Oder hatte es eine Bedeutung, dass sie dort lagen?

Michelsen hatte normalerweise ein gewisses Talent, sich in die verdrehten Hirne der Verbrecher hineinzuversetzen, die er jagte, aber das ergab auf den ersten Blick wenig Sinn.

»Kriminalhauptkommissar Michelsen, da sind Sie ja!«

Michelsen hob den Kopf und sah Dr. Feliakis geradewegs auf sich zu laufen.

»Immer erfreut, Sie zu sehen, wie geht es Ihnen?« Im Heraneilen streckte ihm der Arzt die Hand entgegen. Es erstaunte Michelsen immer wieder, wie flink sich der kleine, korpulente Mann bewegte.

»Ging schon mal besser, Doktor.«

Der Oberarzt der Rechtsmedizin war eine verlässliche Konstante bei nahezu jeder Tatortbegehung. Sein schiefes Gesicht, das herzliche Lachen und der griechische Akzent waren noch weniger zu ersetzen als seine fachliche Kompetenz. Feliakis trug einen scheußlichen graublauen Strickpullover zu braunen Bundfaltenhosen. Die wenigen verbliebenen Haare kämmte er von einer Seite auf die andere über den kahlen Schädel. Bei jedem Schritt wippten sie auf und ab. Als sie sich begrüßten, verschwand die kleine Hand des Mediziners in Michelsens Pranke.

»Haben Sie sich den Schlamassel schon angesehen?«, fragte Feliakis in für seine Verhältnisse trübsinnigem Tonfall.

»Viel zu sehen gibt's ja nicht, das meiste von den Leichen fehlt.« Michelsen lächelte bitter. »Also, was haben Sie, Doktor?«

»Nun ja, wir haben zwei Männer im Alter von etwa fünfunddreißig und fünfzig Jahren. Enthauptet durch scharfe Gewalt.«

»Scharfe Gewalt?«, hakte Michelsen nach.

»Ja, die Halswirbelsäule, die Muskulatur, die Gefäße, alles mit einem sauberen Schnitt durchtrennt. Selbst mit einem Schwert oder einer Axt schafft man das nicht ohne Übung.« Feliakis war ganz in seinem Element.

»Und wie hat der Täter das dann hingekriegt? Mit einer Kreissäge?«

»Dafür sind die Schnittflächen zu glatt. Vor zweihundert Jahren hätte ich auf ein Fallbeil getippt.« Lachfältchen tanzten um die freundlichen Augen des Doktors, die schon so viel Tod und Gewalt gesehen haben mussten, dass es für drei Leben reichte.

Auch Michelsen konnte ein Lächeln nicht unterdrücken. »Okay, Doktor, jetzt wüsste ich nur noch gerne, wo der Scharfrichter seine Guillotine aufgebaut hat.«

Gespielter Ernst verdunkelte Feliakis' Miene, doch in seinen Augen lag nach wie vor ein schelmisches Funkeln. »Nun, man hat das früher meist auf öffentlichen Plätzen gemacht. Aber ich denke, eine Doppelhinrichtung auf dem Borbecker Markt wäre bestimmt jemandem aufgefallen.«

Michelsen war sich da nicht so sicher. Er machte diesen Job lange genug, um sich über nichts mehr zu wundern. Dennoch nickte er. »Wir sind uns also einig, dass die Enthauptung nicht am Fundort stattgefunden hat.«

»Ganz bestimmt nicht. Es sei denn, der Täter hat danach ziemlich gründlich geputzt. Und dem Zustand der beiden Köpfe nach zu urteilen, ist die Tat nicht lange her. Vielleicht erst letzte Nacht.« Dr. Feliakis stemmte die Hände in die Hüften.

»Haben die Männer noch gelebt, als man ihnen die Köpfe abgeschlagen hat?«, fragte Michelsen.

Der Doktor wiegte den Kopf. »Das kann ich nicht sagen. Dazu müssen wir die Köpfe erst untersuchen.« Er zögerte. »Und außerdem wird es schwierig sein, die Todesursache einzugrenzen, wenn die Leichen fehlen.«

Michelsen nickte. »Danke.«

Er verabschiedete sich von dem Rechtsmediziner und kehrte in das Zimmer zurück, in dem nun etliche Beamte des Erkennungsdienstes Fotos aufnahmen und Spuren sicherten. Inzwischen hatten die Kollegen Flutlichtscheinwerfer aufgestellt, um den Fundort auszuleuchten. Das kalte weiße Licht zeigte die Szene in ihrer ganzen schrecklichen Klarheit und verjagte den unwirklichen Schleier, den das schummrige Licht darübergelegt hatte.

Michelsen wandte sich ab und schaute auf die Uhr. Halb acht, höchste Zeit, das Frühstück nachzuholen. Er hatte ohnehin genug gesehen, um zu wissen, dass er die nächsten Tage mit der Suche nach zwei kopflosen Leichen und einem Irren mit einer Guillotine zubringen würde. Sein Tag hatte mit dem Anruf aus der Zentrale am Morgen schon den denkbar schlechtesten Anfang genommen. Seine Bereitschaft endete Montag früh, dann würde seine Kollegin Sandra Rehbein für eine Woche übernehmen. Vierundzwanzig Stunden später wäre er für die beiden Enthaupteten nicht mehr zuständig gewesen. Doch es half alles nichts. Nun galt es, wenigstens den Rest des Tages in geordnete Bahnen zu lenken. Und das hieß zuallererst einmal, dass er endlich etwas essen musste.

Im Treppenhaus sprachen Polizeibeamte mit zwei aufgelösten Nachbarn, einem älteren Paar. Die Kollegen nahmen in solchen Fällen routinemäßig die Personalien aller Hausbewohner auf und führten sie einer Vernehmung zu. Unmittelbar nach dem Fund hatte die Polizei das dreigeschossige Mehrfamilienhaus evakuiert. Die Mieter waren inzwischen in ihre Wohnungen zurückgekehrt, da sich kein Anhalt für eine Gefährdung ergeben hatte. Der oder die Täter waren offensichtlich längst über alle Berge.

Durch die Haustür gingen Tatortfotografen, Spurensicherungsexperten und Schutzpolizisten ein und aus. Es war nur eine Frage der Zeit, bis die Presse von dem spektakulären Verbrechen Wind bekommen würde.

Vor dem Haus begegnete er Mike Stanojevic, seinem Partner bei der Mordkommission. Sie arbeiteten seit Michelsens erstem Tag zusammen und mussten für Außenstehende das Bild eines seltsam ungleichen Paars abgeben. Gut einen Kopf größer als Michelsen und von schlaksigem Körperbau, besaß Stanojevic bei Weitem nicht Michelsens körperliche Präsenz. Während sich Michelsens Fliegerjacke über dem muskulösen Kreuz spannte, wirkte Stanojevic, der wie immer ein weißes Hemd mit Krawatte unter dem dunklen Wollpulli trug, eher wie ein Buchhalter denn wie ein Ermittler. Meistens kam Stanojevic vor ihm am Tatort an, wenn sie nicht ohnehin gemeinsam anrückten. Heute hatte Michelsen ihn aus den Federn geworfen, als er Stanojevic als Ersten in der Benachrichtigungskette der Kommission angerufen hatte. Dass er erst jetzt eintraf, war ungewöhnlich.

»Schön, dass du auch schon da bist«, begrüßte Michelsen seinen Partner.

»Sorry, ich hab's nicht sofort gefunden.«

»Hat dein Fahrrad kein Navi?«

»Sehr witzig. Warst du bereits oben? Wie sieht's aus?«

»Geh's dir ruhig angucken, ich hab richtig Appetit gekriegt.«

Stanojevic verdrehte die Augen. »Kannst du deinen Thunfisch nicht später essen und mit mir hochgehen?«

»Eier, Mike. Zum Frühstück gibt es Eier«, korrigierte Michelsen. »Und ich gehe ganz bestimmt nicht noch mal hoch. Wenn ich verhungere, macht das die beiden Typen auch nicht wieder lebendig.« Mit sanftem Druck schob er ihn aus dem Weg.

Seufzend ließ sein Partner ihn vorbei. Er hatte wohl eingesehen, dass es keinen Zweck hatte, mit ihm zu diskutieren. Michelsen zog den Reißverschluss seiner Jacke zu und trat ins Freie.

Es war ein wolkenverhangener, nasskalter Tag, wie es sie in dieser Stadt zur Genüge gab. Unwillkürlich fiel ihm der Ausspruch eines Bekannten ein, mit dem der ihn einmal nach dem Aussteigen am Essener Hauptbahnhof begrüßt hatte: »Wenn das Essen ist, wie sieht dann Kotzen aus?« Vermutlich hatte sein Bekannter keine Ahnung, wie viel Wahrheit in diesen zynischen Worten steckte.

Fröstelnd öffnete er die Tür seines Dienstwagens und stieg in den dunkelblauen Passat ein.

2. Kapitel

Einige Stunden später saß Michelsen im Polizeipräsidium und nahm die Aussage von Sven Patzek zu Protokoll. Der Malermeister wohnte in der Ehrenzeller Straße in Essen-Altendorf, schräg gegenüber dem Haus, in dem die beiden Köpfe gefunden worden waren. Die Nachricht hatte im Viertel schnell die Runde gemacht, und Patzek war nicht der einzige Anwohner, der sich umgehend bei der Polizei gemeldet hatte, um eine Zeugenaussage zu machen.

»Sie haben also letzte Woche wiederholt dieselbe Gruppe südländisch aussehender Männer in das Haus Ehrenzeller Straße vierundsiebzig hineingehen sehen«, wiederholte er Patzeks Worte.

»Libanesen, es waren Libanesen.«

»Woher wollen Sie das wissen, wenn Sie die Männer nicht kennen?«, erkundigte sich Michelsen.

»Ich erkenne Libanesen, das können Sie mir glauben.«

Michelsen unterdrückte ein Seufzen. »Also gut, Libanesen. Können Sie die Männer genauer beschreiben?«

»Vier dunkelhaarige junge Männer. Einer etwas dicker. Ich habe sie immer nur aus der Entfernung gesehen. Ich will keinen Stress. Die Typen machen sowieso bloß Ärger in der Gegend.«

Michelsen gab es ungern zu, aber wo Patzek recht hatte, hatte er recht. Altendorf war seit Jahren fest in der Hand libanesischer Großfamilien, die nach ihren eigenen Regeln und Gesetzen über das Viertel herrschten. Die übrigen Bewohner hatten nicht selten darunter zu leiden, und so überraschte es wenig, dass viele die Täter unter den Angehörigen der verhassten Clans vermuteten. Michelsen hielt das für unwahrscheinlich. Zwar kam es im Milieu der Großfamilien immer wieder zu Tötungsdelikten. Zumeist handelte es sich dabei jedoch um Familienfehden, in die Außenstehende wie die beiden nicht arabischstämmigen Opfer fast nie hineingezogen wurden. Enthauptungsmorde gehörten außerdem nicht zum bekannten Repertoire dieses Täterkreises.

»Denken Sie, Sie können unseren Kollegen von der Fahndung ein paar genauere Angaben machen, mit denen sich Phantombilder erstellen lassen?«

»Ich kann's versuchen«, brummte Patzek.

Michelsen legte dem Mann das Protokoll seiner Aussage vor, bevor er die Befragung abschloss. Nachdem Patzek gegangen war, machte er sich auf den Weg zur Teeküche, wo er die Tupperdose mit Reis und Thunfisch aus dem Kühlschrank nahm, um seinen Nachmittagssnack in der Mikrowelle aufzuwärmen.

Dort traf er Stanojevic, der sich gerade einen Kaffee aus dem Automaten gezogen hatte und eine Handvoll Gummibärchen verschlang.

»Ist das dein Mittagessen?«

»Frühstück«, antwortete Stanojevic mit vollem Mund.

»Du solltest mehr auf dich achtgeben.«

»Du klingst schon wie meine Frau.«

»Solange ich nicht mir dir in einem Bett schlafen muss«, erwiderte Michelsen schulterzuckend und stellte sein Essen in die Mikrowelle. »Wie läuft's bei dir?«

»Nichts Konkretes bisher. Aber immerhin kriegen wir eine Menge Hinweise aus der Nachbarschaft.«

Michelsen verdrehte die Augen. »Kann man wohl sagen. Das ist ja das Schlimme. Ich kann mir eine bessere Sonntagsbeschäftigung vorstellen, als mir Geschichten über irgendwelche mysteriösen Libanesen anzuhören.«

»Schon klar, dass die Schreibtischarbeit nicht dein Ding ist«, entgegnete Stanojevic. »Du würdest am liebsten irgendwo draußen eine Wohnung stürmen oder einen flüchtigen Verdächtigen verfolgen.«

Michelsen grinste. »Ich sehe, du kennst deine Frau ganz gut.«

3. Kapitel

Lustlos stocherte Laura in ihrem Müsli herum, die Schale wollte einfach nicht leerer werden. Das Frühstück war nie ihre Mahlzeit gewesen, und an einem Tag wie diesem brachte sie kaum einen Bissen herunter. In den letzten drei Jahren hatte sie morgens oft gar nichts gegessen, doch seit sie wieder zu Hause wohnte, tat sie ihrer Mutter den Gefallen und stopfte wenigstens ein paar Löffel in sich hinein. Ihre Mutter war der festen Überzeugung, man könne ohne Frühstück unmöglich aus dem Haus gehen, und heute hatte sie es offensichtlich besonders gut gemeint. Laura wollte nicht wissen, seit wann sie in der Küche gestanden, frisches Obst geschnitten, Kaffee gekocht und Milchschaum geschlagen hatte. Sie wirbelte nach wie vor durch die Küche und hielt Monologe, was Laura alles Spannendes sehen würde, worauf sie aufpassen solle und welche Fehler sie unbedingt vermeiden müsse. Wie eine automatische Bandansage, die in unzähligen Variationen das Gleiche sagte: Du bist noch so klein, mach keine Dummheiten, hör auf deine Mama.

Laura war erst seit Kurzem zurück in Deutschland, aber schon jetzt nahm ihr die Fürsorge ihrer Mutter mit jedem Tag mehr und mehr die Luft. Wie das Müsli, das ihr bereits nach zwei Löffeln zu den Ohren rauskam.

»Sei ganz du selbst. Stell dich überall vor. Und frag, ob du was helfen kannst.«

»Ja, Mama.«

Jetzt näherte sich das wandelnde Tonband und kam direkt gegenüber von ihr am Küchentisch zum Stehen. »Ich hab dir ein paar Brote geschmiert.«

Laura ließ den Löffel sinken und schenkte ihrer Mutter ihr Brave-Tochter-Lächeln. »Vielen Dank, die kannst du dann ja gleich neben die Schultüte legen. Bindest du mir auch die Schuhe zu?«

Das Gesicht ihrer Mutter verfinsterte sich. Mit einem Mal tat Laura ihr Sarkasmus leid. Mama war so glücklich, ihr Nesthäkchen wieder bei sich zu haben. Früher oder später musste sie jedoch endlich einsehen, dass ihre Tochter dreiundzwanzig Jahre alt war und an diesem Morgen nicht zu einer Weltreise aufbrach, sondern lediglich ihren ersten Praktikumstag vor sich hatte.

Um die unbehagliche Pause zu beenden, stand Laura auf und räumte ihr Geschirr in die Spülmaschine. »Ich geh hoch, mich anziehen.«

Ihre Mutter reagierte nicht. Natürlich war sie beleidigt, Laura beschloss allerdings, dass sie jetzt keine Zeit hatte, sich darüber Gedanken zu machen. Sie musste in einer Viertelstunde los. Am ersten Tag wollte sie auf keinen Fall zu spät kommen.

Oben im Bad zog sie sich aus und warf die Sachen in die Wäschetonne. Womöglich hatte ihre Mutter recht. Wer einen Blick in die Tonne warf, konnte denken, Laura sei noch ein kleines Mädchen. In den roten Boxershorts mit den Ostereiern darauf, ihrer Lieblingsschlafhose seit ihrem vierzehnten Lebensjahr, und dem ausgewaschenen grauen Shirt in XL durfte sie sich nicht wundern, wenn man sie nicht als Erwachsene ernst nahm. Laura schloss den Deckel und zog ihre Unterwäsche an.

Bis zum Abitur hatte Mama immer alles für sie geregelt. Das Studium in Paris war ihr erstes großes Abenteuer gewesen, das erste Mal, dass sie tatsächlich auf sich allein gestellt gewesen war. Die Zeit hatte einem Traum geglichen, einem endlosen Jahrmarktbesuch, bei dem alle Fahrgeschäfte kostenlos waren. Zum ersten Mal war sie ernsthaft verliebt gewesen. In Paris, die Stadt, in der das Leben so viel echter und frischer schmeckte als im grauen Essen, wo sie sich nie richtig wohlgefühlt hatte, seit sie aus Hamburg hergezogen waren. Und natürlich in Pierre, den Jungen mit den wuscheligen braunen Locken und den frechen Augen, der ihr die Zeit in Frankreich versüßt und ihr den Abschied so unendlich erschwert hatte. Laura hatte nicht gewollt, dass dieser Traum jemals endete.

Und doch hatte sie schließlich einsehen müssen, dass es eben genau das gewesen war: ein Traum. Das Studentenleben in der Stadt der Liebe, die grenzenlose Freiheit und die Beschäftigung mit den schönen Künsten waren toll – aber sie machten Laura nicht glücklich. Ihre Eltern hatten aufgeatmet, als Laura ihr brotloses Studium nach dem Bachelor beendet hatte. Zumindest kurz, denn der neue Berufswunsch ihrer Tochter überzeugte sie noch weniger.

Egal, jetzt galt es, ihr Leben endlich auf die Reihe zu bekommen.

4. Kapitel

Der würzige Duft des frisch gebrühten Kaffees stieg Michelsen aus dem Becher in seinen Händen in die Nase. Mit geschlossenen Augen nahm er einen tiefen Atemzug. Es existierte wenig auf dieser Welt, von dem er ohne Zögern gesagt hätte, dass es sich dafür zu leben lohnte. Frischer Kaffee gehörte ohne Zweifel dazu. Echter Kaffee. Die neue teure Maschine, für die die Kollegen letztes Jahr zusammengeschmissen hatten und die nichts als fade Brühe produzierte, konnte ihm gestohlen bleiben. Deshalb brühte er sich seinen Kaffee im Büro mit einer alten Filtermaschine selbst. Michelsen versank in diesem Moment, in dem es nichts gab außer ihm, dem tiefschwarzen Getränk und dem Aroma, das seinen Kopf nach und nach zu durchströmen schien.

Er setzte die Tasse ab, ohne einen Schluck getrunken zu haben, und richtete sich auf. Als er die Schultern zurücknahm und den Kopf nach links und rechts neigte, knackten seine Halswirbel geräuschvoll. Ob die ständigen Nackenverspannungen ein Tribut an die Schreibtischarbeit oder das jahrelange Gewichttraining waren, konnte er unmöglich sagen. Vielleicht lag es auch nur am Alter. Seit er die Vierzig überschritten hatte, fühlte er sich manchmal, als wäre er reif für die Rente.

Er schob die Gedanken beiseite und lenkte seine Aufmerksamkeit wieder auf die Arbeit. Seit der Auffindung der beiden Köpfe waren kaum mehr als vierundzwanzig Stunden vergangen, aber was die Ermittlungen an nützlichen und weniger nützlichen Informationen zutage gefördert hatten, füllte schon jetzt unzählige Seiten. Der gestrige Tag war lang gewesen, die darauffolgende Nacht umso kürzer. Der Lösung des Falls waren sie trotzdem keinen Schritt näher gekommen.

Im Wesentlichen war Michelsen mit seinem Team mit einem Haufen ungeklärter Fragen konfrontiert. Darin glichen sich alle Mordfälle, die er in seiner Laufbahn bearbeitet hatte: Wer konnte eine solche Tat begangen haben? Warum hatte der Täter das getan? Wer waren die Opfer? In welcher Verbindung standen sie zueinander? Hatten sie den Mörder gekannt? Und hatte jemand, der zu einem solchen Verbrechen in der Lage war, in der Vergangenheit schon einmal getötet? Wird er es wieder tun? Einige dieser Fragen würden die Ermittlungen hoffentlich in den nächsten Tagen beantworten. Andere womöglich nie.

Durch die offene Tür seines Zimmers konnte Michelsen das geschäftige Treiben auf dem Gang und im Büro gegenüber beobachten. Mitarbeiter telefonierten, hämmerten in Computertastaturen und trugen Papiere hin und her. Die Stimmen vermischten sich zu einem undifferenzierten Rauschen. Die unverwechselbare Büroluft, eine Mischung aus dem Geruch heiß laufender PCs und mangelndem Sauerstoff, kroch in sein Zimmer.

Michelsen schaute auf die Uhr. Fast halb eins. In wenigen Minuten begann die Besprechung im Konferenzraum. Er trank einen Schluck Kaffee, fuhr sich mit der Hand über die Augen und erhob sich von seinem Platz.

Als er aus seinem Büro trat, eilte ihm Stanojevic vom anderen Ende des Gangs entgegen. Wie immer war er wahnsinnig gehetzt, und Michelsen musste unwillkürlich schmunzeln, als Stanojevic fast einen Kollegen umgerannt hätte.

»Was ist denn mit dir los, ist deine Schwiegermutter hinter dir her?«

Stanojevic lächelte gequält. »Nicht ganz. Aber ich denke, ich habe etwas, das dich interessieren könnte.«

Gemeinsam legten sie die restlichen Meter bis zum Konferenzraum zurück, wo sich die Mitglieder der Kommission um den großen, ovalen Tisch versammelten.

Stanojevic klappte die Mappe auf, die er unter den Arm geklemmt hatte. Das oberste Blatt zeigte die Kopie eines Personalausweises.

Michelsen erkannte den Mann auf dem Foto sofort. »Wie habt ihr ihn gefunden?«

»Er wurde heute Morgen als vermisst gemeldet«, antwortete Stanojevic.

Michelsen sah erneut auf die Papiere. Holger Baniszewski, achtundzwanzig Jahre alt. Kein Zweifel, das Foto zeigte den jüngeren der beiden enthaupteten Männer. Es fühlte sich merkwürdig an, ihn lebendig und mit einem angedeuteten Lächeln in die Kamera blicken zu sehen. Mit dem mittellangen braunen Haar und dem fein geschnittenen Gesicht erinnerte er an eine Frau oder einen Teenager.

»Und wer ist dieser Baniszewski?«

Stanojevic deutete auf die Mappe in Michelsens Hand. »Alles, was wir wissen, steht da drin. Hat in einem kleinen Elektroladen gearbeitet. Ledig, keine Kinder. Bisher nicht polizeilich bekannt.« Er zuckte mit den Schultern.

»Angehörige?«

»Eine Schwester. Sie hat sein Verschwinden bemerkt. Die beiden haben zusammengewohnt.«

Michelsen warf einen erneuten Blick auf das Foto. Ein braver, biederer Mann. Irgendetwas passte nicht. »Gibt's noch mehr Fotos von dem Jungen?«, murmelte er mehr zu sich selbst, während er in der Akte blätterte. Darin lagen weitere Aufnahmen, die Michelsen herumgehen ließ. Baniszewski mit einer Frau am Strand. Mit einem Bierglas am Gartentisch. Ganz normale Fotos eines ganz normalen jungen Mannes.

»Fällt irgendjemandem etwas auf?«, fragte er.

»An den Fotos?«, fragte ein Kollege.

»An dem Typen.«

Stanojevic beugte sich über die Mappe und betrachtete die Bilder ebenfalls. »Sieht ziemlich normal aus, wenn du mich fragst.«

»Eben.«

»Was genau meinst du?«

»Ich denke, du bist hier die Spürnase, der kein Detail entgeht. Mein Talent ist ja eher das Draufhauen«, foppte ihn Michelsen.

Stanojevic seufzte. »Alex, lass den Scheiß. Was soll an den Fotos Besonderes sein?«

»Der Typ auf den Fotos ist nicht tätowiert. Zumindest nicht am Hals.«

Stanojevic biss sich auf die Unterlippe. »Vielleicht ist das Tattoo neu?«

»Das müsste seine Schwester ja wissen. Ich will mit ihr sprechen.«

Stanojevic nickte. »Die Psychologen reden gerade mit

ihr. Vermutlich wird sie erst morgen vernehmungsfähig sein. Hast du Zeitung gelesen?«

Michelsen wusste genau, worauf Stanojevic anspielte. Die Pressestelle hatte ihm alle Artikel hereingereicht. Es war immer das Gleiche. Ein Einsatz dieser Größenordnung rief rasch die Presse auf den Plan. Irgendjemand, wahrscheinlich der Vermieter, hatte von einem findigen Journalisten ein paar Euros bekommen und im Gegenzug brühwarm über den schaurigen Fund in seinem Haus berichtet. Jetzt überschlugen sich die Blätter mit ihren Theorien über die Hintergründe des Verbrechens. Von Ritualmord war da die Rede, von Hinweisen, die ins Milieu der arabischen Großfamilien führten. Die Reporter spekulierten darüber, wo und wann man den Rest der Leichen finden würde, und stürzten sich wie Aasgeier gierig auf die beiden Toten. Es überraschte Michelsen jedes Mal aufs Neue, wer sich alles berufen fühlte, seine Meinung öffentlich zum Besten zu geben.

Er wollte die Besprechung bereits beenden, doch sein Partner hob die Hand. »Vielleicht verrätst du uns, was es bei dir Neues gibt.«

Michelsen runzelte die Stirn in gespielter Überraschung. »Wie? Ich dachte, ihr fangt den Mörder. Ich hab in meinem Büro gesessen und Kaffee getrunken.«

Stanojevic überging den Spruch. »Also?«

Michelsen seufzte. »Nichts. Von den Hausbewohnern hat niemand etwas Verdächtiges bemerkt. Kein Lärm, keine ungewöhnlichen Geräusche. Die Wohnung scheidet als Tatort wohl tatsächlich aus. Der Vermieter war am Vorabend der Leichenauffindung vor Ort, um nach dem Rechten zu sehen. Also kann der Täter die Köpfe erst in der Nacht dort deponiert haben.«

»Was ist mit der alten Dame, die die Köpfe gefunden hat?«

»Ist noch nicht vernehmungsfähig, Mike. Aber ich bezweifle, dass sie irgendetwas Hilfreiches beitragen kann.«

Sein Partner nickte resignierend. »Wie geht's jetzt weiter?«

»Wir haben bei der Hausverwaltung die Namen und Adressen aller Wohnungsinteressenten erfragt und jeden zur Vernehmung geladen, der die Wohnung seit dem Leerstand betreten hat. Die Vormieter wohnen in Süddeutschland. Die Kollegen dort nehmen Kontakt zu ihnen auf.«

Stanojevic blickte Michelsen ernst an. »Das ergibt überhaupt keinen Sinn!«

»Was?«

»Der Mörder legt die Köpfe an einem Ort ab, an dem sie sofort gefunden werden. Die Leichen dagegen lässt er verschwinden. Er muss irgendwas damit vorhaben.«

»Ich glaube, es ist ihm scheißegal, ob und wann wir die Körper finden«, erwiderte Michelsen. »Was wir in der Wohnung gesehen haben, war eine Inszenierung. Es geht ihm um die Köpfe. Die sollten wir finden, und das haben wir getan. Das Einzige, was uns jetzt weiterbringt, ist die Frage nach dem Warum.«

»Was denkst du?«

»Ich denke, wir sollten uns beeilen, um Doktor Feliakis nicht unnötig warten zu lassen.«

Er klopfte auf den Tisch, um zu signalisieren, dass die Besprechung beendet war.

Stanojevic nickte. »Ich geh nur meine Jacke holen. Aber fahr ruhig schon los. Mit dem Fahrrad bin ich sowieso schneller.«

Michelsen verkniff sich einen Kommentar. Seit dem Herbst radelte Stanojevic bei Wind und Wetter zur Arbeit. Angeblich hatte er sich vorgenommen, auf seine

Gesundheit zu achten. Ausgerechnet Stanojevic, der sein Lebtag keinen Sport getrieben hatte und sich von Gummibärchen und Kaffee ernährte. Vielen Kollegen ging es wie ihm. Sie ließen sich von der Arbeit völlig auffressen. Allein deshalb hielt sich Michelsen eisern an seinen Ernährungs- und Trainingsplan. Sie hatten beide viel zu oft bis tief in die Nacht in dieser gottverdammten Bude gehockt. In der heißen Phase der Ermittlungen sahen sie meist kaum das Tageslicht – und Michelsen hatte die dumpfe Vorahnung, dass sie bald eine ziemlich lange heiße Phase erwartete.

»Kriminalhauptkommissar Michelsen, schön, Sie zu sehen.«

Obwohl die Stimme den langen Hauptgang des Essener Polizeipräsidiums entlanghallte, erkannte Michelsen den hochfrequenten Singsang von Herbert Behmer-Meißdorf sofort. Betont langsam drehte er sich um und sah den wie immer unerträglich vergnügten Kollegen auf sich zu tänzeln. Behmer-Meißdorf leitete die Verkehrsinspektion und war im gesamten Haus für seine Leutseligkeit bekannt. Ein großer, stämmiger Mann mit einer runden Brille, dem selbst im Winter Schweißperlen auf der Stirn standen. Mit seinen zu kurz geratenen Extremitäten erinnerte er Michelsen an einen übergewichtigen Dackel. Tatsächlich passte das Bild recht gut zu dem überall herumschnüffelnden Männlein. Heute befand sich Behmer-Meißdorf in Begleitung einer blonden jungen Frau Anfang zwanzig, die einen halben Schritt hinter ihm her trottete.

»Wie geht's, wie steht's?«, versuchte Behmer-Meißdorf, ihm in seiner typisch penetranten Art ein Gespräch aufzuzwingen.

»Bis Sie mir ins Ohr geflötet haben, dachte ich, es kann heute nicht mehr schlimmer kommen.«

Behmer-Meißdorf hielt das offenbar für einen außerordentlich gelungenen Scherz, denn sein Grinsen verbreiterte sich. »Nie um einen guten Spruch verlegen, der Herr Kriminalhauptkommissar. Gefällt mir, gefällt mir.«

Michelsen schwieg. Er musste grenzenlos genervt aussehen, aber Behmer-Meißdorf schien das nicht im Geringsten zu stören.

»Ich möchte Ihnen jemanden vorstellen«, trällerte er, ohne innezuhalten. »Laura Stürmer, unsere Praktikantin für die nächsten Wochen.« Er deutete auf die junge Frau neben sich. Es musste ihn mit ausgesprochenem Stolz erfüllen, dass sich jemand freiwillig für die Arbeit seiner Abteilung interessierte. Behmer-Meißdorf suchte ständig nach Anerkennung und Aufmerksamkeit. Typisch Dackel.

Michelsen streifte Behmer-Meißdorfs Begleitung mit einem Blick und umschloss die zarte Hand, die sie ihm entgegenstreckte, mit seiner mächtigen Pranke.

»Na, dann lassen Sie sich mal zeigen, wie man Strafzettel ausstellt. Wird sicher eine spannende Zeit«, sagte er mit einem abschätzigen Lächeln und registrierte, wie die junge Frau den Mund öffnete. Allem Anschein nach nahmen ihr seine Erscheinung und sein Desinteresse jedoch jeden Mut zu einer Erwiderung, sodass sie den Kiefer zuklappte, ohne einen Ton hervorzubringen. Michelsen war das nur recht. Für Small Talk fehlte ihm aktuell definitiv die Zeit.

5. Kapitel

Pünktlich um ein Uhr mittags waren Michelsen und Stanojevic im Sektionssaal des Rechtsmedizinischen Instituts der Universitätsklinik Essen. Der geflieste Raum war nicht annähernd so groß, wie es die Bezeichnung »Saal« vermuten ließ. Regelmäßig legten Dr. Feliakis und seine Mitarbeiter ihnen hier Details über Todesursachen und mögliche Tathergänge dar. Obwohl die Besuche für die Ermittler zur Routine gehörten, hatte sich Michelsen nie richtig an die spezielle Atmosphäre der Rechtsmedizin gewöhnen können. Unter Skalpell und Mikroskop der Mediziner waren die Umstände eines Ablebens nur ein kaltes wissenschaftliches Faktum. Dennoch, den Hauch des Todes konnte selbst der beißende Gestank des Desinfektionsmittels nicht vertreiben.

»Die Schnittflächen sind bemerkenswert glatt. Wie ich am Fundort bereits geäußert habe, scheint es sich um eine professionell durchgeführte, maschinelle Enthauptung zu handeln«, dozierte Feliakis. Der Doktor stand zwischen zwei Seziertischen, auf denen jeweils ein Kopf lag. Im weißen Kittel sah er noch ulkiger aus als in Zivil. »Wir müssen davon ausgehen, dass die Männer bei ihrer Enthauptung gelebt haben«, fuhr er fort. »Dafür spricht, dass wir kaum geronnenes Blut in den Halsgefäßen gefunden haben. Auch die Blutspritzer auf den Gesichtern und in den Haaren legen nahe, dass die Opfer bis zuletzt einen Kreislauf hatten.« Er machte eine Pause.

Michelsen und Stanojevic sprachen kein Wort.

»Toxikologische Analysen aus den Blutresten sowie die Untersuchung der Gehirne laufen derzeit. Wir haben zwar nicht gerade viel Material zur Verfügung, bisher gibt es aber keine Hinweise auf Alkohol- oder Drogeneinfluss.«

»Gibt's sonst noch etwas von Bedeutung?«, fragte Michelsen. Das Glitzern in den Augen des Doktors verriet ihm, dass Feliakis längst nicht alle Trümpfe ausgespielt hatte.

»Ja«, bestätigte der Rechtsmediziner. »Wirklich interessant finde ich das hier.« Er nahm einen durchsichtigen Plastikbeutel von einem Beistelltisch aus Edelstahl und drückte ihn Michelsen in die Hand. Er enthielt ein Holzstäbchen, das aussah wie ein abgebrochener Zahnstocher.

Michelsen wendete den Beutel, bevor er ihn an Stanojevic weiterreichte. »Was soll das sein?«, fragte Michelsen.

»Das haben wir im Mund des älteren Toten gefunden.«

»Im Mund?«, hakte Stanojevic nach. Er klang irritiert.

»Na, im Arsch konnte er ja nicht suchen«, brummte Michelsen. »Was, glauben Sie, hat das zu bedeuten? Der Mörder hat den Mann wohl kaum überrascht, als er sich gerade die Essenreste aus den Zähnen gepult hat.«

Dr. Feliakis schüttelte den Kopf. »Nein, der Zahnstocher wurde mit Absicht platziert. Ich denke, jemand wollte sicherstellen, dass der Mund offen bleibt, nachdem sich die Totenstarre gelöst hat.«

»Warum sollte der Täter das wollen?«, dachte Stanojevic laut.

Worauf wollte dieser Mörder hinaus?

»Nun, ich denke, die Beantwortung dieser Frage fällt eher in Ihren Zuständigkeitsbereich«, antwortete der Doktor. »Aber wenn ich eine Vermutung anstellen darf: Ich nehme an, der Täter hat Wert darauf gelegt, dass Sie die Köpfe genau so vorfinden, wie er sie abgelegt hat.«

6. Kapitel

»Laura, Schatz, wie war's?«

Anscheinend hatte ihre Mutter den ganzen Tag darauf gewartet, sie über ihren ersten Praktikumstag auszufragen. Bewaffnet mit dem strahlendsten Lächeln empfing sie Laura im Flur, aber Laura war beileibe nicht in der Stimmung sich zu unterhalten. Wortlos pfefferte sie ihren Rucksack in die Garderobe, warf ihre schwarze Daunenjacke über einen Stuhl und stürmte an ihrer Mutter vorbei die Treppe hinauf.

»Ist irgendwas nicht in Ordnung?«

Ohne eine Antwort knallte Laura die Zimmertür hinter sich zu, warf sich aufs Bett und vergrub den Kopf im Kissen.

Nein, verdammt noch mal. Nichts war in Ordnung!

Schon klopfte ihre Mutter an die Zimmertür. »Bist du nicht gut drauf?«

Nicht gut drauf? Sie war stinksauer!

Viel beschissener hätte ihr erster Tag bei der Polizei nicht laufen können. Die Zeitungen waren voll von einem Mordfall, bei dem man zwei abgeschlagene Köpfe gefunden hatte, und sie versauerte bei der Verkehrsinspektion! Hatte man je etwas Langweiligeres gehört? Den ganzen Tag war sie diesem schmierigen Behmer-Meißdorf auf Schritt und Tritt gefolgt. Hatte artig jedem einzelnen Schreibtischtäter die Hand geschüttelt und interessiert genickt, als ihr der kleine, dicke Mann Vorträge über die Bedeutung seiner Abteilung gehalten hatte. Mittags hatte er sie durch das Präsidium geführt und ihr den Leiter der Mordkommission vorgestellt. Für einen kurzen Moment war ihr der bullige Kommissar wie ihre große Chance erschienen, ihre Tür raus aus der miefigen Enge von Behmer-Meißdorfs Büro. Die Tür hatte ihr der arrogante Muskelberg mit seinem verächtlichen Verhalten allerdings vor der Nase zugeschlagen.

Wieder klopfte es. »Laura, was ist denn los?« Ihre Mutter klang jetzt besorgt.

»Nichts, alles gut.« Laura zweifelte nicht daran, dass ihre Mutter den fetten Kloß in ihrem Hals hören konnte. Dafür kannte sie ihre Tochter zu gut. Aber immerhin entfernten sich die Schritte.

Sie hob den Kopf aus dem Kissen, setzte sich auf die Bettkante und ließ den Blick durchs Zimmer schweifen. Es war das kleinere der beiden Kinderzimmer im Haus. Ihre ältere Schwester Anna hatte das größere bewohnt. Anna war längst ausgezogen, studierte Medizin in München, genau wie die Eltern es gewollt hatten. Ohnehin war Anna immer die Selbstständigere von ihnen gewesen. Sie war es, die mit fünfzehn nicht mehr mit der Familie in Urlaub gefahren war. Laura hingegen hatte sich seit jeher schwergetan, sich aus dem schützenden Nest zu entfernen, das ihre Eltern ihr gebaut hatten. Als sie jedoch am Pariser Flughafen aus der Maschine gestiegen war, hatte sie sich so frei und stark gefühlt wie niemals zuvor. Nach drei Jahren wieder zu Hause einzuziehen, war für sie eine schwere Niederlage gewesen. Wie das Eingeständnis, dass sie doch noch nicht bereit war, sich allein in der Welt zu behaupten. Was, wenn sie mit ihrem neuen Berufsziel genauso scheiterte?

In ihrem Zimmer hatte sich seit dem Abi nicht viel verändert, ihre Schulordner reihten sich nach wie vor auf dem Schreibtisch vor dem Fenster nebeneinander. *Mathe, Deutsch, Geschichte* stand da in Schönschrift auf den Rücken. All das unnütze Zeug, das sie vor dem Abitur wie verrückt gebüffelt und von dem sie schon jetzt das meiste vergessen hatte. Die Stofftiere auf dem Regal, das Poster vom *Cool-Water*-Mann. Alles sah genauso aus wie zu ihrer Schulzeit. Sie schlief sogar noch in der Bärchenbettwäsche, die sie als Teenager so sehr geliebt hatte.

Langsam fragte sie sich, was sie sich überhaupt gedacht hatte. Dass sie, Laura Stürmer, einfach bei der Kriminalpolizei hereinspazieren konnte? Dass man dort nur auf sie gewartet hatte? Auf ein kleines Mädchen mit Bärchenbettwäsche?

Laura klappte den Laptop auf, der neben ihr auf dem Bett lag. Der Bildschirmhintergrund zeigte eine Aufnahme von Pierre und ihr unter dem Eiffelturm. Bei seinem Anblick musste sie unwillkürlich lächeln. Es war so typisch für ihn, wie er eine seiner Grimassen schnitt, während sie versuchte, ein Foto für die Ewigkeit am romantischsten Ort der Welt zu knipsen. Mit Pierre gab es keine schlechte Laune, keine Regentage. Er hätte sie sicher auch jetzt aufheitern können. Sie konnte förmlich hören, wie er sagte: Na und? Wenn der dich nicht kennenlernen will, ist er selbst schuld. Und außerdem bist du die heißeste Verkehrspolizistin, die ich kenne. Und dann hätte er sie geküsst. Aber Pierre war in Paris und nicht hier, und es dauerte eine gefühlte Ewigkeit, bis sie ihn wiedersehen würde. Nicht einmal an ihrem Geburtstag nächste Woche würde sie ihn in die Arme schließen können.

Es war still geworden im Haus. Ihre Mutter hatte sich offenbar damit abgefunden, dass Laura heute nicht zum Abendessen erschien. Womöglich war es doch keine schlechte Idee, sich wenigstens mal zu zeigen. Denn, um ehrlich zu sein, hatte sie ziemlichen Hunger, schließlich hatte sie den gesamten Tag über fast nichts gegessen.

7. Kapitel

Mit entschlossenem Gesichtsausdruck stand Michelsen vor dem Kniebeugenständer in *Roberts Gym* und schaute seinem Spiegelbild fest in die Augen. Ein ausgewaschener, schlabbriger grauer Pulli und schwarze Sweatpants ließen ihn noch massiver aussehen als sonst. Im Spiegel reflektierte die Beleuchtung der Aral-Tankstelle draußen in der Dunkelheit. Michelsen hatte sich angewöhnt, vor der Arbeit zu trainieren. Jetzt, am Jahresende, bedeutete das, dass er das Studio lange vor Sonnenaufgang wieder verließ. Robert, der Besitzer des kleinen Fitnessstudios, war ein alter Schulfreund und hatte ihm vor langer Zeit einen Schlüssel gegeben, mit dem er zu jeder Tages- und Nachtzeit kommen und gehen konnte. Michelsen war heilfroh darüber. Er liebte es, allein zu trainieren. Kein Schlangestehen an den Geräten, keiner, der ihn ansprach. Er hatte sich nie mit den großen Fitnesscentern anfreunden können, in denen man sich gegenseitig auf die Füße trat. Er mochte den Charme des kleinen, nach Schweiß riechenden Studios. Die Geräte und Hanteln waren alt, erfüllten jedoch ihren Zweck. Er brauchte keine Saftbar und keine Sauna. Er brauchte nur Eisen.

Seit seinem sechzehnten Lebensjahr betrieb er Bodybuilding, und obwohl er nie Wettkampfniveau erreicht hatte, gab er mit dreiundvierzig Jahren nach wie vor eine imposante Erscheinung ab. Fünfmal die Woche stemmte er Gewichte. Das Training hatte sich derart in seinen Alltag eingeschlichen, dass es ihm ebenso wenig auffiel wie die sechs Mahlzeiten, die er im Laufe eines normalen Tages zu sich nahm. Jeden Abend bereitete er sein Essen für den nächsten Tag vor. Handgriffe, die automatisch abliefen.

In der Ehe mit Katharina hatte sein exzessiv betriebenes Hobby bisweilen zu Konflikten geführt. Vielleicht war das einer der Gründe gewesen, dass sie sich auseinandergelebt hatten, vielleicht die viele Arbeit. Oder die Geschichte mit Emma, der Achtzehnjährigen, die im Café gegenüber dem Präsidium jobbte. Keine seiner Meisterleistungen, aber es war nun mal passiert. Katharina hatte, soweit er wusste, nie etwas herausgefunden, trotzdem war ihre Beziehung seit seiner Affäre nicht mehr die gleiche gewesen. Jeder hatte ihm damals schlaue Ratschläge gegeben. Freunde und Bekannte waren nie um eine Erklärung für das Scheitern ihrer Ehe verlegen gewesen, doch Michelsen wusste es besser. Wenn er ehrlich zu sich selbst war, hatte er nie gewollt, dass es funktionierte. Früher hatte er sich einzureden versucht, die drei Ehejahre seien die besten seines Lebens gewesen. Mittlerweile war er davon überzeugt, dass er tief im Inneren nur allein glücklich sein konnte.

Michelsen schüttelte die Gedanken ab und fasste die Langhantelstange, die auf Schulterhöhe vor ihm im Ständer lag, mit beiden Händen. Er tauchte mit dem Kopf darunter durch, stemmte seine breiten Schultern unter die Stange und hob die 140 Kilogramm schwere Hantel aus ihrer Halterung. Unmerklich nickte er dem Mann im Spiegel zu. Dann machte er einen Schritt zurück und ging langsam in die Knie, bis er mit dem Hintern fast den Boden berührte. Nach einem kurzen Innehalten drückte er sich mit der Kraft seiner Oberschenkel wieder nach oben.

Eins.

Ohne Pause ging er ein weiteres Mal in die Knie.

Zwei.

Drei.

Es wurde nicht leichter mit den Jahren. Mit Anfang dreißig waren 140 Kilogramm eine Aufwärmübung für ihn gewesen. Verdammt, er hörte sich schon an wie ein alter Jammerlappen.

Konzentrier dich gefälligst!

Vier.

Fünf.

Nach der zehnten Wiederholung ließ er die Hantel mit einem lauten Scheppern in den Ständer fallen. Seine Beine brannten wie Feuer. Er genoss das Gefühl. Hier fand er endlich Ruhe. Keine Termine, keine anderen Menschen. Und erst recht keine abgehackten Köpfe ohne Körper.

8. Kapitel

Michelsen schloss die Augen. Seit Stunden starrte er auf den Bildschirm und versuchte, dem zentralen Fahndungssystem der Kriminalpolizei irgendeine verwertbare Information zu entlocken. Das System enthielt Daten zu geklärten und ungeklärten Verbrechen der Vergangenheit und stellte einen der ersten Anlaufpunkte für polizeiliche Ermittlungen dar.

Es musste vergleichbare Fälle geben. Unter Umständen ließ sich ein Bezug zu einem früheren Mord herstellen. Möglicherweise hatte der Täter zuvor schon einmal getötet.

Er schlug die Augen auf und startete eine neue Suche: *Doppelmord, Hinrichtung, mittelalterliche Methoden.* Der Computer surrte, die Anfrage an die Datenbank lief. Alle Suchen nach Enthauptungen, abgeschlagenen Köpfen und Ähnlichem waren ergebnislos geblieben.

Mit einem Mal kam es ihm vor, als wollte ihn die kleine Sanduhr auf dem Monitor verhöhnen. Als wollte sie sagen: Während du hier sitzt und in deinen Computer glotzt, läuft die Zeit ab, Freundchen.

Womöglich die Zeit des nächsten Opfers.

Während er versuchte sich auszumalen, was der Täter gerade planen mochte, bemerkte Michelsen, dass er die Sanduhr nur noch unscharf sah. Ein kleiner, flimmernder Punkt in der Mitte seines Gesichtsfelds verdeckte sie. Er kannte das zu gut. Mit dem Fund der beiden abgeschlagenen Köpfe hatte sich seine Migräne zurückgemeldet. Die Sehstörungen kündigten einen neuen Anfall an. Innerhalb der nächsten halben Stunde würde sich der Punkt ausdehnen, bis er fast nichts mehr sehen konnte. Dann würde er schlagartig verschwinden und einem hämmernden Kopfschmerz weichen, der ihn den restlichen Tag über begleiten würde. »Flimmerskotom« nannten die Ärzte das. Die Weißkittel kannten immer für alles irgendein schlaues Wort. Ein Mittel dagegen hatten sie trotzdem nicht.

Es klopfte. Michelsen hob den Kopf und sah Stanojevic in der Tür stehen. Müde winkte er ihn herein.

»Nur gute Nachrichten bitte.«

»Unser zweiter Toter ist identifiziert.«

Das war eine gute Nachricht.

»Der Mann heißt Simon Gossler«, fuhr Stanojevic fort und stopfte sich zwei Gummibärchen aus der Tüte in seiner Hand in den Mund. »Bei seinem Tod war er achtundvierzig Jahre alt. Zumindest auf den ersten Blick ein ebenso unbeschriebenes Blatt wie Baniszewski. Und nach allem, was wir wissen, gab es keinerlei Verbindung zwischen den beiden. Nichts deutet darauf hin, dass sich die Männer gekannt haben.«

»Wer hat ihn zuletzt lebend gesehen?«

»Ist nicht ganz klar, Alex. Ein Freund von ihm hat angegeben, dass Gossler nicht zu einem vereinbarten Treffen aufgetaucht ist. Nachdem er ihn zwei Tage lang weder zu Hause angetroffen noch telefonisch erreicht hat, hat er die Polizei verständigt. Er hatte wohl Angst, dass Gossler tot in seiner Wohnung liegt. Soweit wir wissen, war er herzkrank.«

»Irgendwelche Hinweise, wohin er wollte?«

»Bisher nicht. Die Kollegen haben nichts Auffälliges in der Wohnung gefunden. Die wussten allerdings auch nicht, dass es sich um ein Mordopfer handelt. Das haben erst die Jungs von der Fahndung bemerkt, als sie anhand von Fotos nach Gossler suchen lassen wollten.«

Michelsen nickte anerkennend. »Klingt, als sollten wir da noch mal hin. Aber erst einmal müssen wir eine Teambesprechung einberufen.«

Stanojevic lächelte. »Die Spurensicherung ist schon in der Wohnung, und die Besprechung startet in zehn Minuten. Und danach möchtest du vermutlich mit Baniszewskis Schwester sprechen. Sie hat eingewilligt, sich befragen zu lassen.«

Michelsen kratzte sich am Kinn. »Manchmal glaube ich, du kannst meine Gedanken lesen.«

»Zum Glück nicht!«, antwortete Stanojevic und winkte ab. »Sonst könnte ich vermutlich nicht mehr schlafen.«

»Keine Ahnung, was du meinst«, entgegnete Michelsen schulterzuckend. »Ich schlafe wie ein Baby.«

Gemeinsam machten sie sich auf den Weg zum Konferenzraum.

Eine Dreiviertelstunde später saß Michelsen Beate Mahnfeld, Holger Baniszewskis Schwester, mit hängenden Schultern im Vernehmungszimmer des Polizeipräsidiums gegenüber. Sie war eine schmale Frau von siebenunddreißig Jahren, doch wie sie ihn aus leeren, vom Weinen geröteten Augen anschaute, wirkte sie deutlich älter. Michelsen kannte diesen Blick. Menschen, die erst vor Kurzem vom gewaltsamen Tod eines Angehörigen erfahren hatten, sahen immer so aus. Er konnte darauf keine Rücksicht nehmen.

»Wann haben Sie Ihren Bruder zuletzt lebend gesehen?«

»Das habe ich Ihren Kollegen schon erzählt. Er ist Samstag gegen fünf Uhr nachmittags aus dem Haus gegangen«, antwortete sie matt.

»Hat er gesagt, wo er hinwollte?«

»Nein. Er sagte nur, er habe einen Termin. Ich habe nicht nachgefragt.«

»Hatte Ihr Bruder öfter abends Termine? Gab es Freunde oder Bekannte, mit denen er sich regelmäßig getroffen hat?«, fragte Michelsen weiter.

»Ich weiß es nicht.« Beate Mahnfeld war kaum zu verstehen. Auch das kannte Michelsen bereits.

»Hatte er Feinde? Steckte er in Schwierigkeiten?«

Die Frau schüttelte den Kopf.

»Warum hat er bei Ihnen gewohnt?«

»Bei Holger … lief es … finanziell nicht besonders gut.« Die Worte kamen zögerlich aus ihrem Mund, immer wieder entstanden lange Pausen, während sie sprach. »Sein Job war schlecht bezahlt … und er hat ein paar Leuten … Geld geschuldet. Deshalb haben mein Mann und ich ihn … bei uns wohnen lassen.«

Geldsorgen. Immerhin ein Hinweis auf die möglichen Hintergründe des Verbrechens. »Könnten diese Leute etwas mit seinem Tod zu tun haben?«

»Ich weiß nicht. Er hat versichert, er habe allen ihr Geld zurückgezahlt.«

»Wer waren diese Leute?«

»Keine Ahnung.«

»Denken Sie nach.« Michelsen klang schärfer, als er

beabsichtigt hatte. »Ihr Bruder muss doch mal irgendetwas erwähnt haben.«

»Nein, er hat nie was erzählt …« Ihre Stimme brach, sie begann zu weinen.

Es hatte keinen Sinn nachzuhaken. Baniszewskis Schwester wusste augenscheinlich nichts Genaues über die finanziellen Probleme ihres Bruders. Sie würden sein Leben genauer auf den Kopf stellen müssen.

Aber vielleicht konnte Beate Mahnfeld ihnen wenigstens helfen, eine Verbindung zwischen den beiden Toten herzustellen.

»Kennen Sie einen Simon Gossler?«

Sie dachte nach und schüttelte den Kopf. »Nein.«

»Ihr Bruder hat den Namen nie erwähnt?«, hakte er nach.

»Nein.«

Diese Befragung verlief alles andere als optimal. Dennoch, eine Frage hatte er Baniszewskis Schwester bisher nicht gestellt. »Seit wann trug Ihr Bruder das Tattoo am Hals?«

Die Schwester des Toten sah ihn an, als habe sie ihn nicht verstanden.

»Auf den Fotos trug er keine Tätowierung«, setzte er nach. »Wann hat er sie stechen lassen?«

Beate Mahnfeld schüttelte langsam den Kopf. »Mein Bruder war nicht tätowiert.«

9. Kapitel

»Kannst du vielleicht auch mal was sagen, anstatt nur zu futtern.«

Michelsen hob kurz den Kopf, wandte sich dann jedoch wieder seinem Essen zu.

»Wenn es stimmt, was Baniszewskis Schwester sagt, war er nicht tätowiert. Wie also kommen die beiden Buchstaben an den Hals des Toten?«

Sie saßen nach der Vernehmung von Baniszewskis Schwester in Michelsens Büro zusammen. Stanojevic monologisierte seit einigen Minuten. Das machte er immer, wenn er die Lösung für ein Problem suchte. Offenbar half es ihm, seine Gedanken zu strukturieren. Michelsen hatte nicht vor, ihn zu unterbrechen. Ins Leere starrend, stopfte er Putenbrust und Reis aus einer Tupperdose in sich hinein. Sollte Stanojevic ihn ruhig für gestört halten, hungrig konnte er jedenfalls nicht denken.

»Eine Möglichkeit ist, der Tote ist nicht Baniszewski«, dachte Stanojevic laut.

Michelsen schluckte den Bissen herunter und spülte mit einem langen Zug aus der Wasserflasche nach.

»Oder er hat das Tattoo erst kurz vor seinem Tod stechen lassen«, fuhr sein Partner fort. »Allerdings sah die Tätowierung nicht frisch aus. Vielleicht kann Doktor Feliakis mehr dazu sagen.«

Zog Stanojevic die dritte Möglichkeit etwa nicht in Betracht? Michelsen räusperte sich. »Vielleicht wurde das Tattoo nach seinem Tod gestochen«, brach er sein Schweigen.

Stanojevic legte den Kopf schief. »Welchen Sinn macht das denn?«

»Keine Ahnung«, antwortete Michelsen. »Welchen Sinn macht die ganze Scheiße überhaupt?«

Jetzt war es Stanojevic, der schwieg.

»Ich will wissen, wem Baniszewski Geld schuldete, ob er es tatsächlich zurückgezahlt hat, und wenn ja, woher er das Geld hatte.«

Das Klingeln seines Diensthandys unterbrach Michelsen. Die Leitstelle.

»Kriminalhauptkommissar Michelsen?«

»Mmh.«

»Ich denke, wir haben Ihre Leichen gefunden.«

Er sprang auf. Endlich bewegte sich etwas. Während ihm der Kollege die Adresse durchgab, nahm er seine Jacke und bedeutete Stanojevic, ihm zu folgen. Auf dem Gang rannte er beinahe Behmer-Meißdorfs Praktikantinnen-Küken über den Haufen.

»Sie stehen im Weg!«, fuhr er sie an.

Lisa oder Lara, oder wie immer sie heißen mochte, zog verschreckt den Kopf ein und sprang zur Seite. Ein Angsthase war das Püppchen also auch noch. »Entschuldigung«, glaubte er, sie flüstern zu hören, doch Michelsen war bereits drei Schritte weiter. Er hatte keine Zeit für Nettigkeiten, obwohl er zugeben musste, dass die Kleine nicht unattraktiv war. Aber er hatte einen Fall zu lösen. Alles andere war irrelevant.

10. Kapitel

Michelsen parkte den Passat auf einem Parkplatz am Waldrand. Von dort erreichte man die Fundstelle der kopflosen Leichen zu Fuß. Der Regen hatte am Vormittag aufgehört. Nun dämmerte es, und die Dunkelheit hatte begonnen, die Welt nach wenigen Stunden Tageslicht zurückzuerobern.

Seite an Seite mit Stanojevic legte er die paar Meter zum Anfang des schmalen Waldwegs zurück, wo die Kollegen vom KDD bereits warteten.

Der modrige, würzige Geruch des feuchten Unterholzes stieg Michelsen in die Nase, während sie sich von den Beamten vor Ort die Details der Leichenauffindung erläutern ließen.

»Zwei Spaziergänger haben die Leichen gefunden und sofort die Polizei alarmiert.« Der Mann in Uniform vor ihnen überschlug sich fast vor Erregung. »Als wir ankamen, war natürlich klar, was los ist. Ich meine, die Leichen sind …« Er fuhr sich mit dem Zeigefinger quer über den Hals.

Michelsen sah den jungen Kollegen mitleidig an. Vermutlich war das Sichern der Fundstelle zweier enthaupteter Toter das Aufregendste, was der Frischling seit Beginn seiner Polizeilaufbahn erlebt hatte. Gerade setzte er zu Mutmaßungen über die Beweggründe des Täters an, die Leichen ausgerechnet hier zu verstecken.

Michelsen schielte zu Stanojevic hinüber, der wenig überzeugend versuchte, ein interessiertes Gesicht zu machen.

Er hob die Hand, um den Redeschwall des Beamten zu unterbrechen, der augenblicklich verstummte. »Wären Sie so freundlich, uns hinzubringen?«

»Selbstverständlich.«

Mit geducktem Kopf lief der Beamte voran und führte sie wortlos den schmalen Weg entlang in den Wald hinein. Unter dem dichten Geäst der kahlen Bäume herrschte um diese Uhrzeit beinahe vollständige Dunkelheit. Als sie schließlich hinter einer Wegbiegung anhielten, schaute sich Michelsen um. Es gab keinen Zweifel, dass der Täter diesen Ort mit voller Absicht gewählt hatte. In allen Himmelsrichtungen konnte er nichts als Wald ausmachen. Ein idealer Ort, um eine Leiche zu verstecken.

Einige Meter neben dem Weg herrschte das übliche Tatortgewimmel. Scheinwerfer leuchteten die Szene taghell aus, Fotoapparate klickten, überall waren Beamte damit beschäftigt, Spuren zu sichern. Sie ließen ihren Begleiter stehen und stapften zum Ort des Geschehens. Das Unterholz knackte bei jedem Schritt unter ihren Füßen.

Michelsen brauchte wenig Vorstellungskraft, um die beiden bäuchlings nebeneinanderliegenden Toten den abgetrennten Köpfen zuzuordnen. Er hatte die Fotos in den letzten Tagen oft genug studiert. Der hagere kleine

Mann musste Holger Baniszewski sein. Neben ihm, größer und schwerer, als Michelsen ihn sich vorgestellt hatte, Simon Gossler. Die beiden Körper waren halb übereinander platziert, Arme und Beine von sich gestreckt wie zwei Betrunkene. Ohne Köpfe sahen sie aus wie schwere Müllsäcke, die jemand achtlos in den Wald geworfen hatte. Nein, das war keine Inszenierung wie die makabre Zurschaustellung in der leeren Wohnung. Der Täter hatte für die beiden Körper offenbar keine Verwendung mehr gehabt.

Als er Saskia Dudek am anderen Ende des abgesperrten Bezirks entdeckte, hellte sich seine Miene auf. Die Spurensicherungsexpertin besaß nicht nur einen hellen Verstand, sondern auch eine natürliche Fröhlichkeit, die Michelsen zwar nicht nachvollziehen konnte, die ihm aber trotzdem gefiel. Sie war eine schlanke, athletische Frau mit rotbraunen Haaren, die sie zu einem Pferdeschwanz gebunden trug. Mit über vierzig hatten ihre Bewegungen nichts von ihrer katzenartigen Eleganz verloren. Jede Faser ihres durchtrainierten Körpers war von positiver Energie durchdrungen. Der weiße Tyvekanzug, in der ihre Figur versank, erhöhte ihre Attraktivität noch.

Als sie ihn und Stanojevic erblickte, wich ihr konzentrierter Gesichtsausdruck sofort einem Strahlen. Der Lichtpunkt ihrer Stabtaschenlampe flog hierhin und dorthin, während sie mit bemerkenswerter Leichtigkeit über den glitschigen, mit Ästen und Wurzeln übersäten Untergrund sprang. Michelsen beobachtete ihre Bewegungen mit einer Mischung aus Erheiterung und Bewunderung.

»Sieh an, die Herren Kommissarios bequemen sich zum Tatort«, sagte sie lachend, nachdem sie die letzten Meter zurücklegt hatte. Sie umarmte Michelsen und Stanojevic zur Begrüßung. »Ich hatte euch früher erwartet«, fuhr sie mit gespielt tadelnder Stimme fort.

»Wir hatten eine kleine Lehrstunde bei Oberinspektor Milchgesicht«, antwortete Michelsen und deutete mit dem Kopf in Richtung des inzwischen verloren herumstehenden Beamten, der sie hergeführt hatte. Saskia knuffte ihn in den Bauch. »Du und dein Schandmaul.«

»Ich störe euch ja nur ungern, aber waren wir nicht zum Arbeiten hier?«, schaltete sich Stanojevic ein.

»Mike hat recht, wir sollten schnell machen. Nicht, dass uns die Leichen noch weglaufen«, sagte Michelsen mit sarkastischem Unterton.

»Yes, Sir!« Saskia hob die Hand zum Salut an die Stirn und wirbelte herum. »Dann kommt mal mit, Jungs.«

Sie dirigierte sie bis auf wenige Meter an die Leichen heran. Zahllose Fliegen schwirrten um die Körper herum, ließen sich auf den durchschnittenen Hälsen nieder und stoben wieder auseinander. Der süßliche Verwesungsgeruch musste ein wahres Festmahl für sie ankündigen.

Saskia deutete auf den an dieser Stelle mit Sträuchern und Gräsern bewachsenen Boden. In der unmittelbaren Umgebung der Toten waren die Halme niedergedrückt. Aufgewühlte Erde erweckte den Eindruck, als hätten Tiere darin gescharrt.

»Seht ihr das? Wenn ihr mich fragt, hat da jemand etwas Schweres über den Boden geschleift.«

»Du meinst, die Männer waren bereits tot?«, fragte Michelsen.

Statt zu antworten, machte Saskia eine lockende Bewegung mit dem Zeigefinger und lotste sie an das Kopfende der beiden Leichen. Die abgeschlagenen Stümpfe sahen Übelkeit erregend aus. Dunkles Blut aus den Hälsen verklebte den Untergrund.

»'ne ganz schöne Sauerei«, sagte Stanojevic und verzog das Gesicht.

»Kann man wohl sagen. Ich will nicht wissen, wie das Auto aussieht.« Saskia richtete ihre Taschenlampe auf den Waldboden. Tiefe Reifenspuren durchpflügten in wenigen Metern Entfernung den matschigen Boden. Die Bäume dahinter waren mit Schlamm und Erde bespritzt. Der Wagen musste sich festgefahren haben, bevor es dem Fahrer gelungen war, ihn wieder in Bewegung zu setzen.

Sie blickte erst Michelsen, dann Stanojevic an. Alle drei wussten, was die Spuren bedeuteten. Der Täter hatte die Männer nicht hier enthauptet. Er hatte die Körper erst danach in den Wald geschafft. Michelsen fuhr ein kalter Schauer über den Rücken. Er versuchte sich vorzustellen, wie der Mörder bei Nacht zwei kopflose Tote aus seinem Fahrzeug in den Wald schleifte. Unwillkürlich fiel ihm ein Ausspruch eines Angeklagten ein, der sein Opfer im Verhör als »zertretene Scheiße« bezeichnet hatte. Michelsen kam immer mehr zu der Überzeugung, dass von der ganzen Welt nicht viel mehr übrig war als zertretene Scheiße.

Warum hatte der Mörder die Leichen an dieser Stelle abgeladen, während er die Köpfe mitten in der Stadt platziert hatte?

11. Kapitel

MORD!

Die Polizei bittet um Ihre Mithilfe!
Zur Aufklärung eines
Tötungsdelikts
suchen wir nach Zeugen, die in der Zeit vom
10. bis 13. November
in der Umgebung der
Ehrenzeller Straße 74
in Essen-Altendorf verdächtige Personen oder Ereignisse beobachtet haben.

Hinweise bitte an die Polizei Essen
Präsidium
Büscherstraße 2 – 6
45131 Essen
oder jede andere Polizeidienststelle.

Fasziniert las Laura den Aushang an der Innenseite der Fensterscheibe. Ehrenzeller Straße. Wenn sie sich recht erinnerte, hatte man dort die beiden abgeschlagenen Köpfe gefunden, über die alle sprachen. Seit Laura darüber gelesen hatte, ließ der Fall sie nicht los. Täglich verschlang sie die Zeitungsartikel und Meldungen im Internet, denn obwohl sie ihr Praktikum im Polizeipräsidium absolvierte, konnte sie in der Verkehrsinspektion nichts über den mysteriösen Mordfall in Erfahrung bringen.

»Kommst du jetzt endlich mit, du Nachwuchskommissarin?«

»Ja, 'tschuldigung.«

Zögernd drehte sich Laura um und schlurfte zu ihrer Mutter hinüber, die bereits in die dunkelblaue A-Klasse einstieg. Schon aus dem Auto heraus hatte sie den Fahndungszettel im Fenster des Kassenhäuschens der *Mr.-Wash*-Tankstelle entdeckt und war überhaupt nur ausgestiegen, um ihn zu lesen.

»Ich möchte wirklich mal gerne wissen, warum dich diese Dinge so interessieren. Bis vor Kurzem wolltest du noch Kunsthistorikerin werden.« Ihre Mutter schüttelte den Kopf, während sie den Wagen startete und zur Einfahrt der Waschstraße lenkte.

»Na, das hat dir doch auch nicht gepasst. Und Polizeiarbeit fand ich schon immer spannend«, protestierte Laura. »Außerdem weiß ich, um welchen Fall es sich bei dem Aufruf handelt.«

»Ich dachte, du bist bei der Verkehrspolizei.«

Laura seufzte. »Ja, leider. Aber man kriegt trotzdem mit, was so abgeht. Und die Geschichte stand ja groß in der Zeitung.«

»Was für eine Geschichte denn?« Ihre Mutter ließ das elektrische Fenster hinunter, um den Coupon für die Autowäsche abzugeben.

»Na, die beiden abgeschlagenen Köpfe.«

Hastig fuhr ihre Mutter das Fenster nach oben und warf ihr einen verstörten Blick zu. »Ich weiß nicht, ob das der richtige Job für dich ist, Kind.«

Jetzt fing sie schon wieder an!

»Klar, dir wäre es am liebsten, wenn ich Ärztin werden würde, wie Anna. Wie es sich für ein braves Mädchen aus gutem Hause gehört.«

»So war das nicht gemeint.« Ihre Mutter bedachte den Mann, der das Auto von außen mit Wasser abspritzte, mit einem eingefrorenen Lächeln.

»Doch, genau so war es gemeint! Für dich bin ich nach wie vor das kleine Mädchen, das mit Puppen spielt. Hast du mal darüber nachgedacht, dass ich vielleicht mein eigenes Leben leben will?«

»Das sollst du auch. Aber manchmal mache ich mir eben Sorgen, wenn du ständig von so einem Zeug redest.«

»Wenn's dir lieber ist, kann ich einfach gar nichts erzählen.«

Ein unbehagliches Schweigen machte sich im Auto breit. Nur das gleichmäßige Klopfen der Waschbürsten war zu hören. Aus dem Augenwinkel bemerkte Laura, wie ihre Mutter zu ihr herübersah, starrte jedoch weiter stur nach vorne durch die Windschutzscheibe. Sie hatte keine Lust mehr, sich wie ein Kleinkind behandeln zu lassen.

»Ich hätte Angst um dich, wenn ich wüsste, dass du da draußen irgendwelche Mörder jagst«, nahm ihre Mutter die Unterhaltung wieder auf.

»Ich kann selbst auf mich aufpassen. Außerdem, bis ich so weit bin, hast du noch viel Zeit, dich an den Gedanken zu gewöhnen.«

12. Kapitel

Michelsen hatte mit dem Schlimmsten gerechnet, nachdem ihn die Leitstelle am Mittwochmorgen mit der Nachricht geweckt hatte, dass eine weitere Leiche gefunden worden war. Die Kollegen vor Ort vermuteten eine Verbindung zum Fall der beiden enthaupteten Männer, was seine Laune nicht gerade hob. Was ihn jetzt allerdings sprachlos machte, war weniger der Zustand der Leiche als vielmehr die Dekoration des Raums, in dessen Türrahmen er stehen geblieben war. Wände und Decke waren offenbar in Hast dunkelrot gestrichen worden. Die Farbeimer hatten die Kollegen in einer der Mülltonnen im Hof gefunden. Schwarze Stoffbahnen verhängten die drei Fenster an der gegenüberliegenden Wand, der gesamte Boden des etwa zwanzig Quadratmeter großen Zimmers war mit orange gefärbten Tüchern ausgelegt. Eine einzige, von der Decke baumelnde Glühbirne spendete schummriges Licht, in dem die Szene surreal wirkte. Der KDD hatte Michelsen geradewegs in dieses Zimmer geführt, aber er wusste, dass die übrige Wohnung leer stand. In der Inszenierung, deren Zeuge sie wurden, spielte sie keine Rolle. Es zählte nur dieser abgedunkelte rote Raum.

Michelsen hörte Stanojevic hinter sich schwer atmen, und auch er kämpfte mit der aufsteigenden Übelkeit beim Anblick der nackten Frau, die mit angezogenen Knien auf dem Metallbett in der Mitte des Zimmers lag. Das Gestell stammte eher aus einem Lazarett im Zweiten Weltkrieg als aus der Gegenwart. Am ihnen zugewandten Fußende entblößte das zurückgerutschte weiße Laken eine gammelige gestreifte Matratze. Der Körper der Frau war grauenhaft deformiert, als seien ihr alle Knochen im Leib gebrochen worden. Am schlimmsten hatte es den Kopf erwischt. Das Gesicht war kaum noch zu erkennen, und aus der Schädeldecke waren Blut und Hirnmasse auf das Laken und bis an den schwarzen Stoff vor dem mittleren Fenster gespritzt, wie aus einer Schusswunde. Die Rechtsmediziner und Spurensicherer würden alle Hände voll zu tun haben, um zu rekonstruieren, was geschehen war.

Michelsen wandte sich ab und kehrte zurück in den Flur, wo Stanojevic sich inzwischen mit den Schutzpolizisten unterhielt. Als er hinzutrat, verabschiedete sich sein Partner gerade von den beiden Beamten.

»Und, sind wir schlauer?«, erkundigte sich Michelsen.

»Nicht wirklich. Der Vermieter hat die Leiche gefunden, er wird gerade vernommen.«

»Eine Ahnung, wer sie ist?«

»Nein, er sagt, die Frau kommt ihm nicht bekannt vor.«

»Vielleicht sollte er noch mal genauer hinsehen. Ich schätze, sie hat sich in den letzten Tagen deutlich zu ihrem Nachteil verändert«, erwiderte Michelsen.

Stanojevic bemühte sich sichtlich, trotz Michelsens Galgenhumor einen ernsthaften Gesichtsausdruck zu bewahren.

»Irgendjemand muss etwas bemerkt haben«, fuhr Michelsen fort. »Immerhin hat der Mörder den ganzen Plunder hier reingeschleppt.«

»Bis jetzt hat niemand etwas berichtet. Aber wir haben auch noch nicht mit allen Anwohnern gesprochen.«

Michelsen seufzte.

»Herr Kriminalhauptkommissar!«

Er erkannte den markanten Akzent von Dr. Feliakis sofort. Es tat immer gut, seine heitere Stimme an trostlosen Orten wie diesem zu hören. Den Mann konnte nichts erschüttern. Dennoch erschien es Michelsen, als fehlte es dem kleinen Rechtsmediziner heute an Leichtigkeit, als läge eine gewisse Schwermut hinter dem schelmischen Lächeln, die ihm bisher nie aufgefallen war.

Michelsen versuchte, sich seinerseits nichts von seiner getrübten Stimmung anmerken zu lassen, als er den Mediziner begrüßte, der ihm und Stanojevic die Hand schüttelte. »Ich hatte nicht gehofft, Sie so früh wiederzusehen. Haben Sie etwas für uns?«

»Na ja, immerhin dieses Mal eine ganze Leiche.«

»Todesursache?«

»Vermutlich ein Schuss in den Kopf«, bestätigte Dr. Feliakis Michelsens Mutmaßung. »Wie es aussieht, aus nächster Nähe. Wobei die Frau bereits vorher an ihren übrigen Verletzungen gestorben sein könnte.«

»Die da wären?«, wollte Michelsen wissen.

»Multiple Frakturen, mehrere Messerstiche, außerdem Schusswunden an Unter- und Oberschenkel. Wer immer die Frau getötet hat, wollte es besonders gründlich tun.«

»Wie lange ist es her?«

Dr. Feliakis wiegte den Kopf. »Ich würde sagen, nicht länger als vierundzwanzig Stunden.«

Michelsen deutete mit dem Kopf in Richtung des Zimmers, in dem die Leiche lag. »Meinen Sie, es ist hier passiert?«

»Die Blutspuren weisen darauf hin, ja«, antwortete Feliakis.

Michelsen versuchte sich vorzustellen, wie der Täter die Frau mit einem Baseballschläger oder etwas Vergleichbarem zusammengeschlagen, mit einem Messer auf sie eingestochen und ihr schließlich in den Kopf geschossen hatte. Hatte er einen Schalldämpfer benutzt, hätte niemand den Schuss hören können. Doch das Opfer musste sich gewehrt, musste um Hilfe geschrien haben.

»Meinen Sie, er hat sie vorher betäubt?«, erkundigte er sich.

»Möglich, aber das werden uns erst die toxikologischen Untersuchungsergebnisse verraten. Auf den ersten Blick sehe ich zumindest keine Abwehrverletzungen oder Kampfspuren.«

Michelsen nickte. Es war tatsächlich anzunehmen, dass der Mörder das Opfer handlungsunfähig gemacht hatte, um es dann nach seinen Vorstellungen herzurichten. Wie schon im Fall der beiden Köpfe musste die Inszenierung der Leichenauffindung die größte Rolle spielen.

»Haben Sie sich die Beine des Opfers angesehen?«, riss Dr. Feliakis ihn aus seinen Gedanken.

»Was meinen Sie?«, fragte Michelsen verdutzt.

Anstatt zu antworten, forderte der Rechtsmediziner ihn mit einer Geste auf, ihm zu folgen. Als sie das Bett erreicht hatten, deutete er auf den linken Unterschenkel der Toten. Michelsen zuckte zusammen, als er die Tätowierung sah.

R. G.

»Das darf doch nicht wahr sein«, flüsterte er.

»Das gleiche Tattoo wie bei dem Enthaupteten«, bestätigte Feliakis.

»Können Sie etwas zum Alter der Tätowierung sagen?«

Der Doktor hob die Schultern. »Das ist schwierig. Ihr Partner hat mich ja gestern bereits wegen des anderen Opfers angerufen. Bei einer frischen Tätowierung würden wir Hautreizungen und Einblutungen erwarten, die wir hier nicht sehen. Es ist aber möglich, dass diese Zeichen fehlen, wenn man einen Toten tätowiert. Ich denke, da werden wir auf die Laboranalysen warten müssen.«

Michelsen verabschiedete sich von Dr. Feliakis und suchte nach Stanojevic, der ihnen nicht zur Leiche gefolgt war. Er fand ihn auf dem Gehweg vor dem Haus. Offenbar hatte er etwas frische Luft gebraucht. Einen Moment schwiegen sie sich an.

»Denkst du, was ich denke?«, fragte Michelsen schließlich.

Er brauchte Stanojevics Antwort nicht abzuwarten. Es stand außer Zweifel, dass es sich bei dem Doppelmord vom Wochenende und der grausamen Hinrichtung der unbekannten Frau um das Werk ein und desselben Täters handelte.

»Du meinst, wir jagen einen Serienmörder.«

»Sieht ganz so aus.«

13. Kapitel

»Und wer ist diese Natalie?«, fragte ihre Mutter, während Laura die Schüssel mit den Kartoffeln herumreichte.

»Sie arbeitet beim KK12«, sprudelte Laura los.

Ihre Eltern sahen sie fragend an.

»KK12 steht für Kriminalkommissariat zwölf. Die sind für Sittendelikte zuständig. Vergewaltigungen und so.«

Die Miene ihrer Mutter verdunkelte sich. Ihr schien nicht zu passen, was sie zu Ohren bekam.

Laura hatte ihren Eltern von Natalie Husen erzählt, einer jungen Beamtin, die sie beim Mittagessen in der Kantine kennengelernt hatte. Als sie gehört hatte, dass Natalie bei der Kripo arbeitete, war Laura sofort Feuer und Flamme gewesen. Die beiden verstanden sich auf Anhieb, sodass Natalie auf die Idee gekommen war, Laura für ein paar Tage mit zu sich ins Büro zu nehmen. Natürlich hatte Laura begeistert zugesagt, als sie die

Chance gewittert hatte, einen Einblick in die Arbeit der Kriminalpolizei zu erhalten.

»Jaja, ich seh schon, Strafzettel verteilen ist nichts für meine Tochter. Da muss mindestens ein Mordfall her, um dich hinter dem Ofen hervorzulocken. Kein Wunder, dass dich die alten Schinken auf Dauer nicht glücklich gemacht haben. An dir ist eine super *Tatort*-Kommissarin verloren gegangen.« Ihr Vater sprach mit Ernst in der Stimme, doch die Lachfältchen um seine Augen verrieten, dass er sie aufzog. Das machte er gerne. Als Kind hatte sich Laura oft wahnsinnig darüber aufgeregt. Jetzt fand sie seine lockere Art im Gegensatz zur übertriebenen Fürsorge ihrer Mutter angenehm.

»Na ja, Mordfälle löst Natalie nicht gerade, aber die Arbeit der Kriminalpolizei ist bestimmt spannend.«

»Stell es dir mal nicht zu aufregend vor. Die meiste Zeit sitzen die nur im Büro. Die Kripo ist nicht den ganzen Tag mit Blaulicht und Tatütata unterwegs«, erwiderte ihr Vater und schob sich einen Bissen Zanderfilet in den Mund.

Familie Stürmer aß meistens gemeinsam zu Abend, selbst wenn Lauras Vater wie heute erst um kurz vor acht aus der Klinik nach Hause kam. Als leitender Oberarzt in der Kardiologie arbeitete er grundsätzlich lange. Trotzdem war er deutlich entspannter als ihre Mutter, die sich den lieben langen Tag um den Haushalt kümmerte. Er war viel weniger bereit, sich von den unwichtigen Dingen des Lebens stressen zu lassen. Womöglich war das ein Grund, warum sich Laura einen fordernden Beruf wünschte.

»Ist das überhaupt erlaubt, dass du da mitmachst?«, fragte ihre Mutter in betont beiläufigem Tonfall.

Laura verdrehte die Augen. »Mama, ich bin bei der

Polizei. Die werden wohl kaum was Verbotenes machen.«

»Ich meine ja bloß, schließlich haben sie dich nicht ohne Grund zu den Verkehrspolizisten gesetzt.«

»Ach komm, Renate. Die werden sie nicht mit den Vergewaltigern allein lassen«, schaltete sich ihr Vater ein.

»Schon gut«, gab ihre Mutter zurück. »Vielleicht willst du nach den zwei Wochen ja auch wieder was ganz anderes machen.«

14. Kapitel

Als Michelsen am Donnerstagmorgen um kurz vor sieben das Präsidium betrat, herrschte im Foyer reges Kommen und Gehen. Mehrere Lieferwagen mit Polizeikennzeichen parkten vor dem Haupteingang. Männer in Funktionsjacken und Jeans schleppten Koffer und Kisten ins Gebäude und kamen mit leeren Händen heraus. Ein Mann mit Handy am Ohr dirigierte die Kistenträger bald hierhin, bald dorthin. Unmittelbar nach Auffindung der dritten Leiche hatte die Kripo eine Sonderkommission gebildet, die sich nun auf dem Präsidium einrichtete.

Stanojevic erwartete Michelsen in der zweiten Etage auf dem Flur. Er war im Gespräch mit einem etwa fünfzigjährigen weißhaarigen Mann, der eine beigefarbene Weste mit aufgesetzten Taschen über einem blauen Flanellhemd trug.

»Harald Dreyfuss, Kripo Köln, angenehm«, stellte sich der Westenträger vor. Dreyfuss' lascher Händedruck erinnerte Michelsen an einen toten Fisch, sein

Atem roch nach kaltem Rauch. Warum waren eigentlich so viele Ermittler derart verschrobene Typen? Färbte die Verdorbenheit der Menschheit, mit der sie sich tagtäglich beschäftigten, mit den Jahren auf sie ab?

»Wie ich sehe, haben Sie es sich bereits gemütlich gemacht«, sagte Michelsen mit einem Blick in den Konferenzraum, vor dessen offener Tür sie standen. Drinnen waren etliche Männer und Frauen damit beschäftigt, Tische umzustellen, Kabel zu verlegen und Laptops aufzubauen.

»Ja, wir wollen keine Zeit verlieren. Ich hoffe, dass wir in der nächsten Stunde mit der Arbeit beginnen können.«

»Alles klar. Aber wenn es Ihnen nichts ausmacht, fange ich jetzt schon mal an.« Michelsen ließ den Westenmann stehen und marschierte in Richtung seines Büros.

Hinter ihm verabschiedete sich Stanojevic hastig von Dreyfuss und setzte ihm nach. »Das war ja mal wieder charmant.«

»Sorry. Ich bin es nicht gewohnt, mich um die Uhrzeit mit einem Aschenbecher zu unterhalten.«

»Du hast nur keine Lust, dass dir jemand in deine Ermittlungen reinpfuscht. Deswegen brauchst du dich trotzdem nicht so aufzuführen. Dreyfuss wurde extra aus Köln herbeordert, um die Ermittlungen zu unterstützen.« Stanojevic hatte sichtlich Mühe, mit ihm Schritt zu halten.

»Schön. Soll ich ihm deswegen jetzt den roten Teppich ausrollen?«

»Vielleicht tut's für den Anfang auch ein anständiger Umgangston. Dreyfuss ist kein Anfänger. Er hat die Soko geleitet, die das *Biest von Baden* gefasst hat.«

»Ich weiß, wer Harald Dreyfuss ist«, murrte Michelsen. Seit der Geschichte mit dem *Biest von Baden* war der

Name in Ermittlerkreisen jedem geläufig. Der Fall des Grundschullehrers Hubert W., der sechs Jungen sexuell missbraucht und ermordet hatte, war vor sieben Jahren bundesweit durch die Presse gegangen. Die Ermittlungen waren von etlichen Pannen überschattet worden. Die örtliche Kripo hatte den Zusammenhang zwischen den Morden übersehen. Erst die Sonderkommission unter Dreyfuss' Leitung hatte den Täter schließlich überführen können.

»Ich möchte dich daran erinnern, dass ich der Leiter der Ermittlungen in diesem Fall bin, Mike«, sagte er barsch.

»Ja, aber du wirst wohl einsehen, dass wir ein bisschen Hilfe gebrauchen können.«

Michelsen reagierte nicht. Natürlich hatte sein Partner recht. Bei Ermittlungen dieses Ausmaßes waren sie auf jede verfügbare Manpower angewiesen. Sie konnten es sich nicht leisten, dem Mörder Zeit zu verschaffen, indem sie Hinweisen mit Verzögerung nachgingen. Die Bildung der Sonderkommission war deshalb der richtige Schritt gewesen. Quasi über Nacht waren knapp vierzig Beamte unterschiedlicher Spezialgebiete aus Dienststellen aus Essen und Umgebung zusammengezogen worden. Kollegen von der Spurensicherung und dem Erkennungsdienst, Ermittler und Vernehmungsbeamte nahmen die Konferenzräume des Präsidiums ein.

In Michelsens Büro schlossen sie die Tür hinter sich. Michelsen nahm an seinem Schreibtisch Platz, Stanojevic blieb wie üblich stehen. Er behauptete, besser denken zu können, wenn er in Bewegung blieb.

»Ich vermute, das hast du schon gesehen.« Stanojevic hielt ihm ein zusammengerolltes Exemplar der *Westdeutschen Allgemeinen Zeitung* hin.

Er nickte. Tatsächlich hatte er die Meldung heute

Morgen überflogen, dennoch nahm er die Zeitung entgegen und schlug sie auf. Da prangte der Artikel über den brutalen Mord an der Frau auf Seite eins des Lokalteils. Der Reporter nahm das Wort »Serienmord« nicht in den Mund, mutmaßte jedoch bereits über Verbindungen zu dem grauenhaften Verbrechen von Sonntag.

»Da wird Dreyfuss' Callcenter gut zu tun haben.«

Michelsen grinste. Damit lag Stanojevic richtig. War die Bevölkerung erst einmal alarmiert, klingelten die Telefone Sturm. Die wenigsten Anrufe enthielten auch nur den Hauch einer verwertbaren Information. Sie zu filtern, Belangloses von echten Spuren und Trittbrettfahrer von glaubhaften Zeugen zu trennen, band allerdings enorme Kapazitäten.

Es klopfte, gleich darauf tauchte das rauchgraue Antlitz von Harald Dreyfuss im Türspalt auf. »Darf ich Sie zu einer Einsatzbesprechung in den Konferenzraum bitten?« Die Frage klang eher wie ein Befehl.

»Darf ich Sie bitten zu warten, bis ich herein sage?«, blaffte Michelsen zurück.

Dreyfuss blieb unbeeindruckt in der Tür stehen.

»Wir kommen gleich«, beeilte sich Stanojevic zu versichern.

Ohne ein weiteres Wort drehte sich Dreyfuss um und ging. Die Tür ließ er offen.

Die Beamten aus dem gesamten Essener Stadtgebiet waren nicht untätig gewesen. Im Handumdrehen hatten sie die Konferenzräume A und B des Essener Polizeipräsidiums zu improvisierten Großraumbüros umgestaltet. Überall surrten Laptops, der Geruch von Kaffee erfüllte den Raum. Beim Betreten des größeren Raums A, in dem Dreyfuss alle Mitglieder der Soko zusammengerufen hatte, musste Michelsen aufpassen, nicht im Dickicht der Mehrfachsteckerleisten und Kabel hängen zu bleiben.

Dreyfuss war damit beschäftigt, Teams zusammenzustellen: Zeugenbefragung, Hinweisaufnahme, Datenverarbeitung, EDV – jeweils vier bis fünf Mann mit einem zuständigen Leiter. Es dauerte einen Moment, bis ausreichend Ruhe eingekehrt war, damit Michelsen die neuen Mitarbeiter begrüßen konnte. In knappen Worten stellte er sich, Stanojevic und die übrigen Beamten der Essener Mordkommission vor, bevor Stanojevic den Stand der Ermittlungen zusammenfasste.

»Ich bin mir sicher, ihr habt bereits begonnen, euch über die bisher vorliegenden Informationen auszutauschen. Ich will, dass ihr jedem Hinweis unverzüglich nachgeht. Ich möchte alles über die Opfer und ihre Lebensumstände wissen. Findet heraus, was sie in den letzten Tagen vor ihrem Tod getan und mit wem sie sich getroffen haben.«

Während er sprach, klingelte Stanojevics Handy. Etwas an der Art, wie er in den Lautsprecher sprach, verriet Michelsen, dass es sich um ein wichtiges Telefonat handeln musste. Als Stanojevic aufgelegt hatte und ihm die Neuigkeit ins Ohr flüsterte, bestätigte sich sein Verdacht.

»Okay, ich habe gerade die Information erhalten, dass unsere dritte Tote identifiziert wurde. Die Frau heißt Helga Bauer und wurde gestern Abend von ihrem Freund als vermisst gemeldet. Ich will, dass wir mit jedem sprechen, der Helga Bauer gekannt hat. – An die Arbeit!«

Nachdem Michelsen sich umgedreht und den Raum verlassen hatte, bemerkte er, dass Dreyfuss ihm gefolgt war.

»An die Arbeit? Ich denke, Ihre Mitarbeitermotivation sollten Sie noch verbessern.«

»Keine Ahnung, was in Köln üblich ist, aber in Essen kommen Polizeibeamte ganz gut ohne Streicheleinheiten zurecht.«

Er wollte auf dem schnellsten Weg zu seinem Büro zurück, Dreyfuss schnitt ihm allerdings den Weg ab.

»Hören Sie, Kriminalhauptkommissar Michelsen. Mir ist bewusst, Ihnen passt es nicht, dass ich da bin. Niemand von uns teilt gerne seine Ermittlungen mit anderen. Ein solch brisanter Fall erfordert jedoch nun einmal außerordentliche Anstrengungen.«

»Sie sind ganz frei, sich außerordentlich anzustrengen«, erwiderte Michelsen. Entgegen der üblichen Gepflogenheiten blieben beide konsequent beim Sie. Ihm war das sehr recht. »Wenn wir dadurch den Täter schneller fassen: bravo.«

»Wenn Sie alleine klarkämen, wäre ich nicht hier«, gab Dreyfuss kalt lächelnd zurück. »Ich weiß nicht, wie viel Erfahrung Sie mit Serienmördern haben. Ich jedenfalls kenne mich auf dem Gebiet ein wenig aus. Doch um Sie unterstützen zu können, muss ich alles wissen, was Sie wissen.«

»Was ich weiß? Ich weiß, dass ein Wahnsinniger in unserer Stadt zwei Männer enthauptet und eine Frau bestialisch ermordet hat. Und ich weiß, dass ich alles tun werde, um diesen Bastard zur Strecke zu bringen.«

»Das wollen wir beide.« Dreyfuss blieb provozierend ruhig. »Ich habe die Tatortbilder gesehen und mir einige Gedanken gemacht«, fuhr er in belehrendem Tonfall fort. »Ich bin schon etwas länger in diesem Geschäft, wie Sie wissen. Für mich scheint es, als handele der Mörder in einem Blutrausch. Die exzessive Brutalität der Morde lässt einige Rückschlüsse auf die Persönlichkeit des Täters zu.«

Was glaubte dieser Schlaumeier denn bitte, wer er war? Michelsen machte einen Schritt auf Dreyfuss zu. Er musste sich zusammenreißen, um den Typen nicht am Kragen zu packen. »Jetzt hören Sie zur Abwechslung mal mir zu. Ich habe die Tatorte begangen. Ich habe die Leichen gesehen. Und ich sage Ihnen, mit einem Blutrausch oder reiner Lust an Gewalt hat das nicht das Geringste zu tun. Der Mörder will uns irgendetwas sagen. Ich weiß nicht, was es ist, Sie lernen es allerdings ganz sicher auf keinem Lehrgang für Kriminalpsychologie. Wenn Sie also die Ermittlungen unterstützen möchten, respektieren Sie bitte unsere Arbeit.«

Michelsen ließ Dreyfuss stehen und stapfte zurück zu seinem Büro.

15. Kapitel

Der Lärm aus der Etage über ihnen machte es Laura fast unmöglich, sich auf Natalies Ausführungen zu konzentrieren. Schon den ganzen Morgen hämmerte und polterte es da oben in einem fort. Sie konnten ihr eigenes Wort kaum verstehen.

Laura saß mit der jungen Kommissarin in den Räumen des KK12 zusammen und verfolgte aufmerksam jeden Arbeitsschritt. Sie war froh, mit Natalie eine Vertraute gefunden zu haben, die ihr zumindest einen kleinen Einblick in die Arbeit der Kriminalpolizei verschaffte. Gerade sahen sie den Bericht des Kollegen vom KDD zur Vernehmung einer jungen Frau durch, die in der Nacht Opfer einer versuchten Vergewaltigung geworden war.

Laura horchte auf, als das Getöse über ihnen für einen Moment verstummte. Sekunden später jedoch ging der Krach von Neuem los. Es klang, als schiebe jemand eine Waschmaschine hin und her.

»Was machen die eigentlich da oben?«

Natalie zuckte mit den Schultern. »Ich glaube, da zieht die Soko ein – wegen der Mordserie.«

»Mordserie?« Mit einem Mal war Laura ganz Ohr.

»Ja, es hat wohl eine dritte Leiche gegeben, und jetzt drehen alle total durch.«

Natürlich hatte Laura von der ermordeten Frau gelesen. Es hatte heute Morgen im Lokalteil gestanden. Auch über eine Verbindung zu dem Doppelmord vom Sonntag hatte der Artikel bereits spekuliert. Sie durchstöberte die Zeitung täglich nach Berichten über Verbrechen oder Polizeierfolge. Das Thema faszinierte sie. Außerdem konnte es nicht schaden, über ihr späteres Berufsfeld auf dem Laufenden zu sein.

»Und die meinen, das ist der Typ gewesen, der die Männer enthauptet hat?« Lauras Handflächen waren schweißnass, aber sie bemühte sich, ihrer Stimme einen möglichst beiläufigen Klang zu geben.

»Scheint so. Ich weiß auch nichts Genaues, hab es heute Morgen über den Flurfunk gehört.«

Laura zwang sich zu schweigen. Sie galt ohnehin schon als die neugierige Praktikantin, die sich bloß für die Kripo interessierte. Wenn sie zu viele auffällige Fragen stellte, würde Natalie vielleicht den Eindruck gewinnen, Laura benutze sie lediglich, um an Informationen über die mysteriösen Morde zu gelangen. Dabei stimmte das nicht. Sie sog jedes Detail der Arbeit des KK12 begierig auf. Doch ein Serienmörder in der eigenen Stadt? Das war etwas anderes.

»Alles in Ordnung bei dir? Du siehst irgendwie abwesend aus.«

Laura realisierte, dass sie die ganze Zeit über an die Decke gestarrt und dabei vermutlich reichlich dämlich ausgesehen hatte. »Ja klar, alles gut.«

»Ich weiß genau, was mit dir los ist.« Natalie knuffte

sie mit einem wissenden Grinsen in die Seite. »Du würdest zu gern bei denen da oben mitmachen.«

Laura spürte, wie sie rot anlief. Sie musste ganz schön albern rüberkommen. Zum Glück war die zierliche Natalie mit ihren sechsundzwanzig Jahren kaum älter als sie. Die Gespräche mit ihr fühlten sich fast an wie die mit einer Freundin.

»Na komm, ich nehme dich nachher mit zu einer Vernehmung. Ist zwar kein Mordfall, aber immerhin besser als nichts.«

Allerdings war das besser als nichts! Vernehmungen kannte Laura nur aus dem Fernsehen. Die Befragung eines mutmaßlichen Verbrechers hautnah mitzuerleben war mehr, als sie zu Beginn ihres Praktikums zu träumen gewagt hatte. Zur Mordkommission würde sie in ihrem Leben noch früh genug kommen.

16. Kapitel

Ruhelos lief Michelsen vor seinem Schreibtisch auf und ab und betrachtete den Stadtplan an der Wand. Er hatte die wichtigsten geografischen Punkte zur Essener Mordserie mit Stecknadeln markiert. Rote für die Fundstellen von Leichen und Leichenteilen, gelbe für die Wohnorte der Opfer.

Die beiden Köpfe und die dazugehörigen Körper im Norden. Die Wohnung Baniszewskis in Holsterhausen, die von Gossler in Stoppenberg. Helga Bauer hatte in Rüttenscheid gelebt, doch ihre Leiche war in einer Wohnung in Kupferdreh, im Südosten der Stadt, gefunden worden. Es ergab keinen Sinn. Der Täter bewegte seine Opfer quer durch Essen, bevor er sie tötete und der Öffentlichkeit präsentierte. Wenn er sich die Wege veranschaulichte, die der Mörder zurückgelegt haben musste, bekam Michelsen den Eindruck, er handelte vollkommen ziellos. Oder nach einem genauen Plan.

Grübelnd machte er sich auf den Weg zum Konferenzraum. Draußen vor dem Fenster ging die Stadt ihrem üblichen Trott nach. Das rumpelnde Fahrgeräusch der Straßenbahn wechselte sich ab mit dem an- und abschwellenden Brausen der Fahrzeugkolonnen, die an der großen Kreuzung vor dem Präsidium zum Stehen kamen, nur um kurze Zeit später wieder loszufahren. Über allem hing der graue Dunstschleier, den Michelsen seit seiner Kindheit kannte. Essen war nicht schön, aber mit den Jahren war das Grau in Grau dieser Stadt ein Teil seiner selbst geworden. Das Plätschern des Nieselregens, das Geräusch der Autoreifen auf nassem Asphalt waren die Melodie, die sein Leben begleitete, seit er denken konnte.

Er begrüßte Stanojevic und Dreyfuss mit Handschlag, ehe er am Kopf des langen Konferenztischs Platz nahm.

Nach ein paar einführenden Worten erstattete der Aktenführer Bericht über die zwischenzeitlich neu gewonnenen Erkenntnisse. »Es gibt ein paar Infos zu unserer dritten Toten. Helga Bauer war Krankenschwester am Uniklinikum. Als sie vorgestern Nacht nicht zum Dienst erschienen ist, haben ihre Kollegen ihren Freund kontaktiert. Nachdem er sie ebenfalls nicht erreicht hatte, hat er uns eingeschaltet.«

»Hinweise, dass sie entführt wurde?«, erkundigte sich Michelsen.

»Nein. Sieht eher so aus, als sei sie irgendwo hingefahren. Keine Einbruchspuren in der Wohnung, und ihr Auto ist weg.«

Das klang verdammt nach dem, was sie über das Verschwinden der beiden enthaupteten Männer wussten. Die Opfer verließen das Haus, als wollten sie nur etwas erledigen, und kehrten dann nie mehr zurück. Trafen sie sich vorsätzlich mit ihrem Mörder?

»Was wissen wir sonst über die Frau?«, fragte Michelsen weiter.

»Nicht viel, unauffälliges Leben, keine Kinder. Nicht vorbestraft. Sie war erst seit einem Jahr geschieden und seit ein paar Monaten mit ihrem neuen Partner zusammen. Der Lebensgefährte beschreibt ihren Ex-Mann als extrem eifersüchtig und gewalttätig. Nach ihm wird zur Stunde gefahndet. Angeblich hat er ihr nicht verziehen, dass sie einen Neuen hat.«

Michelsen kratzte sich am Kinn. »Eifersucht ist immerhin ein Motiv.«

»Ja, wäre nicht der erste Mann, der aus enttäuschter Liebe zum Mörder wird«, schaltete sich Stanojevic ein.

Einen Moment lang versuchte Michelsen, Stanojevics Gedanken zu lesen. »Glaubst du daran?«

»Nicht wirklich.« Stanojevic zögerte. »Es gibt allerdings noch mehr Neuigkeiten. Ich habe gerade mit Doktor Feliakis telefoniert. Holger Baniszewski und Simon Gossler wurden betäubt, ehe der Täter sie enthauptet hat. Die toxikologischen Untersuchungen haben ergeben, dass den beiden vor ihrem Tod eine nicht geringe Dosis Hellabrunner Mischung injiziert wurde.«

Michelsen nickte. Die sogenannte Hellabrunner Mischung wurde üblicherweise in Betäubungsgewehren verwendet. Jeder Veterinär besaß ein solches Gewehr, mit dem Tiere aus der Distanz betäubt werden konnten. Natürlich ließen sich auf diese Weise auch Menschen außer Gefecht setzen. Das Gemisch aus Xylazin und Ketamin war zudem preisgünstig und einfach zu beschaffen.

»Das erklärt zumindest, wie er den beiden Männern bei lebendigem Leib die Köpfe abschlagen konnte«, warf Dreyfuss ein.

Michelsen zuckte mit den Schultern. Einen Durchbruch in den Ermittlungen konnte man das beim besten Willen nicht nennen. Immerhin nahm das Profil des Täters langsam Gestalt an. Der Mörder musste sich also das Betäubungsmittel und unter Umständen ein passendes Gewehr besorgt haben. Außerdem hatte er vermutlich mit den beiden Männern und mit Helga Bauer in Kontakt gestanden, bevor er sie umgebracht hatte.

»Ich werde jetzt nach Hause gehen«, sagte Stanojevic, nachdem sie den Besprechungsraum verlassen hatten. »Du solltest auch bald Schluss machen. Wenn die Jungs was finden, rufen sie uns an.«

Michelsen nickte. Es war üblich, dass sich die Beamten der Soko aufteilten und ein Teil die Nachtschicht übernahm. Einige Kollegen würden deshalb die Nacht hindurch Informationen auswerten und Zeugenaussagen vergleichen. Als Leiter der Ermittlungen tat er gut daran, morgen früh wieder fit zu sein.

Er versicherte Stanojevic, gleich Feierabend zu machen, und verabschiedete seinen Partner. Doch kaum war Stanojevic aus der Tür, zog es Michelsen in sein Büro. Mechanisch goss er sich eine frische Tasse Kaffee ein und ließ sich auf seinen Sessel fallen.

Schon tagsüber hatte er sich die blutigen Fotos von Helga Bauer mehrmals auf dem Rechner angeschaut. Der rot dekorierte Raum, die Tote auf dem Bett. Die barbarisch zugerichtete Leiche, ausgestellt wie ein absurdes Exponat. Der Mörder hatte irgendeine Botschaft. Wie immer sie lauten mochte, Michelsen war entschlossen, es herauszufinden.

Er klickte sich durch die Bilder. Die Nahaufnahmen der schrecklichen Verletzungen. Die schwarzen Tücher vor den Fenstern. Sie hatten sogar die restlichen leeren Räume fotografiert, in der Hoffnung, einen versteckten Hinweis zu finden. Nichts. Er rief noch einmal das erste Foto auf, die Totale des schrecklichen Raums. Wenn überhaupt lag der Schlüssel dort: Dieses perverse Arrangement mit der nackten toten Frau auf dem Bett diente irgendeinem Zweck.

Plötzlich durchzuckte ihn eine Ahnung. Er hatte diese Szene schon einmal gesehen. Wie bei einem Déjà-vu suchte sein Gehirn fieberhaft nach der passenden Erinnerung, bekam sie jedoch nicht zu fassen.

»Bacon«, flüsterte plötzlich jemand direkt neben seinem Ohr.

Michelsen sprang von seinem Stuhl auf und wirbelte so heftig herum, dass Laura hinter ihm einige Schritte rückwärts stolperte.

»Was, zur Hölle, tust du hier?«, brüllte er.

Auf der Stelle schossen der jungen Frau Tränen in die Augen.

»Wir machen Polizeiarbeit, da haben Kinder nichts zu suchen!« Seine Hand zitterte vor Erregung. Am liebsten hätte er irgendetwas nach der Praktikantin geworfen, die stockstarr vor ihm stand. Für einige Sekunden herrschte absolute Stille im Raum, die erst von ihrem Schluchzen durchbrochen wurde.

»Ich …« Sie verstummte. Ihr ganzer Körper bebte. Sie sah aus, als drohe sie jeden Moment, das Bewusstsein zu verlieren.

«Raus jetzt! Mach, dass du abhaust!« Michelsen knallte seine riesige Faust auf den Schreibtisch. Als hätte der Knall ihre Schockstarre gelöst, stürzte die junge Frau Hals über Kopf aus dem Raum.

Diese verdammte Göre! Was, zum Teufel, fiel dem Blondchen ein, durch die Gänge zu schleichen und ihm über die Schulter zu schauen? Er hatte mitbekommen, dass die Kleine versuchte, überall ihre Nase in die Kripoarbeit zu stecken. Es wurde Zeit, dass jemand dem Prinzesschen mal ordentlich den Kopf wusch. Gleich morgen früh würde er dafür sorgen, dass das Praktikum für die Möchtegernkommissarin beendet war.

Immer noch wutschnaubend wandte er sich seinem Monitor zu. »Bacon«, hatte sie gesagt. Plötzlich hatte Michelsen eine Ahnung, woher ihm das Bild bekannt vorkam. Francis Bacon! Um seinen Verdacht zu bestätigen, gab er den Namen bei Google ein. Nach wenigen Klicks hatte er gefunden, wonach er suchte. Ungläubig schüttelte er den Kopf. Er hatte sich das Foto und all die anderen in den letzten Tagen ein ums andere Mal angeschaut. Wie ein Besessener hatte er über den Aufnahmen der Massaker gebrütet. Manchmal, wenn er die Augen schloss, sah er sie vor sich: die blonde Frau, wie sie mit aufgeschlitztem Bauch und verunstaltetem Gesicht auf dem Bett lag. Jeden Blutfleck auf der Decke, jedes Detail der Zimmereinrichtung, die groteske Haltung ihres Körpers – alles hatte er wieder und wieder studiert. Und trotzdem war er nicht in der Lage gewesen, das Offensichtliche zu erkennen! Erst der blonde Grünschnabel hatte ihn mit der Nase auf das gestoßen, was die ganze Zeit über direkt vor seinen Augen gelegen hatte: Es gab eine Vorlage für diesen Mord. Keinen Film. Kein reales Verbrechen. Der Mörder hatte sich an einem Werk eines der bedeutendsten Maler des zwanzigsten Jahrhunderts orientiert.

Die blutige Szene auf dem Foto vor ihm war eine hundertprozentige Kopie von Francis Bacons Triptychon *Three studies for a crucifixion.*

17. Kapitel

Fünf.

Sechs.

Michelsen stemmte die beiden schweren Kurzhanteln ein ums andere Mal nach oben, als wollte er sich selbst für seine Blindheit bestrafen. Der Spiegel an der Decke über ihm zeigte ihm sein schmerzverzerrtes Gesicht. Sein Schweiß hatte das weiße, ärmellose T-Shirt bereits vollkommen durchnässt, wie eine zweite Haut klebte es auf seinen sich wie zwei Wassermelonen vorwölbenden Brustmuskeln.

Sieben.

Acht.

Neun.

Wie hatte er übersehen können, was der Mörder ihm wie auf dem Silbertablett vor die Nase gesetzt hatte? Er war nie ein besonders kunstsinniger Mensch gewesen, doch in den fünf Jahren seiner Ehe hatte er notgedrungen mehr Ausstellungen besucht, als ihm lieb gewesen war. Wie oft hatte es Streit gegeben, weil Katharina ihn am Sonntag ins Museum geschleift hatte, während er lieber trainieren gegangen wäre. Anfangs hatte er sich noch bereitwillig gefügt, aber mit der Zeit waren ihm die ewig gleichen Stillleben und Landschaftsbilder ebenso auf die Nerven gegangen wie die wichtigtuerisch die Köpfe wiegenden Besucher. Hin und wieder jedoch war es vorgekommen, dass ihm ein Kunstwerk im Gedächtnis blieb. Wie einige Werke von Francis Bacon. Jenes Malers, dessen Bilder vor blutigen Exzessen und grotesk verunstalteten Figuren förmlich überflossen. Die Gewalt seiner Kreationen hatte auf Michelsen eine enorme Anziehungskraft ausgeübt. Mittlerweile beschäftigte er sich so gut wie nicht mehr mit Kunst. Das Gemälde, das dem Täter als Vorlage gedient hatte, hatte er trotzdem bestens vor Augen.

Zehn.

Elf.

Er ließ die Hanteln ein letztes Mal bis zur Brust hinabsinken, biss sich auf die Unterlippe und wuchtete das Eisen zum zwölften Mal Richtung Decke, bevor er die beiden Gewichte unter einem lauten Scheppern zu Boden fallen ließ. Die Muskeln fühlten sich an, als wollten sie platzen, so vollgepumpt mit Blut waren sie. Er konnte die hervortretenden Venen auf seiner Brust durch das Shirt hindurch erkennen.

Wenn Michelsen wütend auf sich war, trainierte er am liebsten. Stand er nach anderthalb Stunden Training völlig ausgepowert unter der Dusche, bekam er den Kopf frei und konnte wieder klar denken.

Im Grunde hatte die Erkenntnis des Abends deutlich mehr Fragen aufgeworfen, als sie beantwortete. Der Mörder hatte ein berühmtes Gemälde als Inspiration für sein Verbrechen gewählt. Das erklärte jedoch längst nicht, warum er das getan hatte. Hielt sich der Täter selbst für einen Künstler? Bewunderte er Bacon einfach nur? Und wie passten die zwei Enthaupteten in dieses Konzept?

Er hatte umgehend die übrigen Mitglieder der Soko über die neue Entwicklung informiert. Dreyfuss war sofort in seinem Element gewesen und glaubte nun, dem Psychogramm des Mörders einen großen Schritt näher zu sein. Deutlich mehr Beamte als ursprünglich vorgesehen, waren jetzt die ganze Nacht über damit beschäftigt, alle vorliegenden Hinweise unter diesem Aspekt erneut zu beleuchten. In der Umgebung von Helga Bauers Wohnung hatte die Polizei einen Mann festgenommen, der sich laut Aussage einiger Anwohner verdächtig verhalten hatte. Zur Stunde lief die Vernehmung, bisher deutete allerdings nichts darauf hin, dass er irgendetwas mit dem Tod der Krankenschwester zu tun hatte. Den Ex-Mann der Toten hatte die Frankfurter Polizei aufgegriffen. Er versicherte glaubhaft, sich seit einer Woche in der Finanzmetropole aufzuhalten. Dennoch hatte er eingewilligt, sich in den nächsten Tagen zur Befragung in Essen einzufinden.

Michelsens Schädel wummerte, teils vor Erschöpfung, teils wegen der bohrenden Fragen, die ihm dieser Fall zu lösen aufgab. Er war noch bis elf Uhr nachts im Präsidium geblieben und direkt danach zum Training gefahren. Er brauchte ein paar Stunden Schlaf und etwas Zeit zum Denken.

Zeit. Was, zum Teufel, bildete er sich eigentlich ein? Er hatte keine Zeit!

Seine Begriffsstutzigkeit hatte sie fast einen kompletten Tag gekostet. Einen Tag, an dem der Irre vermutlich in aller Seelenruhe seinen nächsten Mord vorbereitete. Ein Teil von ihm wünschte sich, die kleine blonde Möchtegernkommissarin hätte ihm eher über die Schulter geschaut. Attraktiver als Stanojevic war die Kleine allemal. Er verbot sich den Gedanken. Er wollte nicht daran erinnert werden, wie seine letzte Zusammenarbeit mit einer jungen Frau geendet hatte.

Mach nicht den gleichen Fehler ein zweites Mal!

Mit einem Mal flackerten die alten Bilder vor seinem inneren Auge auf. Er zuckte zusammen.

Schwachsinn, das war etwas völlig anderes.

Er schloss die Augen und bemühte sich, nicht an die dunkelsten Stunden seines Lebens zu denken.

Sina.

Michelsen kannte diese Momente nur zu gut. Gerade wenn er unter Stress stand, holten ihn die Flashbacks ein. Er hatte sich fast daran gewöhnt. Die Schuldgefühle würden ihn bis ans Ende seiner Tage verfolgen, trotzdem konnte er sich davon jetzt nicht vom Kurs abbringen lassen.

Während er seine geschundene Brustmuskulatur dehnte, plante er seine nächsten Schritte. Er würde wie ein Verrückter arbeiten müssen, um den verlorenen Boden wiedergutzumachen. Immerhin hatten sie nun einen Anhaltspunkt. Der Wettlauf mit dem Serienmörder war in vollem Gange, und Michelsen war fest entschlossen, das Rennen für sich zu entscheiden. Er konnte es sich nicht leisten, erneut Zeit zu verschwenden. Weder er noch seine Leute würden viel Schlaf bekommen in den nächsten Tagen. War es da nicht vernünftig, jede Unterstützung anzunehmen, die er kriegen konnte? Auch wenn das bedeutete, seine Prinzipien über Bord zu werfen?

18. Kapitel

»Was suchst du eigentlich?«

Laura gab ihrer Mutter keine Antwort. Sie hockte auf dem Wohnzimmerboden und blätterte alte Ausgaben der *WAZ* durch. Ihre Eltern hoben die Zeitungen immer zum Anzünden des Kamins auf. Unter Umständen konnte sich das jetzt als Glücksfall erweisen.

»Kann ich dir helfen?«

»Nein danke.« Sie brauchte keine Hilfe, sie brauchte nur Glück. Es war kein Zufall, dass sie die Parallele zwischen dem Tatortfoto und der berühmten Vorlage prompt erkannt hatte. Zwar waren ihr Bacons Gemälde aus dem Studium geläufig, sie war sich jedoch sicher, dass sie das Bild erst vor Kurzem gesehen hatte. Irgendwo hier, zwischen Berichten über die US-Präsidentschaftswahl und der Beilage *Gesünder leben* musste es sein.

Sie hielt den Lokalteil vom 28. Oktober in der Hand.

Kommunen klagen über zu wenig Unterstützung bei der Flüchtlingsunterbringung.

Laura blätterte um.

Da!

Mittig auf der Seite prangte die Abbildung des dreiteiligen Gemäldes von Francis Bacon. Das Mittelstück erinnerte sie frappierend an das grausame Foto, das sie in Michelsens Büro gesehen hatte.

Auch Francis Bacons »Three studies for a crucifixion« wird ab dem 16. Dezember im Essener Folkwang Museum zu sehen sein, lautete die Bildunterschrift. Der dazugehörige Artikel kündigte eine Ausstellung mit dem Titel Die andere Seite an, die sich mit Darstellungen des Todes in der Malerei beschäftigte. Laura hatte sich den Termin schon beim ersten Durchblättern der Zeitung vor einigen Tagen merken wollen – das Konzept der Ausstellung und die imposante Liste der Exponate versprachen einen aufregenden Museumsbesuch. Nun lagen die Dinge jedoch ein bisschen anders. Beim Anblick des Kunstwerks hatte Laura die schrecklichen Bilder des Mordopfers wieder vor Augen. Ihr Herz zog sich zusammen. Die Ähnlichkeit konnte kein Zufall sein.

Sie hörte, wie sich ihre Mutter näherte. Hektisch faltete sie die Zeitungsseite zusammen und stopfte sie in den Hosenbund.

»Ist wirklich alles okay bei dir?«

»Ja klar. Ich geh mal telefonieren.«

Ja, sie musste Pierre anrufen. Er war der Einzige, der sie runterholen konnte, wenn sie aus der Fassung geriet. In ihrem Zimmer warf sie sich aufs Bett, klappte den Laptop auf und suchte Pierres Namen in ihrer Skype-Kontaktliste.

Nach dem dritten Klingeln erschien sein fröhliches

Gesicht auf dem Bildschirm. Wie süß er aussah! Er trug ein schlichtes weißes T-Shirt, das seine unverschämt gebräunte Haut noch dunkler erscheinen ließ. Wie immer standen seine lockigen Haare in alle Richtungen ab, als sei er gerade erst aus dem Bett gekrochen.

»'allo, mein Engel.« Wie ein plötzlicher Lichtstrahl durchbrach Pierres Stimme die schwarzen Wolken, die sich über Lauras Kopf zusammengebraut hatten. »Wie geht es dir?«

»Frag nicht! Ich muss dir unbedingt was erzählen!«, überschlug sich Laura vor Aufregung. »Ich habe, glaube ich, ganz schön großen Mist gebaut.«

Pierre zog die Brauen zusammen. »Wie meinst du das?«

»Ich hab dir doch von Natalie erzählt, vom KK12.«

»Die mit den Vergewaltigern?«

»Genau die. Natalie hat mich heute Nachmittag mit zu einer Vernehmung genommen. Ein Typ, der eine junge Frau unsittlich berührt haben soll. Das ist total irre gewesen. Natalie hat mir vorher ihre Taktik erklärt. Erst mit völlig unverfänglichen Fragen einsteigen, um zu sehen, wie der Angeklagte bei wahrheitsgemäßen Antworten reagiert. Und man konnte richtig beobachten, wie sich die Körpersprache von dem Kerl geändert hat, als er bei Fragen nach dem Tathergang unter Stress geraten ist.«

»Klingt super«, unterbrach Pierre sie.

»War es auch. Im Anschluss haben wir ein wenig zusammengesessen und über die Vernehmung gesprochen, während Natalie das Protokoll geschrieben hat. Aber als ich dann nach Hause gehen wollte, bin ich am Büro von diesem Michelsen vorbeigekommen.«

»Ist das der Kripo-Typ?«

»Genau der. Ich habe gesehen, dass er noch da war

und auf seinen Computer starrte. Ich hätte einfach vorbeigehen sollen. Ich bin echt so blöd!«

Während sie von ihrer Entdeckung berichtete, musste Pierre mehrfach laut lachen. Sie hätte ihn am liebsten dafür geohrfeigt, dass er so locker mit dem peinlichen Vorfall umging, der ihr widerfahren war. Oder ihn in den Arm genommen. Am liebsten beides gleichzeitig. Doch Pierre war nicht da, nur sein Bild auf dem Monitor und seine Stimme aus dem Computerlautsprecher. Sein Deutsch war mindestens so gut wie ihr Französisch, der süße französische Akzent war dennoch nicht zu überhören. Allein deswegen war es Laura recht, dass sie sich meistens auf Deutsch unterhielten.

»Jetzt beruhige dich erst mal.«

»Wie soll ich mich beruhigen? Weißt du, wie der mich angeguckt hat?«

»Ich finde, du bist eine super Detektivin.« Er machte sich über sie lustig.

»Verstehst du das nicht? Was ich gemacht habe, war streng verboten. Ich hätte die Fotos nie sehen dürfen. Die Mordkommission ist tabu für Praktikanten. Und dieser Michelsen hat mich sowieso schon auf dem Kieker.«

»Na, vielleicht sperren sie dich dann ja jetzt ein, wegen Spionage.«

»Du bist blöd.«

Es tat gut, mit Pierre zu sprechen. Laura hatte jedoch nicht vor, sich auslachen zu lassen. Der Schock saß nach dem Anblick der grauenhaften Aufnahmen ohnehin tief. Sie kannte Gewalt aus dem Fernsehen, was sie gesehen hatte, war allerdings ein echtes Bild eines realen Verbrechens gewesen. Bei dem Gedanken an die bestialisch zugerichtete Frau musste sie ein Würgen unterdrücken. Außerdem schämte sie sich für ihr verantwortungsloses und indiskretes Verhalten. Ihr Praktikum konnte sie vergessen.

Als Pierre ihr bedrücktes Schweigen bemerkte, wurde er ernst. »Also gut, du musst dich morgen entschuldigen. Der reißt dir schon nicht den Kopf ab. Und danach fährst du eben wieder Verkehrsstreife.«

»Sehr witzig!«

»Weißt du, was das für ein Foto war? Vielleicht ist es ja wichtig, was dir aufgefallen ist.«

Das war es sogar mit ziemlicher Sicherheit. Laura war überzeugt, dass das Bild die ermordete Frau zeigte, von der Natalie gesprochen und über die sie am Morgen in der Zeitung gelesen hatte. Die offensichtliche Nachahmung einer Vorlage aus der Kunstwelt durch den Mörder musste Relevanz für die Ermittlungen haben. Leider würde sie keine Gelegenheit mehr haben, der Mordkommission von ihrer Entdeckung zu berichten, wenn Michelsen nicht gehört hatte, was ihr im Moment des Entsetzens entfahren war.

»'allo?«, riss Pierre sie aus ihren Gedanken. »Glaubst du nicht, dass es wichtig ist für die Polizei?«

»Doch, vielleicht«, murmelte Laura. »Du, ich muss Schluss machen, meine Mutter wartet mit dem Abendessen.«

»Jetzt schon?« Pierre klang enttäuscht.

Er tat ihr leid. Schließlich freute er sich mindestens so sehr wie sie auf ihre täglichen Telefonate, aber sie war nach den heutigen Ereignissen zu aufgekratzt, um länger mit ihm zu reden. Knapper als beabsichtigt verabschiedete sie sich von ihm und ging nach unten.

19. Kapitel

Zu Hause warf Michelsen die Sporttasche in die Ecke und schaltete den Laptop an. Während der Computer hochfuhr, ging er zur Toilette und mixte sich anschließend in der Küche einen Eiweißshake. Er musste dringend aufräumen. Die Arbeitsfläche war übersät mit Tupperdosen und dreckigem Geschirr. Egal. Jetzt hatte er dafür keine Zeit. Den Shakebecher in der Hand, kehrte er ins Wohnzimmer zurück. Der bläuliche Schein des Bildschirms tauchte den Raum in unnatürliches Licht. Seit er nach der Scheidung von Katharina aus der gemeinsamen Wohnung ausgezogen war, bewohnte er dieses Zweizimmerapartment in Holsterhausen, und es gab für ihn keinen Grund, etwas daran zu ändern. Er war ohnehin kaum zu Hause, kam nur zum Schlafen hierher und um sein Essen vorzubereiten. Oder zum Arbeiten wie heute Nacht.

Er überflog den Wikipedia-Eintrag von Francis Bacon und schaute sich das fragliche Werk noch einmal in Ruhe an. Das Triptychon bestand im Original aus drei

Bildern. Die ausgeweidete Frau auf dem Bett stellte das Zentrum der dreiteiligen Komposition dar. Die Bilder links und rechts davon waren in denselben Rot- und Orangetönen gehalten. Das linke zeigte zwei stehende Männer, das rechte etwas, das aussah wie eine Rinderhälfte beim Schlachter. Michelsen wusste, dass die Kollegen der Soko die nächsten Stunden damit zubringen würden, die gleichen Recherchen anzustellen. Morgen früh würde er alles über das Bild, den Maler und etwaige ähnliche Verbrechen in der Vergangenheit erfahren. Er notierte sich daher schnell den Namen des Werks und startete eine neue Suchanfrage.

Gemälde abgeschlagene Köpfe.

Google spuckte eine Vielzahl von Ergebnissen aus. Viele alte Schinken mit abgetrennten Köpfen. Die meisten wurden in den Beschreibungen als Darstellung von Salome mit dem Haupt Johannes des Täufers ausgewiesen. Das war nicht das, was er suchte.

Gemälde Enthauptete.

Ein ähnliches Ergebnis.

Gemälde Köpfe enthauptet.

Wieder Hunderte von Ergebnissen. Dieselben Fotos in anderer Reihenfolge. Dazwischen Standbilder aus IS-Enthauptungsvideos. Er scrollte nach unten. Plötzlich blieb sein Blick an einem der winzigen Vorschaubilder auf dem Monitor hängen. War das möglich? Er kniff die Augen zusammen und klickte die Miniaturansicht an. Sofort erschien eine monitorfüllende Ansicht.

Michelsen stockte der Atem. Das war es!

Der Bildschirm zeigte ein Ölgemälde. Zwei abgeschlagene Köpfe auf einem weißen Laken. Er hatte das Gemälde nie zuvor gesehen, und doch kannte er es bis in alle Einzelheiten. Er konnte sich nicht von dem Anblick losreißen, zu verstörend war es, diese vermutlich jahrhundertealte Vorlage für den Essener Doppelmord zu betrachten. Die beiden Männer auf dem Gemälde waren den Opfern Baniszewski und Gossler wie aus dem Gesicht geschnitten. Die Anordnung der Köpfe, die Falten des Lakens. Selbst die Blutflecken auf dem Stoff ähnelten denen auf den Tatortfotos. Jedes Detail entsprach exakt dem grausamen Stillleben aus der Altendorfer Wohnung.

20. Kapitel

»Guten Morgen!«

»Mmh, Moment.« Die kleine dicke Sekretärin im Kriminalkommissariat – das Namensschild auf ihrem Tisch wies sie als Frau Kubilski aus – wandte den Kopf nicht vom Bildschirm ab, als Laura am Freitagmorgen um kurz nach acht den Raum betrat.

»Ist Kommissar Michelsen zu sprechen?«

Allein bei dem Gedanken, dem übellaunigen Muskelberg nach ihrem gestrigen Auftritt wieder unter die Augen zu treten, schlotterten Laura die Knie.

»Soweit ich weiß, ist er noch nicht im Haus.«

»Okay … Wissen Sie vielleicht, wann er kommt?«

Jetzt hob Frau Kubilski doch den Kopf und schaute sie über den Rand ihrer halbrunden Brille hinweg an. »Der Kriminalhauptkommissar kommt, wenn er kommt, junge Dame. Kann ich ihm etwas ausrichten?«

So ein Mist! Laura wollte die Sache aus der Welt schaffen. Die ganze Nacht über hatte sie sich von einer Seite auf die andere gewälzt und die richtigen Worte gesucht, mit denen sie den missmutigen Kommissar besänftigen konnte, ehe er sie in der Luft zerriss. Jetzt, da man sie auf ungewisse Zeit vertröstete, verließ sie der mühsam gefasste Mut.

»Nein, danke, nicht nötig«, murmelte Laura und machte sich auf den Weg zum Besprechungsraum der Verkehrsinspektion.

Als sie dort eintraf, war Behmer-Meißdorf gerade damit beschäftigt, bei einer Tasse Kaffee die Pläne für den Tag zu verkünden. Jedem anwesenden Beamten wies er eine Aufgabe zu. Zwar wusste sowieso jeder, was er zu tun hatte, aber offenbar half es ihm, sich etwas wichtiger zu fühlen, als er war.

Mit einem eifrigen Kopfnicken begrüßte er Laura. »Und wie ich sehe, ist unsere Nachwuchskommissarin auch wieder bei uns. Ich hoffe, Sie haben ein paar Räuber gefangen.« Das Grinsen, mit dem er diese Worte begleitete, sollte souverän und humorvoll wirken.

»Es war sehr interessant, ja«, sagte sie mit einem Lächeln, von dem sie hoffte, dass es die Verachtung in ihren Augen überstrahlte.

Just in dem Moment, in dem Behmer-Meißdorf zu einer Entgegnung anhob, wurde die Tür zum Besprechungsraum mit einem Ruck aufgerissen. Laura fuhr zusammen, als sie Kriminalhauptkommissar Michelsen mit schnellen, kraftvollen Schritten geradewegs auf den Leiter der Verkehrsinspektion zustürmen sah. Der verstummte augenblicklich und zog den Kopf ein, wodurch sein ohnehin kurzer Hals vollends verschwand.

»Ich störe nur ungern Ihre wichtige Unterredung, aber ich muss Ihnen eine Ihrer Mitarbeiterinnen entführen«, polterte Michelsen los.

Behmer-Meißdorfs Gesicht glich einem einzigen Fragezeichen.

»Auf Ihre Praktikantin werden Sie bis auf Weiteres verzichten müssen«, fuhr Michelsen fort und deutete mit dem Kopf in ihre Richtung, ohne zu ihr hinüberzusehen. Laura rutschte das Herz in die Hose. Was hatte das zu bedeuten?

»Aber ...« Behmer-Meißdorf rang nach Luft, der Kommissar schnitt ihm jedoch das Wort ab.

»Ich bin mir sicher, Sie kommen drüber hinweg. Sie entschuldigen uns.«

Nun drehte er sich zu Laura um. Gerne hätte sie ihn gefragt, was hier vor sich ging, doch der Ausdruck seiner dunkelbraunen Augen duldete keinen Widerspruch.

Wortlos stampfte der Leiter der Mordkommission ebenso zügig zurück zur Tür, wie er hereingekommen war. Laura folgte ihm unter den fragenden Blicken der Beamten, die das eigenartige Schauspiel beobachtet hatten. Sie bemühte sich, aufrecht zu gehen und niemanden sehen zu lassen, wie sie sich fühlte: wie ein Lamm, das zur Schlachtbank geführt wurde. Während sie Michelsen schnellen Schritts durch die Gänge des Präsidiums zu den Räumen der Mordkommission folgte, sprachen sie kein Wort. Was hatte er vor? Innerlich bereitete sie sich auf die Standpauke ihres Lebens vor. Den Plan, ihm mit ihrer Entschuldigung zuvorzukommen und ihm auf diese Art den Wind aus den Segeln zu nehmen, konnte sie vergessen.

Der Weg zog sich endlos. Zwischenzeitlich überlegte sie, ob sie einfach umdrehen und weglaufen sollte. Ihr Praktikum war ohnehin Geschichte. Aber sie hatte Michelsen etwas zu sagen, und mit einem raubeinigen Auftritt würde er sie nicht davon abbringen. Endlich erreichten sie sein Büro. Schweigend hielt er ihr die Tür auf und bedeutete ihr mit einer Handbewegung, auf dem Stuhl vor seinem Schreibtisch Platz zu nehmen. Als er die Tür hinter sich geschlossen hatte, ließ er sich auf dem schwarzen Sessel auf der anderen Seite nieder.

Für einen unerträglich langen Moment musterte der Kriminalhauptkommissar sie, bevor er ihr schließlich direkt in die Augen sah. Laura wollte einen Ton von sich geben, um die schreckliche Stille zu durchbrechen, brachte jedoch keine Silbe heraus.

Michelsen öffnete eine Mappe vor ihm, entnahm ein Foto und schob es über den Schreibtisch zu ihr herüber. »Was fällt dir dazu ein?«

Hatte sie gerade richtig gehört?

Kommissar Michelsen, der sie die ganze Woche mit abschätzigen Blicken bedacht und keinen Zweifel daran gelassen hatte, dass er sie für ein kleines Mädchen hielt, das sich den falschen Spielplatz ausgesucht hatte, fragte sie nach ihrer Meinung? Sie hatte mit allem gerechnet, nur nicht damit. Langsam gewann sie ihre Fassung zurück und bemühte sich, eine trotzige Miene aufzusetzen. Nein, so konnte sie nicht mit sich umspringen lassen.

»Gestern haben Sie mich noch rausgeschmissen.« Der feste Klang ihrer Worte überraschte sie selbst. Ihr Herz pochte derart heftig, dass sie überzeugt war, Michelsen könnte es hören.

Wenn ihre selbstbewusste Reaktion ihn verwunderte, zeigte er es nicht. Stattdessen tippte er mit Nachdruck auf das Foto auf dem Schreibtisch. Es bestand kein Zweifel daran, wer hier die Regeln machte.

Bebend vor Aufregung, ließ Laura ihre Augen über das Bild schweifen. Sie kannte die Aufnahme. Es handelte sich um dasselbe schreckliche Foto, das sie tags zuvor auf Michelsens Monitor gesehen hatte. Ein Teil von ihr hatte gehofft, es nie wieder sehen zu müssen. Dennoch übte es eine unwiderstehliche Faszination auf sie aus.

Beim Anblick der getöteten Frau war Laura den Tränen nah.

»Wer ist das?«, murmelte sie.

»Helga Bauer. Zweiundfünfzig Jahre. Ermordet vor drei Tagen. Aufgefunden in einer leer stehenden Wohnung, so zugerichtet, wie du auf dem Foto siehst.« Nüchtern, fast gefühllos spulte Michelsen die Informationen ab.

Laura studierte das Bild in all seinen grausamen Details. Die Dekoration des Raums, die gestreifte Matratze, das Bettgestell aus Metall. Sie hatte sich Bacons Gemälde gestern Abend lange in der Zeitung angeschaut und immer wieder versucht, sich das Tatortfoto ins Gedächtnis zu rufen. Die Szene, die nun vor ihr auf dem Schreibtisch lag, war trotzdem um ein Vielfaches schrecklicher als in ihrer Erinnerung. Der Anblick überforderte sie. Sie schloss die Augen und spürte, wie ihr schwindelig wurde. Zweiundfünfzig Jahre, so alt wie ihre Mutter. Wie musste das Opfer gelitten haben? Laura konnte ein Schluchzen nicht unterdrücken. Sie sah zu Michelsen auf, der sie mit unbewegtem Gesichtsausdruck erneut musterte.

»Ich weiß nicht, ob ich das kann«, flüsterte sie mehr, als dass sie sprach.

»Wie bitte?« Michelsens Stimme war ebenso unnachgiebig wie der Rest seiner Erscheinung.

»Ich weiß nicht, ob ich das kann«, wiederholte Laura, dieses Mal lauter. »Die arme Frau.«

»Die arme Frau ist tot«, blaffte Michelsen. »Und sie ist nicht die Einzige. Ich würde gerne rausfinden, wer so was macht, bevor es noch mehr arme Frauen und Männer zu beweinen gibt. Also wäre es schön, wenn du deine sentimentale Ader solange zügeln könntest, bis wir den Kerl haben.«

Seine Worte schallten wie Ohrfeigen. Wie konnte jemand, der angetreten war, um die Welt vor Übeltätern zu schützen, selbst ein derartiges Arschloch sein? Laura beschloss, sich nicht mit solchen Gedanken aufzuhalten. Wenn sie etwas Sinnvolles leisten wollte in diesem Praktikum, war das jetzt ihre Gelegenheit.

»Sieht aus wie auf Bacons Gemälde.« Etwas Schlaueres fiel ihr nicht ein.

Er nickte.

»So weit waren wir gestern schon. Was sonst?«

Laura zögerte. Michelsen schien direkt in ihr Gehirn zu starren.

»Ich weiß nicht.«

Der Kommissar verdrehte die Augen. Er versuchte nicht einmal, seine Verachtung für ihre dämliche Antwort zu verbergen. Sie musste schleunigst mit etwas Gehaltvollerem um die Ecke kommen.

»Das Bild ist demnächst in Essen zu sehen.«

Zum ersten Mal war er es, der seine Gesichtszüge nicht unter Kontrolle hatte. »Was hast du gerade gesagt?«

»Bacons Gemälde. Es ist demnächst in einer Ausstellung in Essen zu sehen.«

Michelsen beugte sich über den Tisch. Mit einem Mal war er ganz Ohr. »Wann und wo?«

»Im Dezember im Folkwang-Museum.«

»Nicht schlecht, Blondchen.«

Hatte er sie gerade ernsthaft »Blondchen« genannt?

Laura schoss das Blut in den Kopf, aber Michelsen schob ihr ein weiteres Bild über den Tisch. »Ist das da zufällig auch zu sehen?«

21. Kapitel

Schweigend betrachtete Laura das zweite Bild, das Michelsen ihr herübergeschoben hatte. Das, was da in nicht ganz optimaler Qualität vor ihr auf dem Schreibtisch lag, war im Original vermutlich ein Ölgemälde. Ein Stillleben, bestehend aus zwei abgetrennten Köpfen, die auf ein weißes Tuch gebettet waren.

Sie schaute über den Tisch hinweg zu Michelsen, der sich in seinem Bürostuhl zurückgelehnt hatte. »Was ist das?«

»Jean Louis Théodore Géricault. *Köpfe von Hingerichteten*. Gefällt es dir?«

Ein Teil von Laura sträubte sich zu verstehen, was Michelsen ihr sagen wollte. »Was ist damit?«

»Nun ja, ich bin mir sicher, dass unser Mörder dieses Bild ebenfalls sehr gut kennt.«

»Sie meinen, wegen der beiden enthaupteten Männer?«

Wie zur Bestätigung griff Michelsen nach einem weiteren Stoß Fotos.

»Nein, ich will das nicht sehen«, sagte sie hastig und hob abwehrend die Hände. »Warum zeigen Sie mir das alles? Warum glauben Sie, dass ich Ihnen helfen kann?«

Der Kommissar richtete sich halb auf und sprach mit eindringlicher Stimme. »Du hast gestern auf den ersten Blick erkannt, dass der Mörder seine Opfer nach der Vorlage berühmter Gemälde tötet. Das haben vierzig Idioten inklusive mir und einem alten Klugscheißer aus Köln vorher nicht zustande gebracht. Deshalb will ich, dass du mir hilfst. Dieser Mörder hat irgendeine Botschaft für uns. Und erst wenn wir die kennen, können wir herausfinden, wer er ist.« Er war offenbar nicht gewillt, auch nur eine Sekunde Zeit zu verlieren. »Aus irgendeinem Grund stellt er Bilder mit Leichen nach. Ich will wissen, wer so etwas tut und vor allem, warum.«

»Aber woher soll ich das wissen?« Laura fühlte sich in die Enge getrieben.

»Na, ich denke, du willst Ermittlerin werden. Dann beweis mal, ob du was draufhast.«

Eine unangenehme Pause entstand. Wie es schien, erwartete er, dass sie irgendetwas sagte.

»Vielleicht hält er sich selbst für einen Künstler?«

Michelsens Gesicht verriet, dass er das für keine besonders originelle Überlegung hielt.

»Vielleicht handelt es sich um eine Person aus der Kunstszene«, versuchte sie es weiter.

Der Kommissar wiegte den Kopf. »Möglich, aber soweit wir wissen, hatten die bisherigen Opfer keinerlei Beziehung zum Kunstbetrieb. Es deutet allerdings einiges darauf hin, dass sie ihren Mörder gekannt haben.«

Auf diese Art kam sie nicht weiter. Sie musste systematisch überlegen, wenn sie irgendeine Hilfe sein wollte. »Sie wissen also nur, dass er Menschen nach der Vorlage alter Gemälde tötet?«

Michelsen nickte. »Dank dir weiß ich nun auch, dass eines der Gemälde in drei Wochen in die Stadt kommt. Außerdem tragen zwei der drei Toten die gleiche Tätowierung.«

»Was für eine Tätowierung?«

Michelsen klickte auf seinem Computer herum, dann winkte er sie zu sich.

Beim Aufstehen war ihr mulmig zumute. Als sie das letzte Mal hinter Michelsen gestanden und ihm über die Schulter geblickt hatte, hatte er sie danach beinahe in Stücke gerissen.

Der Monitor zeigte zwei Großaufnahmen: ein Frauenbein und ein Stück Haut, das Laura nicht zuordnen konnte. Auf beiden Fotos war in der Tat ein Tattoo zu erkennen.

»Einer der zwei enthaupteten Männer und Helga Bauer trugen zum Zeitpunkt ihres Todes die Buchstaben R und G auf der Haut. Holger Baniszewski am Hals, Helga Bauer am linken Fuß. Beide waren nach dem jetzigen Ermittlungsstand zu Lebzeiten nicht tätowiert.«

Laura fröstelte, als wäre die Novemberkälte geradewegs in das stickige Büro gezogen. Vielleicht hatte Michelsen recht und sie verstand die Botschaften tatsächlich, die ihnen der Mörder zukommen ließ.

»Alles gut?«, wollte der Kommissar wissen.

Laura fragte sich, ob sie einen Schatten von Besorgnis in Michelsens Blick erkannte oder ob er nur wartete, dass sie endlich etwas sagte. Konnte es sein, dass ihm der Gedanke noch nicht gekommen war? Sie zwang sich, ruhig zu sprechen.

»Die Tattoos ...«, hob sie an, aber ihre Stimme versagte.

«Was ist damit? Hast du eine Ahnung, was sie bedeuten?«

Die Zunge klebte ihr am Gaumen. In was für einen kranken Mist war sie da hineingeraten?

»Ich glaube …«, fuhr sie fort. »Ich glaube, er signiert seine Bilder.«

22. Kapitel

Michelsen hatte kaum Zeit, den Sinn hinter Lauras Worten zu verarbeiten, denn just als sie geendet hatte, klingelte das Telefon.

Er hasste es, unterbrochen zu werden. Zu Hause rief glücklicherweise so gut wie nie jemand an. Die Ermittlungsarbeit jedoch machte es unerlässlich, in ständigem Kontakt mit seinem Team zu stehen. Selbst nach all den Jahren fiel es ihm immer noch schwer, sich damit zu arrangieren.

Er hoffte, dass es wichtig war, als er die Nummer des Sekretariats auf dem Telefon erkannte. Er hatte weiß Gott genug zu tun. Die Information über die antiken Vorlagen der Essener Morde warf einen Haufen neuer Fragen auf. In wenigen Stunden würden auch die Medien vermutlich über die Parallelen zu den Gemälden alter Meister berichten. Bei so vielen Leuten, die in die Ermittlungen an einem derartigen Fall involviert waren, gab es immer eine undichte Stelle.

»Kriminalhauptkommissar Michelsen?«

»Was?«

»Hier ist ein Herr in der Leitung, der Sie gerne sprechen möchte.«

Michelsen verdrehte die Augen. »Worum geht's?«

»Das wollte er mir nicht sagen«, antwortete die Sekretärin ruhig.

Na großartig. Man brauchte also nicht mal einen Grund anzugeben, um zum Leiter der Mordkommission durchgestellt zu werden. Mit einer Handbewegung bedeutete er Laura, den Raum zu verlassen.

Da er in seinem Unmut versäumt hatte zu widersprechen, legte die Sekretärin nach einer kurzen Pause auf. Ein Klicken in der Leitung verriet, dass nun die Verbindung zum Anrufer hergestellt war.

»Michelsen, Kripo Essen.« Er beherrschte sich, um seine Stimme professionell und freundlich klingen zu lassen. Schließlich hatte er keine Ahnung, mit wem er überhaupt redete.

Ein leises Kichern am anderen Ende der Leitung war die einzige Antwort.

»Wer ist da? Kann ich etwas für Sie tun?«, fragte er schärfer.

»Sie für mich?«, antwortete eine männliche Stimme. Ihr heller Ton und die leicht nasale Aussprache erinnerten Michelsen an seinen alten Französischlehrer. »Danke der Nachfrage«, fuhr der Fremde fort, »mir geht es bestens. Ich frage mich eher, ob Sie zu schätzen wissen, was ich für Sie tue.« Es amüsierte den Anrufer hörbar, dass Michelsen offensichtlich keinen Schimmer hatte, wovon er sprach.

»Was ist der Grund Ihres Anrufs?«, wollte er im höflichsten Ton wissen, zu dem er fähig war.

»Ich möchte mit dem Mann sprechen, der es sich zur Aufgabe gemacht hat, mich zu jagen.«

Urplötzlich stand Michelsen kerzengerade vor seinem Schreibtisch. Was hatte der Typ gerade gesagt! »Wer spricht da?«

»Meine Person tut nichts zur Sache«, fuhr der Unbekannte fort. Er klang unerträglich hochnäsig. »Sie werden mich noch früh genug kennenlernen. Machen Sie sich keine Sorgen.«

»Hören Sie, wenn das ein Scherz sein soll, kommt Sie das teuer zu stehen!« Michelsen stützte sich mit einer Hand auf der Tischplatte ab, in der anderen hielt er den Hörer, in den er nun fast hineinbrüllte.

»Aber nein«, erwiderte der Mann in beschwichtigendem Tonfall. »Mit solchen Dingen treibe ich keine Scherze. Ich bin ganz ehrlich zu Ihnen. Deswegen verlange ich, dass Sie es auch sind, wenn ich Ihnen nun eine Frage stelle.«

Michelsen atmete schnell. Egal, ob es sich um den Täter oder einen Trittbrettfahrer handelte, der Typ würde sein blaues Wunder erleben. Selbst bei unterdrückter Nummer war das Telefonat problemlos zurückzuverfolgen.

»Ich nehme Ihr Schweigen als Zustimmung. Also, Herr Kriminalhauptkommissar, was haben Sie gefühlt, als Sie meine Reproduktionen betrachtet haben?«

Michelsen kochte vor Wut. Wer, zur Hölle, war der Anrufer? Sprach er tatsächlich mit dem Mörder, oder hielt er ihn zum Narren? »Was ich gefühlt habe?« Er sprach nun ganz leise. »Ich habe gefühlt, dass ich dich zur Strecke bringe, du mieses Arschloch!«

Der Anrufer kicherte erneut, diesmal klang es jedoch eher mitleidig als amüsiert. »Ach, Herr Kriminalhauptkommissar, wieso denn gleich so unflätig? Aber immerhin sind Ihnen meine Arbeiten nicht egal.«

»Wovon reden Sie, verdammt noch mal?«

»Meine Bilder. Sie sind Ihnen nicht gleichgültig. Gleichgültigkeit wäre das Schlimmste. Wissen Sie, wenn das Publikum keine Albträume hat, ist ihm sofort langweilig.«

»Es gibt kein Publikum für Ihren perversen Scheiß!«, schrie Michelsen ins Telefon.

»O doch, da machen Sie sich mal keine Sorgen.« Wieder das ekelhafte Kichern.

Bevor Michelsen den Mund zu einer Erwiderung öffnen konnte, hatte der Anrufer aufgelegt.

23. Kapitel

Unmittelbar nach seinem Telefonat mit dem Mörder ließ Michelsen die Mitglieder der Soko im großen Konferenzraum zusammenrufen. Eine Nachricht wie diese mussten alle auf dem schnellsten Wege erfahren. Über die Parallele des Enthauptungsmordes zu Géricaults Gemälde hatte er die Kommission gestern Nacht sofort telefonisch informiert.

Auf dem Gang lief er Dreyfuss geradewegs in die Arme. Ohne die Schritte zu verlangsamen, setzte Michelsen seinen Weg fort.

»Kriminalhauptkommissar Michelsen, ich höre, es gibt Neuigkeiten?«, drängte sich Dreyfuss auf.

»Kann man so sagen.«

»Ich habe ebenfalls etwas zu berichten.«

Michelsen ging nicht darauf ein. Was immer der Aschenbecher herausgefunden zu haben glaubte, gegen seine Meldung war es momentan nicht von Relevanz.

An der Tür des Konferenzraums überreichte ihm ein junger Beamter einen Computerausdruck mit der Ausstellungsankündigung von *Die andere Seite.* Nicht übel, so weit war die Soko also auch ohne ihn gekommen.

Stanojevic wartete bereits an der Kopfseite des Raums. Ihm hatte Michelsen bis auf die knappe Aufforderung, alle zusammenzurufen, nichts erzählt.

»Kannst du mir mal verraten, was dieser Auftritt soll?«, zischte Stanojevic ihm zwischen zwei Gummibärchen zu, die er sich in den Mund warf. Michelsen gab keine Antwort.

Die Luft im Raum war zum Schneiden dick, knapp dreißig Frauen und Männer standen in kleinen Gruppen beisammen. Einige der Beamten befanden sich seit sechsunddreißig Stunden im Dauereinsatz und hatten weder geduscht noch ihr eigenes Bett gesehen. Als Michelsen das Wort erhob, erstarb das allgemeine Gemurmel.

»Liebe Kollegen«, wandte er sich an die versammelten Beamten. »Ich bitte euch, mir gut zuzuhören. Der Täter hat sich gerade telefonisch mit uns in Verbindung gesetzt.«

Mit einem Mal herrschte Totenstille.

Harald Dreyfuss gewann seine Fassung als Erster wieder. »Wie bitte?«, rief er. »Will er sich stellen?«

Michelsen schüttelte den Kopf. »Nein, das glaube ich nicht.« Er berichtete von dem rätselhaften Telefongespräch. »Die Nummer, von der aus der Täter angerufen hat, wird aktuell überprüft. Vielleicht finden wir auf diese Weise heraus, wo er sich aufhält. Wir müssen davon ausgehen, dass der Täter weitere Morde geplant oder bereits begangen hat. Wie ich erläutert habe, sprach er am Telefon von seinem Publikum. Ich habe keine Ahnung, was er damit meint.«

Dreyfuss, der Michelsens Schilderung ebenso aufmerksam gefolgt war wie der Rest der Mannschaft, ergriff das Wort. »Nun gut! Wir haben eine Liste aller Exponate der geplanten Ausstellung angefordert. Die beiden bisherigen Morde basieren eindeutig auf Werken, die dort gezeigt werden sollen. Außerdem werden wir jeden befragen, der in die Planung und Umsetzung involviert ist. Ein Team ist unterwegs zum Folkwang-Museum. Wer käme als Täter eher infrage als ein Mitarbeiter?« Er machte eine kurze Pause, ehe er weitersprach. »Und was das Publikum betrifft: Ich denke, ich weiß, wovon der Typ gesprochen hat.«

»Wie meinen Sie das?«, fragte Michelsen zurück.

Wortlos winkte Dreyfuss einen jungen Beamten aus der Sonderkommission heran. Der Mann stellte sich als Ümüt Topal vor. Er war kurz gewachsen, schwarzhaarig und trug ein hautenges Funktionsshirt, das seine durchtrainierten Oberarme zur Geltung brachte. Michelsen kannte diese Typen: hoch motivierte Heißsporne direkt von der Polizeiakademie, die antraten, um für die gute Sache zu kämpfen. Er selbst war einmal einer von ihnen gewesen.

»Ümüt forscht im Netz nach Hinweisen auf die Identität des Täters«, erklärte Dreyfuss. »Ich denke, Sie sollten sehen, was er heute entdeckt hat.« Auf sein Kopfnicken klappte Topal den Laptop auf dem Tisch auf.

Kurz darauf starrte Michelsen fassungslos auf die Leinwand, auf die Topal seine Erkenntnisse projizierte. »Seit wann ist das online?«, fragte er, ohne den Blick abzuwenden.

»Die Fotos sind heute Nacht aufgetaucht. Scheint der erste Post in einem größeren Forum zu sein. Aber mittlerweile findet man sie überall im Netz«, gab Topal zurück.

Michelsen atmete tief durch. Eine polnische Internetseite zeigte Fotos der Leiche von Helga Bauer sowie der Köpfe von Baniszewski und Gossler. Daneben war jeweils das entsprechende Gemälde zu sehen. Die Bilder ähnelten den Tatortfotos frappierend. Doch in der direkten Gegenüberstellung fiel auf, dass der Fotograf den Aufnahmewinkel exakt so gewählt hatte, dass das Resultat den berühmten Vorlagen glich. Die krankhafte Perfektion, mit der der Mörder die Kunstwerke nachstellte, trat damit noch grausamer zutage.

»Er hat sein Publikum also bereits gefunden.« Stanojevic ließ sich neben ihm kraftlos auf einen Stuhl sinken.

»Davon können Sie ausgehen«, erwiderte Dreyfuss bitter. »Es wäre ein Wunder, wenn die Presse nicht längst Wind davon bekommen hätte. Das heißt, morgen weiß das ganze Land, dass in Essen ein Serienmörder die Bilder einer Ausstellung mit Leichen nachstellt. Keine gute Publicity für Ihre Abteilung.«

»Und die Kids verschicken die Fotos vermutlich jetzt schon über WhatsApp«, ergänzte Stanojevic.

Michelsen biss sich vor Zorn auf die Lippe. Die Bilder der Morde im Internet zu sehen, war eine Katastrophe. Sie hatten jegliche Kontrolle über diesen Fall verloren.

»Also schaut uns ab morgen die ganze Welt bei den Ermittlungen zu«, sagte er grimmig. »Und alle – vom Bürgermeister bis zum Polizeipräsidenten – werden uns in den Arsch treten, damit wir den Fall lösen, bis diese Scheißausstellung startet. Kurzum, wir sind geliefert.«

Einige Sekunden lang fiel kein Wort, als müssten die Umstehenden diese Erkenntnis erst verarbeiten.

»Finde raus, wer das da reingestellt hat!«, verlangte Michelsen schließlich.

»Wir sind dran«, antwortete Topal. »Wenn der Kerl in Deutschland sitzt, müsste das relativ schnell gehen.«

24. Kapitel

Kurz nachdem Michelsen Laura aus dem Raum geschickt hatte, waren alle Beamten der Mordkommission in einen Besprechungsraum geströmt, als gäbe es eine Krisensitzung. Sie hatte sofort begriffen, dass sie fehl am Platz war, und sich wieder auf den Weg zum KK12 gemacht. In der Verkehrsinspektion wollte sie sich nach der Aktion vom Morgen nicht mehr blicken lassen. Nun saß sie bei Natalie und versuchte, sich nicht anmerken zu lassen, wie sehr sie unter Strom stand. Die Zeit zog sich wie Kaugummi, aber sie konnte nichts tun, als zu warten. Wenn der Rest der Abteilung Wind davon bekam, dass Michelsen eine Praktikantin in einen Mordfall, noch dazu einen hochbrisanten, einweihte, würde er jede Menge Probleme bekommen.

»Willst du eigentlich nicht mal nach Hause gehen?« Natalie klang besorgt. »Immerhin ist Freitag und ich glaube, Praktikanten haben um vier Uhr Feierabend.«

Laura sah auf ihr Handy. Schon nach sechs. Vermutlich war es tatsächlich schlauer, nach Hause zu gehen.

Heute erfuhr sie sicher nichts mehr über den Fall. Sie musste wohl bis Montag warten.

Sie verabschiedete sich von Natalie und holte ihre Jacke, die sie morgens auf dem Flur im Erdgeschoss an einen Haken gehängt hatte. Da, wo die Schreibzimmer und die Teeküche lagen, herrschte um diese Uhrzeit gespenstische Stille. Die Milchglasfenster in den grauen Holztüren waren allesamt verdunkelt, nur auf den Gängen flirrte das tote Licht der Neonröhren. Sie ertappte sich dabei, wie sie einen ängstlichen Blick über die Schulter warf. Wer ihr hier auflauerte, konnte alles mit ihr machen, ohne dass es jemand vor dem nächsten Morgen bemerkte. Ermordet im Polizeipräsidium. Laura erschauderte bei dem Gedanken und zog den Reißverschluss ihrer Jacke bis unters Kinn zu.

»Laura?«

Die Stimme war hinter ihr. Sie erstarrte vor Schreck.

»Kann ich mit dir reden?«

Sie spürte, wie ihr Kopf knallrot wurde, als sie Alexander Michelsens markanten Bariton erkannte. Langsam drehte sie sich um.

»Ja klar. Worum geht's?«

»Nicht hier, komm mit.«

Wenige Minuten später saßen sie in Michelsens Passat vor dem Polizeipräsidium. Er startete den Motor und drehte die Heizung auf. Es war verflucht kalt im Wageninneren, doch er hatte darauf bestanden, dass sie sich hier unterhielten. Er hatte wohl Sorge, dass sie jemand zusammen sah. Laura sollte es recht sein. Hauptsache, sie erfuhr irgendetwas über den Fall.

»Okay, also pass auf. Alles, was ich dir erzähle, bleibt unter uns. Wenn irgendjemand das mitkriegt, bin ich meinen Job los.«

»Alles klar.«

Er musterte sie einen Moment lang, als überlege er, ob er ihr vertrauen konnte. »Wie kommt es überhaupt, dass du zur Polizei willst und nicht irgendwas studierst?«

»Das habe ich schon«, antwortete Laura zögernd. »Ich habe einen Bachelor in Kunstgeschichte, aber das ist nicht das Richtige für mich.«

Michelsen verzog das Gesicht. »Kunstgeschichte? Ist ziemlich weit weg von der Kripo.«

Laura zuckte mit den Schultern. »Ich weiß. Irgendwie habe ich mir die Polizeiarbeit nicht richtig zugetraut.«

»Immerhin erklärt es, wieso du unserem Mörder so schnell auf die Schliche gekommen bist.«

»Kann sein«, murmelte Laura.

»Also gut«, fuhr Michelsen fort. »Ich habe mit dem Mörder telefoniert.«

»Sie haben was?« Hatte er das gerade wirklich gesagt?

»Er hat mich heute Morgen angerufen.«

»W-was …?« Laura schloss den Mund, als sie bemerkte, dass sie vor Aufregung stotterte. Tief durchatmen!

»Krieg dich mal bitte wieder ein. Ich will, dass du nachdenkst, ob dir zu dem, was er gesagt hat, irgendetwas einfällt. Du scheinst ein helles Köpfchen zu sein.«

Laura nickte, um zu signalisieren, dass sie bereit war, es zu versuchen.

»Er hat mich gefragt, wie mir seine Werke gefallen.«

»Das ist alles? Sonst hat er nichts gesagt?«

»Na ja, doch.« Michelsen schilderte ihr eine bizarre Unterhaltung, die für sie nur wenig Sinn ergab. »Wenn das Publikum keine Albträume hat, ist ihm sofort langweilig.«

Der merkwürdige Satz biss sich in Lauras Kopf fest.

»Was meinen Sie, was das zu bedeuten hat? Was für ein Publikum?«

»Das habe ich mich ebenfalls gefragt. Mittlerweile weiß ich es. Leider.«

»Leider? Was soll das heißen?«

»Er stellt die Fotos seiner Morde ins Internet.«

Übelkeit stieg in ihr auf. Auf einmal kam ihr die Luft im Auto unendlich stickig vor. Sie musste das Seitenfenster ein Stück hinunterlassen.

Während Michelsen weitersprach, dachte Laura an die Angehörigen der Toten. Wie schrecklich es sein musste, die geliebten Menschen vor aller Welt tot ausgestellt zu sehen. Alles begann, sich um sie zu drehen. Sie war sich mit einem Mal nicht mehr so sicher, ob sie an diesem Fall mitarbeiten wollte.

Plötzlich tauchte ein älterer Mann mit Hut und Mantel auf dem Parkplatz auf.

»Fuck!«, zischte Michelsen.

Der Typ draußen kniff die Augen zusammen, um besser durch die Windschutzscheibe sehen zu können. Er schien Michelsen zu erkennen, denn er grüßte mit einem angedeuteten Nicken. Einige Sekunden lang fixierte er Laura intensiv, ehe er sich abwandte und weiterging.

»Wer war das?«, fragte sie, als der Mann außer Sichtweite war.

»Harald Dreyfuss.«

»Wer?«

»So ziemlich der Letzte, der uns zwei zusammen sehen sollte.«

Laura begriff, dass dies der falsche Zeitpunkt war, um weitere Fragen zu stellen. Hastig verabschiedete sie sich von Michelsen und öffnete die Beifahrertür.

»Du sagst keinem was.«

»Natürlich nicht, machen Sie sich keine Sorgen.«

Sie beeilte sich auszusteigen und wollte gerade die Tür zuwerfen, als sich der Kommissar noch einmal über den Beifahrersitz zu ihr hinüberbeugte.

»Laura?«

Sie hielt in der Bewegung inne. »Ja?«

»Hör gefälligst auf, mich zu siezen.«

25. Kapitel

Michelsen schlug die Wohnungstür hinter sich zu, die laut knallend ins Schloss fiel. So eine Scheiße! Warum, zur Hölle, musste dieser verdammte Dreyfuss ausgerechnet dann über den Parkplatz laufen, wenn er mit Laura im Auto saß? Für den schmierigen Kölner war das natürlich ein gefundenes Fressen. Der Essener Kommissar, der sich schon in der Vergangenheit einen folgenschweren Fehltritt geleistet hatte, trieb sich in seiner Freizeit mit einer Praktikantin herum. Wie konnte er nur dermaßen blöd sein! Warum war er nicht zwei Straßen weiter gefahren oder direkt mit Laura in seinem Büro geblieben?

Er riss den Kühlschrank auf und starrte hinein. Früher hatte er sich in solchen Situationen gerne ein oder zwei Drinks gegönnt, er war jedoch dazu übergegangen, nicht mehr zu trinken, wenn er genervt oder gestresst war. Stattdessen trainierte er lieber. Allerdings nicht, ohne vorher etwas gegessen zu haben. Immer noch vor

Wut kochend, schnappte er sich eine Packung Hähnchenbrustfilet und warf die Kühlschranktür zu.

Während das Fleisch in der Pfanne brutzelte, versuchte er sich vergeblich einzureden, dass er Lauras Hilfe tatsächlich brauchte. Dass seine Entscheidung nichts mit der Tatsache zu tun hatte, dass sie zufällig eine junge Frau war, die genau sein Typ war. War es ein Fehler gewesen, sie einzuweihen? Natürlich war es das! Genau wie es vor fünf Jahren ein Fehler gewesen war, Sina bei der Festnahme von Clemens Beckdorf mitzunehmen. Sina war zu jung gewesen, zu unerfahren im Einsatz. Und er hatte es gewusst! Er hatte gewusst, dass Beckdorf als gefährlich galt und bewaffnet war. Doch sie hatten es Sina zu verdanken gehabt, dass sie dem zweifachen Mörder überhaupt auf die Spur gekommen waren. Sie hatte es sich auf keinen Fall nehmen lassen wollen, bei seiner Verhaftung dabei zu sein, und Michelsen hatte ihr keinen Wunsch abschlagen können. Er war seit ihrer ersten Begegnung in die junge Polizistin vernarrt gewesen. Aber als ihr Vorgesetzter hätte er es ihr verbieten müssen, ihn zu begleiten. Jetzt war Sina tot.

Ein lautes Zischen riss ihn aus seinen Gedanken, als der Reis auf dem Herd überkochte. Blitzschnell nahm er den Deckel vom Topf und drehte die Hitze herunter. Er musste dringend den Kopf freikriegen, bevor er komplett durchdrehte. Wenn er diesen Fall lösen wollte, musste er perfekt funktionieren und sich auf das konzentrieren, was vor ihm lag. Für Sentimentalitäten blieb keine Zeit.

26. Kapitel

»Er hat was?« Pierre hatte sie anfangs noch mit seinen üblichen Scherzen unterbrochen. Im Laufe ihres Berichts war er immer stiller geworden. Jetzt starrte er Laura mit weit aufgerissenen Augen aus dem Chatfenster heraus an, als könne er nicht glauben, was er gerade gehört hatte.

»Ja, ist das nicht krass, dass er mich um Hilfe gebeten hat?« Die Worte sprudelten nur so aus ihr heraus. »Das mit der Ausstellung wusste er gar nicht.«

»Ja, das ist tatsächlich krass. Krass verantwortungslos von dem Typen! Laura, halte dich da raus. Das darf der überhaupt nicht.«

Das wusste sie selbst. Natürlich war es völlig unvernünftig, sich auf die Sache einzulassen. Aber etwas Besseres, als direkt an den Ermittlungen in einem Mordfall beteiligt zu sein, konnte ihr nicht passieren. »Ich gebe ihm doch bloß ein paar Tipps. Was stört dich daran?«

Pierre schüttelte den Kopf. »Es ist nicht okay, dass er

dich da mit reinzieht. Hast du dich mal gefragt, warum er das macht?«

Unwillkürlich musste Laura lächeln. »Bist du eifersüchtig?« Ihr Freund verdrehte die Augen. »Wer weiß, vielleicht gehe ich ja mal mit ihm aus.« Es machte Spaß, Pierre ein bisschen zu necken. »Mach dir keine Sorgen«, fügte sie lachend hinzu. »Er ist nicht mein Typ, zu viele Muskeln. Obwohl ich ja schon auf ältere Männer stehe.«

Bei der Anspielung auf ihre vier Jahre Altersunterschied musste Pierre widerwillig grinsen. »Ich hab auch jede Menge Muskeln«, sagte er mit vorgetäuschter Empörung.

Laura lachte auf. Pierre war ein Spargeltarzan, gerade das gefiel ihr so an ihm. »Ja, du hast ganz viele Muskeln, du starker Mann.«

»Glaubst du mir nicht?«

»Mmh, ich weiß nicht.« Die scherzhafte Herausforderung in ihrer Stimme war unüberhörbar. »Vielleicht musst du sie mir zeigen?«

»Oooookaaayyy.« Mit einem schelmischen Grinsen begann Pierre, sein Hemd aufzuknöpfen.

27. Kapitel

»Also, noch mal, wie heißt er?«, fragte Michelsen.

»Felix Steinmann.« Topal deutete auf den Bildschirm seines Laptops.

Es war früh am Samstagmorgen. Michelsen stand mit Stanojevic neben Topal, der offensichtlich die ganze Nacht über am Computer gesessen und die Spur der grausamen Bilder im Internet nachverfolgt hatte. Sein schwarzes Haar glänzte speckig. Neben dem Laptop eine fast leere Kaffeekanne und ein Becher mit dem *Batman*-Logo darauf.

»Und dieser Steinmann hat die Fotos ins Internet gestellt?«, wollte Michelsen wissen.

»Sieht ganz so aus. Zumindest hat uns sein Internetprovider zu der IP-Adresse seine Anschrift herausgegeben. Der Mann wohnt in Duisburg.«

»Passt nicht unbedingt zu unserem Anrufer«, warf Stanojevic ein.

Michelsen nickte. Wie sie gestern Abend erfahren hatten, gehörte die Telefonnummer, von der der vermeintliche Täter angerufen hatte, zu einem Prepaidhandy. Der Anrufer hatte sich zum Zeitpunkt des Telefonats in Essen-Borbeck aufgehalten. Aber wer sagte, dass Steinmann nicht zum Telefonieren die Stadt gewechselt hatte, um unerkannt zu bleiben?

Er klopfte dem jungen Beamten auf die Schulter. »Gute Arbeit. Und wer ist der Typ? Hat er irgendwas mit dem Museum zu tun?«

Topal deutete auf den Bildschirm. »Nicht ganz. Vierunddreißig Jahre. Ehemaliger Student der Kunstakademie Düsseldorf. Ist allerdings ohne Abschluss von der Hochschule abgegangen.«

Michelsen sah zu Stanojevic hinüber. »Meinst du, das ist unser«, er verzog das Gesicht, »*Künstler?*«

Den Spitznamen hatte die Presse dem Essener Serienmörder verpasst. Irgendein Schreiberling hatte damit angefangen, nun hieß es in allen Blättern:

Essen zittert vor dem »Künstler«!

Offenbar liebten die Leute solche Betitelungen. Als handelte es sich bei dem Täter um einen Comicbösewicht.

Stanojevic zuckte mit den Schultern. »Schon möglich, dass der Kerl die Leute umgebracht hat.«

Schon möglich. Natürlich, alles war möglich. Das hatte ihnen dieser Wahnsinnige bereits zum wiederholten Mal bewiesen.

»Wir haben Kontakt zu dem Professor aufgenommen, in dessen Klasse Steinmann studiert hat«, schaltete sich Topal wieder ein. »Er ist bereit, sich befragen zu lassen.«

Ohne eine Sekunde zu zögern, warf sich Michelsen seine Jacke über. »Wir fahren zu Steinmann. Mit dem Professor telefonieren wir unterwegs.«

28. Kapitel

Unaufhörlich prasselte der Regen auf die Windschutzscheibe, während Michelsen den Passat auf der A40 Richtung Duisburg lenkte. So früh am Samstagmorgen war die Autobahn wie ausgestorben. Vor ihm in der Ferne ragten die Schornsteine der Industrieanlagen in den grauen Himmel wie die Gerippe verendeter Tiere.

Sie waren unmittelbar nach ihrer Unterredung mit Topal aufgebrochen, um Felix Steinmann einen Besuch abzustatten. Die Duisburger Kollegen hatten sofort begonnen, den Bereich großräumig abzuriegeln. Bei einem Fluchtversuch würde der gescheiterte Kunststudent nicht weit kommen.

»Was können Sie uns über Felix Steinmann erzählen?«, richtete Michelsen das Wort an Professor Reinhold Fink, der ihnen über die Freisprechanlage zugeschaltet war.

»Herrje, Steinmann war nicht gerade ein einfacher Student«, erwiderte der Professor. »Obwohl er wirklich begabt war. Oder vielleicht gerade deswegen«.

»Können Sie das näher ausführen?«, hakte Michelsen nach.

»Steinmann hatte ständig Konflikte mit Dozenten und der vorherrschenden Lehrmeinung. Er konnte sehr verächtlich gegenüber seinen Mitstudenten sein, und viele seiner Entwürfe waren außerordentlich gewalttätig und obszön.«

Michelsen und Stanojevic warfen sich einen Blick zu. Die Beschreibung passte zu einem Serienmörder.

»Er hat Entwürfe seiner Kommilitonen zerrissen und ist mehrfach handgreiflich gegenüber anderen Studenten geworden«, fuhr der Professor fort. »Meist hat er sie wegen ihrer angeblich minderwertigen Kunst beschimpft. Endgültig der Fakultät verwiesen wurde er, als er in den Ausstellungsraum uriniert hat, in dem seine Klasse ihre Semesterabschlussarbeiten präsentiert hat.«

»Klingt ja nach einem echten Herzchen«, bemerkte Stanojevic.

Michelsen nickte. »Ich bin auch schon ganz gespannt, den Kerl kennenzulernen.«

Sie bedankten sich bei Professor Fink und beendeten das Gespräch. Wie sie im Anschluss per Telefon erfuhren, machte die Rekonstruktion der Tathergänge indes kaum Fortschritte. Auch Helga Bauer war vor ihrem Tod mit der Hellabrunner Mischung betäubt worden. Nach Aussagen der Nachbarn musste sie am Dienstag gegen fünf Uhr am Nachmittag die Wohnung verlassen haben. Ein Bewohner unten aus dem Haus hatte sie mit dem Wagen wegfahren sehen. Keine vierundzwanzig Stunden später war sie tot aufgefunden worden.

»Ich hab von deinem Auftritt bei der Verkehrsinspektion gehört«, sagte Stanojevic, nachdem sie eine Weile geschwiegen hatten.

»Keine Ahnung, wovon du redest«, knurrte Michelsen.

»Was wolltest du denn von der Praktikantin?«, fragte Stanojevic unbeirrt nach.

»Ich hab ihr nur klargemacht, dass sie ihre Nase nicht in Sachen stecken soll, die sie nichts angehen.«

»Ach so«, gab Stanojevic zurück. »Und ich dachte schon, es hat was damit zu tun, dass sie eine gut aussehende Blondine ist.«

»Willst du irgendetwas andeuten?«

»Würde mir im Traum nicht einfallen.«

Schweigend setzte Michelsen den Blinker und fuhr an der Ausfahrt Marxloh von der Autobahn ab. Der Stadtteil galt seit Langem als Problembezirk, um den die Polizei normalerweise einen großen Bogen machte. Die Straße, in der Felix Steinmann lebte, war von grauen Mehrfamilienhäusern gesäumt. Hoffnungslosigkeit, in Beton gegossen. Dies waren die Orte im Ruhrgebiet, an denen die von der Gesellschaft Vergessenen lebten. Nach dem Kenntnisstand der Polizei bezog der arbeitslose Steinmann staatliche Transferleistungen. In dieser Nachbarschaft war er damit sicher nicht allein.

»Nette Gegend, was?«, versuchte Michelsen die Situation zu entspannen.

Neben ihm auf dem Beifahrersitz brummte Stanojevic etwas Zustimmendes, während er angestrengt aus dem Fenster starrte. Die Wolkendecke zog sich immer weiter zu, der Regen erschwerte die Sicht. »Ich glaube, da ist es. Halt mal an.«

Michelsen parkte den Wagen am Straßenrand und schaute sich um. Das Haus mit der Nummer 34 war ein ebenso abweisender grauer Betonklotz wie alle Gebäude in der Nachbarschaft. Der perfekte Ort, um in der Anonymität unterzutauchen. »Also wenn ich ein Mörder wäre, würde ich mich hier verstecken.«

Stanojevic zuckte mit den Mundwinkeln. »Du kannst dich verstecken, wo du willst, Alex. Dich kommt sowieso keiner suchen.«

In diesem Punkt hatte Stanojevic vermutlich recht. Wenn er morgen verschwände, bräuchte die Mordkommission einen neuen Leiter, und Robert würde sich fragen, was aus seinem Studioschlüssel geworden war. Bestenfalls würde sich Stanojevic mit einem Lächeln an seine trockenen Sprüche erinnern. Aber vermissen? Nein, er konnte sich nicht vorstellen, dass irgendjemand aufrichtig um ihn trauern würde. Merkwürdigerweise empfand er diesen Gedanken als tröstlich.

Er zog den Zündschlüssel ab. Routinemäßig überprüften sie ihre Dienstwaffen in den Holstern unter ihren Jacken.

Steinmann wohnte in der dritten Etage. Die Klingelschilder wurden anscheinend von der Hausverwaltung gestellt, denn eines sah aus wie das andere. Es gab keine Gegensprechanlage, kurz nachdem sie geklingelt hatten, ertönte jedoch der Türsummer. Aus dem Treppenhaus schlug ihnen der Geruch von Urin entgegen. Die Briefkästen an der Wand quollen über vor Werbeprospekten und Briefumschlägen. Ein Kinderwagen, der seine besten Tage bereits hinter sich hatte, parkte mitten im Weg. Michelsen schüttelte den Kopf, während sie die Treppe hinaufstiegen. In all den Jahren im Polizeidienst hatte er unzählige Häuser und Wohnungen betreten. Trotzdem erschreckte es ihn immer wieder, wie wenig die Leute auf sich und ihre eigenen vier Wände achtgaben. War es da ein Wunder, dass es ihm mit jedem Berufsjahr immer schwerer viel, seinen Respekt vor der Menschheit nicht zu verlieren?

Steinmanns Wohnungstür war verschlossen. Sie schellten erneut. Es dauerte einige Sekunden, bis schlurfende Schritte hinter der Tür erklangen. Ein groß gewachsener junger Mann in weißen Boxershorts und einem schwarzen Unterhemd öffnete ihnen. Mit dunkelbraunen, zerzausten Haaren und einem ungepflegten Kinnbart sah er exakt so aus, wie sich Michelsen einen Studienabbrecher von der Kunstakademie vorstellte.

»Michelsen, Kriminalpolizei Essen, Mordkommission. Das ist mein Partner Kriminaloberkommissar Stanojevic. Wir würden Ihnen gerne ein paar Fragen stellen«, spulte Michelsen seine Begrüßungsrede ab. Er hatte schon gestandene Männer in hektisches Stottern oder spontane Unschuldsbeteuerungen verfallen sehen, wenn die Mordkommission an ihre Tür klopfte. Steinmanns Gesichtsausdruck hingegen schwankte zwischen amüsiert und gelangweilt.

»Wenn's sein muss. Aber soweit ich mich erinnern kann, hab ich keinen umgebracht.«

Michelsen ging nicht darauf ein. »Dürfen wir reinkommen?«

Steinmann verdrehte die Augen. »Klar, liebend gern, ich hab allerdings nicht aufgeräumt. Wenn Sie vorher angerufen hätten, hätte ich vielleicht Kuchen gebacken«, sagte er in sarkastischem Tonfall, während er sie in die Wohnung führte.

Der dunkle Flur roch nach abgestandener Luft. Durch eine der Türen konnte Michelsen einen Blick ins Schlafzimmer erhaschen. Kleidungsstücke bedeckten den Boden rund um das ungemachte Bett, dazwischen leere Bierflaschen. Einem geregelten Tagesablauf schien der junge Mann nicht nachzugehen.

Sie folgten Steinmann ins Wohnzimmer. Ein kleines

Fenster ließ nur wenig Licht herein, sodass die dürftige Einrichtung lediglich von einer Stehlampe in der Zimmerecke beleuchtet wurde. Ein niedriges schwarzes Stoffsofa mit Brandlöchern an den Lehnen stand vor einem Couchtisch mit Glasplatte, der über und über mit Büchern und Blättern voller Skizzen und Zeichnungen bedeckt war. Einen Fernseher konnte Michelsen nirgends ausmachen.

»Wollen Sie sich setzen?«, fragte ihr Gastgeber.

»Danke, wir stehen lieber«, erwiderte Michelsen.

Steinmann zuckte mit den Schultern und ließ sich geräuschvoll auf die Couch fallen. »Soll mir recht sein.« Dann breitete er die Arme links und rechts von sich auf der Rückenlehne aus und schenkte ihnen ein unverschämtes Grinsen. »Und jetzt?«

Michelsen griff in die Innentasche seiner Jacke. »Kennen Sie diese beiden Männer?«

Steinmann schaute flüchtig auf die Fotos, die Michelsen ihm hinhielt. »Nö. Sind nicht so mein Fall, ich hab's mehr mit Mädchen«, antwortete er und bedachte ihn mit einer provozierenden Unschuldsmiene.

Für einen Kunststudenten war dieser Typ äußerst abgebrüht. Die Anwesenheit von zwei Kriminalbeamten in seiner Wohnung schüchterte ihn offenkundig nicht im Geringsten ein.

»Dann hab ich vielleicht was nach Ihrem Geschmack. Kennen Sie diese Frau?«, fuhr Michelsen ungerührt fort und zeigte dem jungen Mann ein Foto von Helga Bauer.

Steinmann entfuhr ein prustendes Lachen. »Ne, auch nicht, aber lassen Sie mich raten: Die sind alle tot, was?«

Michelsen nickte. »Bingo!«

Zum ersten Mal blitzte in Steinmanns Augen so etwas wie Interesse auf. Er lehnte sich nach vorne und stützte die Unterarme auf seinen Oberschenkeln ab. »Und was hab ich damit zu tun?«

»Das würde ich Sie gerne fragen. Sagen Ihnen diese Bilder vielleicht mehr?«, fragte Michelsen und reichte ihm die Ausdrucke des Forumeintrags mit den Fotos der Mordopfer.

Steinmann griff nach den Blättern. Plötzlich erhellte ein breites Grinsen sein Gesicht. »Sie sind auf der Suche nach dem *Künstler.*«

Michelsen und Stanojevic warfen sich einen raschen Blick zu.

»Ziemlich abgefahrene Geschichte, was?«, fuhr Steinmann fort. »Und weil ich die Bilder im Netz gepostet habe, haben Sie sich gedacht, ich hab die Leute umgebracht. Na, Sie sind ja zwei richtige Stardetektive.« Sein Tonfall schlug ins Spöttische um. »Ich fühle mich geschmeichelt. Ich wünschte, ich wär's gewesen.«

Spielte Steinmann mit ihnen? Oder war er einfach komplett wahnsinnig?

»Wie meinen Sie das, Sie wünschten, Sie wären's gewesen?«, hakte Michelsen nach.

»Na, die Morde! Die Inszenierungen! Das ist absolut fantastisch! Hat jemand so etwas je zuvor gewagt? Doch was erzähle ich Ihnen das? Sie verstehen es ja sowieso nicht.« Steinmann saß nun kerzengerade da. Sein gelangweilter Gesichtsausdruck war dem eines fanatischen Predigers gewichen, der zu seinen Anhängern sprach. Wild gestikulierend redete er sich in Rage. »Wir sprechen hier von der großartigsten und radikalsten Kunstaktion seit Ewigkeiten. Kunst, die alle ethischen und rechtlichen Schranken bricht, die selbst vor Mord nicht zurückschreckt. Näher kann man dem reinen Geist der Kunst nicht kommen.«

»Ich denke, die Familien der Mordopfer sehen das etwas anders«, schaltete sich Stanojevic ein.

»Genau das meine ich: Sie denken zu klein. Ihre engstirnigen humanistischen Ideale machen Sie blind für die Großartigkeit der künstlerischen Idee.«

Michelsen sah aus dem Augenwinkel, dass Stanojevic zu einer Erwiderung anhob, und brachte ihn mit einer Handbewegung zum Schweigen. Für moralische Grundsatzdiskussionen war jetzt keine Zeit.

»Die künstlerische Idee? Was glauben Sie, welche künstlerische Idee hinter den Morden steckt?«, fragte er stattdessen.

Steinmann sprang auf und stellte sich direkt vor ihn. »Das ist völlig egal. Ich bin kein Freund von Interpretationen. Die Frage ist nicht, was der Künstler Ihnen sagen will. Die Frage ist, was Sie aus dem Werk ziehen.«

Der Typ war tatsächlich völlig übergeschnappt.

»Also denken Sie, dass der Täter in der Kunstszene zu vermuten ist?«, warf Stanojevic ein.

Steinmann lachte laut auf. »Nein, ganz sicher nicht. Der Kunstbetrieb ist ein Haufen selbstgerechter Verlierer ohne Visionen. Die Absolventen der Kunsthochschulen? Professoren? Keiner von diesen Idioten hätte die Eier, so etwas durchzuziehen. Die haben mich von der Uni geworfen, weil ich nicht in ihre heile Welt gepasst habe. Und ich habe nicht mal jemanden getötet, obwohl mir des Öfteren danach gewesen ist. Nein, an der Kunsthochschule brauchen Sie Ihren Mörder nicht zu suchen.«

»Was glauben Sie, wo wir ihn dann suchen müssen?«, erkundigte sich Stanojevic.

»Keine Ahnung, das ist Ihr Job.« Steinmann ließ sich wieder aufs Sofa fallen, als habe ihn sein enthusiastischer Ausbruch viel Kraft gekostet.

»Wo haben Sie die Fotos her?« Michelsen hatte sich

während Steinmanns Vorstellung nicht gerührt und stand mit verschränkten Armen vor ihm.

Der zuckte mit den Schultern. »Sind die Tage im Darknet aufgetaucht. Waren plötzlich da.«

»Und da dachten Sie sich, dass Sie sie mit der ganzen Welt teilen müssen?«, fragte Michelsen.

»Ja, das dachte ich.« Ein glückseliger Glanz schlich sich in Steinmanns Augen. Als er weitersprach, klang er verklärt, als berichte er von einer religiösen Erweckung. »Das dachte ich, und das denke ich nach wie vor. Jeder sollte diese Bilder sehen. Jeder.« Einige Sekunden verharrte er reglos, den Blick in weite Ferne gerichtet. Erst langsam kehrte er in die Realität zurück. »Kann ich noch was für die Herrschaften tun?«, fragte er schließlich.

»Nein«, antwortete Michelsen und steckte die Unterlagen ein. »Ich denke, das reicht fürs Erste. Ich muss Sie allerdings bitten, uns aufs Revier zu begleiten. Sie sind festgenommen.«

29. Kapitel

»Herzlichen Glückwunsch. Da haben Sie mit unserer Hilfe ja Ihren Hauptverdächtigen geschnappt.« Der selbstgefällige Tonfall von Harald Dreyfuss genügte, um Michelsen auf die Palme zu bringen. Was bildete sich dieser Idiot eigentlich ein? Genau wie Michelsen war der Kölner Ermittler am Sonntagmorgen im Präsidium. Für die Soko gab es kein Wochenende. Dem unerträglichen Geruch nach kam Dreyfuss gerade erst vom Rauchen zurück und legte Michelsen in geheuchelter Jovialität die Hand auf die Schulter.

»Ihr Computerfachmann hat ganze Arbeit geleistet, das stimmt. Steinmann war's allerdings nicht«, knurrte Michelsen zurück.

»Natürlich war er es nicht.« Dreyfuss lachte verächtlich. »Der Junge ist ein harmloser Irrer. In seiner Wohnung haben wir rein gar nichts gefunden, was auf eine Verbindung zu den Morden hinweist. Aber Sie tun verdammt gut daran, der Presse einen Fahndungserfolg zu präsentieren.«

Michelsen nickte widerwillig. Er hasste es, Dreyfuss recht zu geben, die Meldung, dass ein Verdächtiger gefasst worden war, verschaffte ihnen jedoch zumindest etwas Luft gegenüber der Öffentlichkeit. Die Befragung der Museumsmitarbeiter würde mindestens bis Mitte der Woche dauern, und mit jedem Tag, der ohne Erfolgsmeldung ins Land zog, wurden die kritischen Stimmen in den Medien lauter, die nach einer rascheren Aufklärung der Mordserie verlangten. Dass weder Journalisten noch Politiker auch nur den blassesten Schimmer von der Arbeit der Ermittler hatten, tat dabei nichts zur Sache. Die Nachricht von der Festnahme eines Verdächtigen würde die Schreihälse in den Schmierblättern zumindest kurzfristig zum Schweigen bringen. Außerdem bestand die Hoffnung, dass sich der wahre Täter in Sicherheit wiegte und unvorsichtig wurde.

»Steinmann bleibt in Untersuchungshaft, bis wir seine DNA mit den Spuren vom Tatort abgeglichen haben. Außerdem will ich eine Auswertung all seiner Aktivitäten im Netz. Vielleicht hatte er doch Kontakt zum Täter.«

Dreyfuss nickte. »Ümüt ist dran. Und ich werde mir den jungen Mann ebenfalls vornehmen.«

Dagegen hatte Michelsen nichts einzuwenden. Dreyfuss galt als Vernehmungsspezialist und leitete in der Soko dementsprechend die Befragungen und Vernehmungen. Bei Steinmann verschwendete er zwar seine Zeit, so war das Ekelpaket wenigstens beschäftigt und ging ihm nicht auf die Nerven. Er nickte und verließ wortlos den Konferenzraum. Dreyfuss folgte ihm auf den Gang und begleitete ihn, bis sie außer Hörweite der übrigen Beamten waren.

»Und was haben Sie jetzt vor? Treffen Sie sich wieder mit Ihrer kleinen Freundin?«

Michelsen blieb abrupt stehen und warf einen Blick den Flur hinunter. Sie waren allein. Er machte einen raschen Schritt auf Dreyfuss zu, bis sich ihre Nasenspitzen beinahe berührten. Aus der Nähe war der Zigarettengeruch, der sich mit Dreyfuss' billigem Aftershave vermischte, noch penetranter.

»Jetzt hören Sie mir mal zu, Sie Schlaumeier«, zischte er. »Ich habe die junge Frau nach Hause gefahren, weil es dunkel war. Da, wo ich herkomme, gehört sich das so.«

Dreyfuss wich ein Stück zurück. Michelsens körperliche Präsenz schien ihn einzuschüchtern, doch bereits im nächsten Moment fand er sein überhebliches Lächeln wieder. »Es geht mich nichts an, mit wem Sie Ihre Abende verbringen, Kriminalhauptkommissar Michelsen.« Er klang süßlich, beinahe versöhnlich. »Aber nach meinen Informationen haben Ihnen junge Frauen in der Vergangenheit nicht nur Glück gebracht. Ich rate Ihnen daher, vorsichtig zu sein. So was kann schon mal ein Grund sein, dass einem die Ermittlungen abgenommen werden.«

Dieses miese Arschloch! Genauso wie er sich über Dreyfuss informiert hatte, hatte auch der Kölner seine Hausaufgaben gemacht. Und natürlich war er dabei über die Geschichte mit Sina gestolpert. Die Frage, ob Michelsen die junge Kollegin zur Erstürmung der Wohnung des Verdächtigen hätte mitnehmen dürfen, obwohl sie nicht die entsprechende Ausbildung und Erfahrung besessen hatte, hatte die Dienstaufsichtsbehörde damals zu seinen Gunsten nicht weiterverfolgt. Polizeiintern war der Vorfall dennoch jedem geläufig. Dreyfuss wusste verdammt gut, dass er ihn damit in der Hand hatte. Wenn auch nur der leiseste Verdacht nach oben drang, dass sich Michelsen unprofessionell verhielt, war er geliefert.

Er verspürte ein übermächtiges Verlangen, Dreyfuss eine reinzuhauen, doch er hielt sich zurück. Jetzt die Beherrschung zu verlieren, wäre das Dümmste, was er tun konnte. Ohne ein Wort zu erwidern, drehte er sich um und ließ Dreyfuss stehen.

30. Kapitel

Die Nachricht von der Festnahme im Fall des *Künstlers* war das Thema Nummer eins im Polizeipräsidium. Das ganze Wochenende hatte Laura auf den Montagmorgen hingefiebert und im Internet und in der Zeitung nach Neuigkeiten gesucht. Von der Verhaftung hatte sie gestern in den Nachrichten gehört und konnte es kaum glauben. Am Freitag noch hatte sie der Leiter der Mordkommission um ihre Mithilfe bei den Ermittlungen gebeten, weil er nicht weiterkam, und jetzt sollte der Mörder bereits gefasst sein? Sie konnte es kaum erwarten, mit Alexander Michelsen zu sprechen. Angeblich hatte er den mutmaßlichen Täter sogar selbst festgenommen.

Zunächst einmal hieß es jedoch sich zu gedulden. Schließlich konnte sie schlecht in sein Büro marschieren und ihn fragen. Erst recht nicht, da es offensichtlich Leute im Präsidium gab, die sie auf keinen Fall zusammen sehen sollten.

Daher schleppte sich der Tag mühsam dahin. Immer wieder sah Laura auf ihr Handy, doch es wollte und wollte einfach nicht später werden. Das Mittagessen nahm sie wie immer mit Natalie in der Kantine ein, brachte aber kaum einen Bissen herunter. Zu sehr brannte sie darauf zu erfahren, ob der *Künstler* tatsächlich gefasst war.

Nach dem Essen machten sie sich auf den Weg zurück ins Erdgeschoss zum KK12. Gerade berichtete Natalie ihr von ihren Schwierigkeiten, ein Geburtstagsgeschenk für ihren Freund zu finden. Lauras Herz blieb beinahe stehen, als sie Alex in Begleitung zweier weiterer Männer am Fuß der Treppe entdeckte. In eine aufgeheizte Diskussion vertieft, hetzte er mit langen Schritten an ihnen vorbei und bemerkte sie nicht einmal. Kein Wunder. Falls er den Mörder festgenommen haben sollte, hatte er bestimmt Wichtigeres zu erledigen, als sich mit ihr zu unterhalten.

Schweren Herzens folgte sie Natalie zurück ins Büro und versuchte vergeblich, sich auf die Arbeit im Sittendezernat zu konzentrieren.

Gegen drei Uhr nachmittags hielt sie es nicht mehr aus und verabschiedete sich zur Toilette. Eine Minute später klopfte sie an Alex' Bürotür. Er war offenbar kaum von ihrem Besuch überrascht, schloss die Tür hinter ihr jedoch auffallend hastig.

»Ich hoffe, dich hat niemand bemerkt.«

»Nein, ich denke nicht«, antwortete sie zögerlich, während sie auf dem Sessel vor seinem Schreibtisch Platz nahm. »Wieso ist das so wichtig? Wer war der Typ, der uns im Auto gesehen hat?«

Alex seufzte. »Harald Dreyfuss ist von der Kripo Köln und unterstützt die Arbeit der Soko bei der Suche nach dem *Künstler.*«

»Ja und?«

»Wir zwei sind nicht gerade die besten Freunde.

Wenn er eine Möglichkeit sieht, mich anzuschwärzen, macht er das sofort.«

Laura konnte sich gut vorstellen, dass es zwischen den zwei Platzhirschen geknallt hatte. Und sicherlich war Alex daran nicht ganz unbeteiligt gewesen. Sie hatte selbst erlebt, was für ein Ekelpaket er sein konnte, wenn er jemanden nicht um sich haben wollte. Sie behielt ihre Gedanken für sich und zuckte mit den Schultern.

»Stimmt es, dass du den Mörder verhaftet hast?«, fragte sie.

Alex lachte auf. »Schön wär's. Aber das glaube ich nicht.«

»Was heißt, du glaubst nicht?«

»Wir haben einen Verdächtigen festgenommen, das ist richtig. Doch ich würde meinen Arsch verwetten, dass der Kerl nicht der Täter ist.«

»Wieso habt ihr ihn dann festgenommen?«

»Der Typ hat die Fotos der Morde im Internet verbreitet. Bis zum Beweis seiner Unschuld macht ihn das zu einem Verdächtigen.«

Laura nickte. Der wahre Täter lief also nach wie vor frei herum, die Gefahr war noch nicht gebannt. Bedeutete das, dass Alex weiterhin ihre Hilfe gebrauchen konnte? »Und was hast du jetzt vor?«, entfuhr es ihr.

»Jetzt?« Alex erhob sich von seinem Schreibtischstuhl. »Jetzt bespreche ich mit dem Kölner Kotzbrocken und dem Rest der Truppe die weiteren Schritte. Und du machst lieber, dass du wieder runterkommst, bevor es Gerüchte gibt.«

31. Kapitel

Nachdem Laura sein Büro verlassen hatte, vergrub Michelsen das Gesicht in den Händen. Das Wochenende hatte die Soko kaum weitergebracht. Sie waren einer heißen Spur gefolgt und hatten eine Festnahme zu verzeichnen. Trotzdem, solange der Irre frei herumlief, arbeitete die Zeit gegen sie.

Er blätterte in dem Katalog vor sich auf dem Schreibtisch. Nach Bekanntwerden der Parallelen zwischen den Morden und der geplanten Ausstellung hatte das Museum den Ermittlungsbehörden Vorabexemplare zur Verfügung gestellt. Er teilte Dreyfuss' Ansicht nicht, dass der Täter ein Insider sein musste. Wer ein wenig recherchierte, konnte ohne Weiteres herausfinden, welche Werke Teil der Schau sein würden. Doch wie dem auch war, wenn der Täter weitere Morde plante, waren die Vorlagen unter den Exponaten von *Die andere Seite* zu finden. Würde das nächste Opfer wie Millais' *Ophelia* tot im Wasser treiben? Oder von Pfeilen durchbohrt werden wie der heilige Sebastian auf Rubens' Gemälde? Zu wissen, dass schon bald ein Mensch nach dem Vorbild eines dieser Bilder würde sterben müssen, war schwer zu ertragen.

Als Michelsens Blick auf den Sessel gegenüber fiel, stutzte er. Auf der lederbezogenen Sitzfläche lag ein weißes Smartphone. Es musste Laura aus der Tasche gerutscht sein. Er erhob sich und nahm das Handy auf. Ohne einen Zahlencode, ließ sich das Gerät nicht entsperren.

0–0–0–0, tippte er auf gut Glück. Natürlich falsch.

1–2–3–4.

Ebenfalls Fehlanzeige. Er überlegte einen Moment. Bei den Handys von Verdächtigen wurden routinemäßig die häufigsten Entsperrcodes ausprobiert, ehe die IT-Spezialisten beauftragt wurden, die Telefone zu hacken. 5–6–8–3 war einer dieser Codes, dessen Beliebtheit sich dadurch erklärte, dass die Zahlenkombination für das Wort »Love« stand. Er gab die Ziffernfolge ein. Bingo.

Der Displayhintergrund zeigte das Foto eines braunhaarigen jungen Mannes, der gut gelaunt in die Kamera grinste. War das Lauras Freund? Blitzschnell scannte er Adressbuch und Nachrichten. Nichts Besonderes. Gewohnheitsmäßig klickte er auf das Symbol mit den Notizen. Einkaufszettel. Songtitel. In einer Datei speicherte Laura offensichtlich ihre Passwörter für verschiedene Websites. Sehr unvorsichtig.

Was tat er überhaupt? Laura war keine Verdächtige, sondern seine Praktikantin, die ihr Handy verloren hatte. Er hatte kein Recht dazu, in ihrer Privatsphäre herumzuschnüffeln.

Ehe er den Gedanken zu Ende bringen konnte, ließ das Klingeln des Telefons auf seinem Schreibtisch Michelsen zusammenfahren. Hastig legte er Lauras Telefon weg und griff nach dem Hörer. Die Dame von der Pforte kündigte einen unbekannten Anrufer an, der nach ihm verlangte.

»Hier ist wieder ein Herr in der Leitung, der Sie sprechen möchte. Darf ich durchstellen?«

Michelsen holte tief Luft. Ein Teil von ihm hatte gehofft, dass der Täter erneut anrufen würde. Jedes eingehende Telefonat wurde daher mitgeschnitten und der Aufenthaltsort des Anrufers so schnell wie möglich bestimmt. Trotzdem fürchtete er sich vor dem, was er zu hören bekommen würde.

»Stellen Sie durch«, antwortete er mit belegter Stimme.

»Herr Kriminalhauptkommissar!« Dieser näselnde Tonfall.

Michelsen erstarrte. »Was wollen Sie?«

»Ich möchte mich mit Ihnen unterhalten. Oder haben Sie etwas Besseres vor?« Der süffisante Unterton ließ Michelsen innerlich kochen. Dieses Arschloch führte ihn an der Nase herum. »Zunächst einmal beglückwünsche ich Sie zu Ihrem großen Fang«, fuhr der Mann am anderen Ende der Leitung fort. »Wie Sie sicher schon gemerkt haben, haben Sie leider den Falschen erwischt. Aber das macht nichts. Es ist sogar sehr gut. Auch für Sie, Herr Kriminalhauptkommissar.«

»Was meinen Sie damit?«

Der Fremde seufzte, als habe er es mit einem begriffsstutzigen Kind zu tun. »Was denken Sie wohl, weshalb ich all das tue?«

Michelsen schnaufte verächtlich. »Weil Sie ein kranker Irrer sind?«

»Falsch!« Die Stimme des Anrufers klang plötzlich scharf, jeder Anflug von höhnischer Amüsiertheit war mit einem Mal verschwunden. »Sie wollen wissen, warum ich das tue? Ich tue das für Sie! Für Sie und jeden anderen gefühlstoten Zombie da draußen. Wann haben Sie das letzte Mal beim Anblick eines Kunstwerks etwas empfunden? Als Zwölfjähriger? Als Fünfjähriger? Als ich jung war, waren die Werke von Bacon, Géricault, Böcklin oder Munch mein Lebenselixier. Sie haben mich alles gelehrt, was ich über das Leben weiß. Diese Bilder enthalten allen Schmerz, alle Leidenschaft, alles Schöne und Grausame der Welt und viel mehr. Doch wer weiß das heute noch zu schätzen! Was fühlen Sie, wenn Sie in einem Museum vor den Gemälden Francis Bacons stehen, vor den gewalttätigen Kreationen von Caravaggio oder den apokalyptischen Szenarien Hieronymus Boschs? Ergriffenheit? Angst? Mitleid mit den dargestellten armen Seelen? Ekel?«

Michelsen holte Luft, um die Ausführungen des Wahnsinnigen zu unterbrechen, der beantwortete seine Frage jedoch gleich selbst.

»Nichts von alledem. Ich sage Ihnen, was Sie fühlen: nichts. Sie fühlen absolut nichts. Und warum nicht? Weil Sie abgestumpft sind. Sie haben so viel Gewalt in Ihrem Leben gesehen, so viel Sex, so viel Leid, dass es Sie nicht mehr berührt. Es berührt Sie nicht einmal mehr, wenn Sie Bilder von sterbenden Menschen im Fernsehen sehen. Ein alter Schinken an einer Museumswand? Lächerlich.«

Michelsen raste vor Zorn. Es interessierte ihn einen Scheißdreck, was sich dieser Verrückte für eine Rechtfertigung für sein abartiges Tun zurechtgelegt hatte. »Worauf wollen Sie hinaus?«, fragte er mühsam beherrscht.

»Ich will Ihnen helfen«, antwortete der Mann. Er klang nun wieder genauso süßlich wie zu Beginn des Gesprächs.

»Sie helfen niemandem, Sie ermorden Menschen!«, schrie Michelsen, außer sich vor Erregung.

Unbeeindruckt sprach der Unbekannte in betont ruhigem Tonfall weiter. »Nun ja, große Kunst kostet eben alles. Doch nennen Sie es, wie Sie wollen. Ich für meinen Teil würde sagen, ich verleihe meinen Modellen Unsterblichkeit. Wer meine Reproduktionen gesehen hat, der wird nie mehr gleichgültig an den großen Vorlagen vorbeigehen. Ich werde die Sicht dieser Welt auf die Kunstwerke, die mir am meisten bedeuten, für immer verändern. Damit ihnen wieder die Aufmerksamkeit zuteilwird, die ihnen zusteht.«

»Ich werde dafür sorgen, dass Ihnen zuteilwird, was *Ihnen* zusteht! Und wenn es das Letzte ist, was ich tue«, presste Michelsen zwischen zusammengebissenen Zähnen hervor.

Erneut kicherte der Mann am Telefon. »Tun Sie das. Ich freue mich schon auf unser Treffen. Aber erst einmal hoffe ich, dass Ihnen mein neuestes Werk gefällt. Sie werden es sicher bald bewundern können.«

32. Kapitel

Seit Michelsen mit Stanojevic aus dem Dienstwagen gestiegen war, fühlte sich alles an wie ein grausames Déjàvu. Die Absperrbänder, die den Zugang zum Tatort abriegelten. Das unscheinbare Wohnhaus, dessen Eingangstür offen stand. Der von Uniformierten bevölkerte Hausflur. Wie Szenen aus einem nicht enden wollenden Albtraum brannten sich die Bilder in Michelsens Hirn. Normalerweise war er diese Situationen gewohnt, schließlich beging er seit fast zwanzig Jahren regelmäßig Tatorte von Kapitalverbrechen. Doch in den letzten Tagen waren es eindeutig zu viele gewesen.

Schon als ihn die Zentrale unmittelbar nach seinem Telefonat mit dem Mörder über den neuerlichen Leichenfund informiert hatte, hatte ihn eine lähmende Hilflosigkeit befallen, die er zuvor nicht gekannt hatte. Er war der festen Überzeugung, dass man jede Schlacht gewinnen konnte, wenn man nur hart genug zu kämpfen bereit war. Dieser Gegner jedoch drohte, ihm das Gegenteil zu beweisen.

Sie begegneten Saskia von der Spurensicherung vor dem Haus. Sie war kreidebleich. Von ihrer unbeschwerten Art war heute wenig zu spüren, als sie Michelsen wie gewohnt mit einer Umarmung begrüßte. Sie legte die Hände auf seine breiten Schultern und sah ihm ernst in die Augen, als suche sie darin nach einer Antwort auf die Frage, von der sie wusste, dass er sie genauso wenig beantworten konnte.

»Was, zum Teufel, passiert hier, Alex?« Ihre kräftige Stimme war einem bebenden Flüstern gewichen.

Michelsen schwieg und senkte den Blick. Er hatte noch nicht viel über diesen Mord gehört, aber wenn Saskia derart mitgenommen war, musste es übel sein. Er kannte den Ausstellungskatalog von *Die andere Seite* mittlerweile auswendig und wusste, welch schreckliche Möglichkeiten die Fantasie der Künstler aus verschiedensten Jahrhunderten bereithielt. Ganz gleich, welches Blutbad der Mörder angerichtet haben mochte, was ihn, und vermutlich auch Saskia, allerdings in Angst und Schrecken versetzte, war die Erkenntnis, dass er es wieder getan hatte. Innerhalb von acht Tagen hatte ein Wahnsinniger vier bestialische Morde in seiner Stadt verübt, und Michelsen konnte ihn nicht daran hindern. Verdammt noch mal, er leitete die Mordkommission und hatte keine Ahnung, was er unternehmen sollte! Diese Sache wuchs ihm über den Kopf.

Er fasste Saskias kleine, sehnige Hände mit seinen Pranken. »Ich weiß es nicht. Doch ich werde keine Ruhe geben, bis ich es weiß.«

Als Michelsen aufsah und sich Stanojevic zuwandte, war jeder Anflug von Zweifel aus seinem Gesicht verschwunden. Niemanden ging es etwas an, wie er sich fühlte. Schwäche zu zeigen, gehörte nicht zu seinem Repertoire.

Schweigend stiegen sie die Treppen in den dritten Stock hinauf. Es gab zwar einen Aufzug, Michelsen war es jedoch gewohnt, wann immer möglich die Treppe zu nehmen. Stanojevics Schnaufen neben ihm, das mit jedem Stockwerk zunahm, bestätigte ihn in dieser Überzeugung.

In der Wohnung grüßten ihn die Beamten mit stummem Kopfnicken. Statt des üblichen Gewusels herrschte betretenes Schweigen. Am Ende des Flurs kam ihnen Dr. Feliakis entgegen. Gramerfüllte Falten durchzogen sein sonst so freundliches Gesicht. Stumm deutete der Rechtsmediziner auf die Zimmertür hinter sich und schüttelte resigniert den Kopf. Zum ersten Mal seit langer Zeit verspürte Michelsen Angst vor dem, was ihn dahinter erwartete.

Die ersten beiden Morde hatten ihn unvorbereitet getroffen. Wie Splittergranaten waren die Bilder der abgetrennten Köpfe und der ausgeweideten Helga Bauer in seinem Bewusstsein explodiert. Dieses Mal, dachte er, war er vorbereitet.

Jetzt aber, da er das Zimmer betrat, hatte er die Vorlage für den dritten Mord sofort vor Augen. Binnen eines Sekundenbruchteils kannte er jedes Detail. Er wusste mittlerweile, wie originalgetreu der Serienmörder arbeitete. Das machte die Szenerie noch unerträglicher.

Als Erstes erblickte er die Dolche. Sechs Stück, jeder mit glänzender Edelstahlklinge und schwarzem Griff, steckten in der mit Holz getäfelten Seitenwand des Zimmers. Drei durchbohrten den nackten Körper einer jungen Frau. Beide Beine und den rechten Arm hatte der Mörder abgeschlagen, den verbliebenen linken Arm hielt das Opfer, von einer Klinge durchbohrt, über den Kopf erhoben. Ein Dolch ragte unterhalb der linken Brust aus dem Körper, einen hatte der Mörder zwischen den Beinen der Frau in die Wand gerammt. Zwei Messer steckten rechts neben dem Leichnam im Holz, als hätten sie ihr Ziel verfehlt. Das sechste schließlich war durch das rechte Auge in den Kopf gedrungen. Die Klingen nagelten die junge Frau regelrecht an die Wand. Eine groteske Kreuzigungsszene. Bis ins Detail entsprach jede Kleinigkeit Alfred Kubins Zeichnung *Aug um Aug*. Zwischen all dem Blut und den grässlichen Wunden blieb Michelsens Blick an dem Tattoo auf dem linken Unterbauch der jungen Frau hängen.

R. G.

Er schloss die Augen. Wie durch eine Wand hörte er Saskia und Dr. Feliakis, die sich hinter ihm austauschten. Er konnte ihnen nicht folgen. In seinem Hirn überschlugen sich die Bilder. Helga Bauer. Die kopflosen Leichen im Wald. All die entsetzlichen, perfekt durchkomponierten Schreckensgemälde aus dem Ausstellungskatalog. Er hörte Felix Steinmann, der von der großartigsten Kunstaktion aller Zeiten schwadronierte, sah Laura vor sich, die in seinem Büro saß und ihm von der Ausstellung erzählte.

Als er merkte, dass ihm schwindelig wurde, öffnete er die Augen. »Bringt mir irgendwas, womit ich dieses Arschloch kriege«, presste er hervor und verließ den Raum.

33. Kapitel

»Ich kann schon morgen Abend fliegen, das Seminar am Freitag fällt aus.« Pierres Worte drangen aus weiter Ferne an Lauras Ohr, während sie am Küchentisch ihr Frühstück in sich hineinstopfte. Über die Müslischale hinweg konnte sie sehen, wie er in seinem Bett auf der Seite lag und sie verliebt anguckte. Pierre hatte sich extra den Wecker gestellt, um sie über Skype anzurufen, bevor sie zum Polizeipräsidium aufbrach. Eigentlich konnte er ausschlafen, da er dienstags erst nachmittags zur Uni musste, da Laura jedoch seit gestern ihr Handy vermisste, war das die einzige Möglichkeit für ihn, seine Freundin zu erreichen. Laura hoffte, dass er ihre verstohlenen Seitenblicke auf die Zeitung, die sie nebenbei durchblätterte, nicht bemerkte.

»Hast du gehört? Ich komme schon morgen. Als Geburtstagsgeschenk!« Sie konnte Pierres Enttäuschung hören, der sich natürlich eine enthusiastischere Reaktion gewünscht hätte. »Freust du dich nicht?«

»Doch. Na klar freu ich mich. Ich bin nur irgendwie

sprachlos. Morgen schon! Mein Zimmer ist gar nicht aufgeräumt«, versuchte sie, den unangenehmen Moment mit einem Scherz zu überspielen.

»Na, ich kann auch hierbleiben.«

Es brach ihr das Herz, Pierres süße Stimme in einem derart niedergeschlagenen Tonfall zu hören. Aber sie konnte nichts dagegen tun. Ihre Gedanken kreisten um den *Künstler* und seine Opfer. »Nein, nein«, beeilte sie sich zu sagen. »Je eher du kommst, desto besser.«

So leise wie möglich schlug sie die Seiten der *WAZ* um. Ihr Interesse galt dem Lokalteil. Sie musste wissen, ob es etwas Neues gab. Ob wieder etwas passiert war. Die bohrenden Fragen, die der Fall aufwarf, ließen ihr keine Ruhe. Warum beging jemand solch schreckliche Taten? Warum verbreitete er die Bilder der Morde im Internet? Warum rief er selbst bei der Polizei an, um über seine Verbrechen zu sprechen? Und was hatte er als Nächstes vor?

Mit Pierre konnte sie nicht darüber sprechen. Er war bereits ausgerastet, nachdem sie ihm von ihrem ersten Gespräch mit Alex erzählt hatte. Ihr fiel auf, dass wieder eine längere Pause entstanden war. Hatte Pierre etwas gesagt? Hatte er ihr eine Frage gestellt und erwartete eine Antwort? Sie kam sich schäbig vor, weil sie ihm das Gefühl gab, kein Interesse an ihm zu haben. Dabei stimmte das überhaupt nicht, sie liebte Pierre über alles. In ihrem Kopf war momentan bloß kein Platz für ihn.

»Du bist heute nicht so gut drauf, oder? Bist du müde?«, fragte er aus dem Laptop.

»Ja, ich bin total fertig. Das frühe Aufstehen ist echt anstrengend«, log Laura. Sie war alles, nur nicht müde. Sie stand bis in die Haarspitzen unter Strom. Jede Sekunde, in der sie nicht im Präsidium war, kam ihr wie die reinste Zeitverschwendung vor.

Als ihr Blick auf die Schlagzeile fiel, verschluckte sie sich an ihrem Müsli und hustete einen halben Mund voll zurück in die Schale.

Pierre sah sie besorgt an. »Alles gut bei dir?«

Laura nickte und deaktivierte ihre Webcam.

»Hey, was ist los?«, rief er verwundert.

»Ich muss mich jetzt umziehen gehen.«

»Na und? Ich hab dich schon öfter nackt gesehen.«

»Sorry, dafür hab ich jetzt keine Zeit.«

Wie hypnotisiert starrte sie auf die Zeitung vor sich auf dem Tisch.

Grausamer Mord an junger Frau in Kettwig!

Lauras Herz raste. Es war wieder geschehen.

Der Artikel verriet nicht allzu viele Details, aber was sie las, genügte, um zu wissen, dass der *Künstler* erneut zugeschlagen hatte. Eine junge Frau war zerstückelt in einer leeren Wohnung aufgefunden worden. Vom Mörder fehlte jede Spur. Das Opfer hatte die Polizei laut Bericht als die achtzehnjährige Schülerin Valerie G. identifiziert.

»Laura? Bist du noch da?« Sie hatte Pierre völlig vergessen.

»Ja, aber ich muss jetzt Schluss machen. Ich bin spät dran.«

»Du denkst über diesen Mordfall nach, oder?«

Wie hatte sie glauben können, dass er sie nicht durchschaute? Sie war schon immer eine schlechte Schauspielerin gewesen. »Ja.«

»Das ist nicht gut für dich. Es wird Zeit, dass ich komme und dich ein bisschen ablenke.«

Vielleicht hatte er recht. Vielleicht war es besser,

wenn sie auf andere Gedanken kam. Jetzt musste sie allerdings los.

34. Kapitel

Marion Grundberg war eine gebrochene Frau. Es waren kaum mehr als zwölf Stunden vergangen, seit sie vom gewaltsamen Tod ihrer Tochter erfahren hatte. Nachdem sie anfangs außerordentlich gefasst, beinahe teilnahmslos gewirkt hatte, war sie vor einigen Stunden vollständig zusammengebrochen. Die Psychologin hielt sie noch nicht für vernehmungsfähig, Marion Grundberg hatte jedoch den ausdrücklichen Wunsch geäußert, mit der Polizei zu sprechen. Der Schmerz über den Verlust ihres einzigen Kindes musste ihr Leben unwiederbringlich zerstört haben. Vielleicht sah sie es als das einzig Sinnvolle an, was ihr auf dieser Welt zu tun übrig blieb, einen Beitrag zur Ergreifung des Mannes zu leisten, der ihr die Tochter genommen hatte.

Sie bot einen erbärmlichen Anblick, wie sie Michelsen mit blutunterlaufenen Augen und aufgesprungenen Lippen im Vernehmungszimmer des Polizeipräsidiums gegenübersaß. Das dunkelbraune, schulterlange Haar klebte fettig an ihrem Kopf. Über den Wangenknochen war ihre Haut papierdünn, sodass die darunterliegenden Äderchen blau hindurchschimmerten.

Michelsen hatte die Akten genau studiert. Als Valerie am Montag nicht wie üblich von der Schule nach Hause gekommen war, hatte ihre Mutter die Polizei verständigt. Obwohl das kurzzeitige Verschwinden einer volljährigen Frau ohne konkrete Hinweise auf eine Gefahr für Leib und Leben die formalen Voraussetzungen für eine Vermisstenanzeige nicht erfüllte, hatten die Beamten die Meldung aufgenommen. Nach dem Leichenfund am Abend war auf diese Weise schnell eine Verbindung hergestellt und die verstümmelte Tote anhand von Fotos als Valerie Grundberg identifiziert worden. Ihre Mutter hatte immer wieder danach verlangt, die Identifizierung persönlich vorzunehmen. Das war zwar in Anbetracht des Zustands der Toten nicht möglich, aber Marion Grundberg hörte nicht auf, danach zu fragen. Es schien, als müsse sie mit eigenen Augen sehen, was man ihrem geliebten Kind angetan hatte.

»Sind Sie sich sicher, dass Sie schon bereit sind, mit mir zu sprechen?«, erkundigte sich Michelsen zum wiederholten Mal.

»Es spielt keine Rolle, ob ich bereit bin oder nicht«, gab Marion Grundberg leblos zurück.

Michelsen seufzte. Bis jetzt hatten sie kaum mehr als ein paar Worte gewechselt. Die Antworten kamen nur schleppend, als bereite ihr jede Silbe unendliche Mühe. Sie hatte Michelsen bisher nicht in die Augen gesehen, sondern starrte unentwegt auf ihre Hände.

Er war diese Art von Befragungen gewohnt. Marion Grundberg verhielt sich völlig normal für eine Person, die gerade einen engen Angehörigen durch ein Gewaltverbrechen verloren hatte. In knapp zwanzig Jahren bei der Kriminalpolizei hatte er Hunderte solcher Gespräche geführt. Viele seiner Kollegen fühlten sich unwohl, wenn sie mit schwer traumatisierten Menschen sprechen mussten. Sein Vorteil lag darin, dass er den Schmerz der Betroffenen nicht an sich heranließ. Er konnte verstehen, was Marion Grundberg durchmachte, doch ihre Verzweiflung, die Qualen, die sie nach dem Tod ihrer Tochter durchleiden musste, perlten an ihm ab wie Wasser an einem Duschvorhang. Es war Ironie des Schicksals, dass ihn in den Augen vieler Kollegen gerade sein Mangel an Einfühlungsvermögen für die sensibelsten Gespräche prädestinierte.

»Also gut. Gibt es irgendetwas, das Sie mir sagen können, was uns bei der Suche nach dem Mörder Ihrer Tochter helfen könnte?«

»Was wissen Sie über den Täter?«, fragte sie, ohne den Kopf zu heben.

Michelsen stutzte. Eine Gegenfrage hatte er nicht erwartet. »Was meinen Sie damit?«

»Der Kerl hat vier Menschen getötet. Irgendetwas müssen Sie schon herausgefunden haben, oder etwa nicht?« Ihre emotionslos, aber erstaunlich fest vorgetragenen Worte klangen wie eine Anklage.

»Nun, ich darf Ihnen nicht über alle Details Auskunft geben. Wir wissen, dass es sich um einen männlichen Täter handelt. Und wir gehen davon aus, dass er seine Opfer kennt.«

»Er hat meine Valerie beobachtet.« Den Namen ihrer Tochter auszusprechen, raubte Marion Grundberg den letzten Rest Lebensenergie, denn ihre Stimme erstarb.

Was hatte sie da gerade gesagt? Michelsen sah ihr an, dass sie beim besten Willen nicht in der Verfassung war, weiter vernommen zu werden, er konnte jedoch jetzt nicht lockerlassen. »Wie meinen Sie das, er hat Ihre Tochter beobachtet?«

Mit hängendem Kopf flüsterte Marion Grundberg etwas kaum Verständliches.

»Was haben Sie gesagt?« Michelsen erschrak, als sie den Kopf hob und ihn direkt anschaute. Sie hatte zu Beginn des Gesprächs bereits furchtbar ausgesehen, doch nun schien sie noch einmal um zehn Jahre gealtert zu sein. Ihr Gesicht hatte das geisterhaft teigige Aussehen einer Wachsfigur, die Augen stierten leer und kalt wie die einer Toten vor sich hin.

Beim Klang ihrer Stimme lief es Michelsen eiskalt den Rücken hinunter. Hohl und jeder menschlichen Regung beraubt, drangen die Worte aus ihrem Mund. »Ich habe ihn gesehen.«

Michelsen zögerte. Er hatte dieses Gespräch schon viel zu weit getrieben. Aber verdammt, die Frau behauptete, den Mann, nach dem sie seit anderthalb Wochen fieberhaft fahndeten, gesehen zu haben. »Wo war das?«

»Vor unserem Haus.«

»Wann?«

»Vor etwa einer Woche zum ersten Mal.« Ihre Antworten kamen jetzt flüssiger. »Er saß in einem Auto, ich habe ihn aus dem Küchenfenster beobachtet. Er kam mir komisch vor, weil er dort einfach so hockte, sicher zwanzig Minuten lang. Als Valerie aus der Haustür war, um zur Schule zu gehen, hat er ihr nachgeschaut. Dann ist er weggefahren.«

Konnte Marion Grundberg recht haben? Nicht jeder Typ, der einem Mädchen nachschaute, war ein Serienmörder. Nur was, wenn ihre Vermutung stimmte? »Sie sagten, Sie haben ihn ein weiteres Mal gesehen?«

»Ja, zwei Tage später war er wieder da. Ich bin raus, um ihn zu fragen, was er da mache, als ich auf sein Auto zuging, fuhr er weg.«

Michelsens Gehirn arbeitete auf Hochtouren. Der Mörder musste Valerie Grundberg ausgespäht haben. Wie sonst hätte er sie auf dem Schulweg abpassen und verschleppen können? Gut möglich, dass Valeries Mutter ihn dabei beobachtet hatte.

»Was ist das für ein Fahrzeug gewesen?«

Zum ersten Mal kehrte ein wenig Mimik in Marion Grundbergs Gesicht zurück. Sie versuchte, sich zu erinnern. »Ein großes Auto, so eine Art Lieferwagen.«

Er ballte die Hände zu Fäusten, dass sich die Nägel in seine Haut gruben. »Denken Sie, Sie könnten den Mann beschreiben?«

35. Kapitel

Wenn Laura geglaubt hatte, im Präsidium irgendetwas über den jüngsten Mord in Erfahrung bringen zu können, hatte sie sich getäuscht. Die zweite Etage, in der sich die Soko *Künstler* eingerichtet hatte, war abgeschottet wie eine Festung. Informationen drangen, wenn überhaupt, nur spärlich nach außen. Dem Vernehmen nach hatte man die Soko ein zweites Mal personell verstärkt, und einige Kollegen vermuteten, dass das LKA in Düsseldorf die Ermittlungen bald an sich ziehen würde. Etwas Genaues wusste jedoch niemand. Alex hatte sie den ganzen Tag über nicht zu Gesicht gekriegt. Vermutlich wollte er auf keinen Fall noch einmal mit ihr gesehen werden. Vielleicht war er auch einfach der Meinung, sie habe nichts mehr zur Lösung des Falls beizutragen. Zumindest hatte sie ihr Handy zurück. Natalie hatte es am Morgen auf ihrem Schreibtisch gefunden. Und selbst wenn Laura überzeugt war, es nicht dort liegen gelassen zu haben, war sie erleichtert.

Gegen Mittag beschloss sie, dass es sie nicht weiterbrachte, tatenlos im Präsidium herumzuhängen. Natalie schrieb heute lediglich Berichte, und Laura hatte das Gefühl, mehr zu stören, als eine Hilfe zu sein. Außerdem wollte sie wenigstens einen Kuchen backen für ihren Geburtstag.

»Meinst du, es ist in Ordnung, wenn ich heute etwas früher gehe? Ich fühle mich nicht besonders gut.«

»Echt? Was hast du denn?«, fragte Natalie, ohne den Kopf vom Bildschirm abzuwenden.

»Wahrscheinlich was Falsches gegessen. Mir ist total schlecht«, log Laura.

»Dann sieh zu, dass du wegkommst. Und wenn es dir morgen nicht besser gehst, bleibst du ebenfalls zu Hause.«

Laura trat durch den Haupteingang des Präsidiums in die kalte Novemberluft. Sie fühlte sich wie eine Schulschwänzerin. Am liebsten wäre sie die steinernen Stufen so schnell wie möglich hinuntergesprungen, doch sie zwang sich, langsam zu gehen. Auf dem Parkplatz vor dem Gebäude begegnete ihr ein Mann. Ohne den Kopf zu heben, setzte Laura ihren Weg fort. Sie hatte das Gefühl, jeder, der ihr in die Augen blickte, müsse ihr das schlechte Gewissen sofort ansehen. Erst als sie das Gelände des Präsidiums verlassen hatte, atmete sie auf. Auf der großen Kreuzung vor dem Gebäude herrschte reger Verkehr. Mehrere Streifenwagen hatten vor dem Landgericht auf der anderen Straßenseite Stellung bezogen, Männer in dunklen Anzügen standen in Gruppen zusammen und rauchten. Vermutlich fand mal wieder ein Prozess gegen Angehörige einer der einschlägig bekannten Großfamilien aus dem Essener Norden statt.

Laura setzte die Kapuze auf und beschleunigte ihre Schritte. Sie zog ihr Handy aus der Tasche und checkte ihre E-Mails, dann öffnete sie WhatsApp, um Pierre eine

Nachricht zu schreiben. Nach ihrem Verhalten beim Frühstück war es angebracht, sich bei ihm zu melden.

Verdutzt starrte sie auf das Display. Sie war sicher, dass die angefangene Message, die sie las, nicht von ihr stammte.

19:00 Uhr
Im Tannenbusch 24
A.

war dort zu lesen. Hektisch steckte sie das Handy zurück in die Tasche und sah sich um. Natürlich beobachtete sie niemand. Und wenn schon. Wer konnte ahnen, was die rätselhafte Kurzmitteilung zu bedeuten hatte? Laura hingegen wusste es ganz genau: Alex wollte sich mit ihr treffen, um über den Fall zu sprechen. Ihr Herz machte einen Jubelsprung. Eine bessere Wendung für diesen trüben Tag konnte sie sich nicht wünschen!

36. Kapitel

»Das soll der Typ sein?« Michelsen musterte das Phantombild auf der Leinwand zweifelnd. »Wirkt auf mich nicht gerade wie ein Mörder.«

Die Luft im Konferenzraum war stickig. Die Mitglieder der Soko hatten sich im Halbkreis um den Beamer herum versammelt. Nur Dreyfuss konnte Michelsen nirgends ausmachen.

»Frau Grundberg sagt, ziemlich genau so hat er ausgesehen«, erwiderte Stanojevic neben ihm und stützte die Hände auf die Schreibtischplatte.

Michelsen wiegte den Kopf. Von der Leinwand stierte ihm das Gesicht eines Mannes mit hoher Stirn und halblangem Haar entgegen. Sein Teint war blass, die Augen standen eng zusammen. Er versuchte sich vorzustellen, dass das Bild den Mann zeigte, mit dem er telefoniert hatte. Er hatte das aufgezeichnete Gespräch seit gestern unzählige Male gehört. Die Stimmanalysen, die Aufschluss über Alter und Herkunft des Anrufers geben sollten, liefen zur Stunde und würden einige Zeit in Anspruch nehmen, und doch hatte er das Gefühl, dass er geradewegs in die Augen seines Gesprächspartners schaute.

Es erstaunte Michelsen jedes Mal aufs Neue, wie die Phantombildzeichner heutzutage mithilfe von Computerprogrammen allein auf der Basis von Zeugenaussagen fotorealistische Darstellungen gesuchter Straftäter erstellen konnten. Trotzdem fand er, dass die virtuellen Gesichter in gewisser Weise alle gleich aussahen. Auf seltsame Art vertraut und dennoch maskenhaft, anonym. Wie eine Schablone, in die der Gesuchte möglicherweise hineinpasste. Möglicherweise aber auch nicht. Nichtsdestoweniger – ein Phantombild des Mannes, zu dessen Identität es bis vor zwei Tagen beinahe keine Hinweise gegeben hatte, stellte eindeutig einen Fortschritt dar.

»Dass er Valerie Grundberg nachgestellt hat, heißt noch lange nicht, dass er sie umgebracht hat«, gab er zu bedenken. Stanojevic schwieg. Sie beide wussten, dass es das vermutlich sehr wohl bedeutete.

Er wandte sich erneut dem Phantom auf dem Bildschirm zu. Der Mann hatte ein hageres Gesicht mit hohen Wangenknochen. Marion Grundberg schätze ihn auf etwa fünfzig Jahre. Die feinen Gesichtszüge verliehen ihm ein aristokratisches Aussehen. Wie er so stumm auf sie herabschaute, erschien er vollkommen harmlos. Auf der Straße hätte Michelsen ihn für einen Professor oder Banker gehalten.

»Okay, also geben wir das mal so raus«, sagte er und seufzte. »Dann klingeln die Telefone bald wieder Sturm, weil jeder denkt, er hätte irgendwo den Täter gesehen.«

Stanojevic nickte und räusperte sich. Im selben Moment schwang die Tür auf und Harald Dreyfuss betrat den Raum.

»Darf ich die Herrschaften kurz stören?«, unterbrach er die Besprechung.

Michelsen überging sein respektloses Benehmen und murmelte eine Begrüßung. Er war derzeit beileibe nicht in der Position, sich mit dem Kölner anzulegen.

»Ich denke, es wird Sie interessieren, dass das Ergebnis der DNA-Analysen vorliegt«, fuhr Dreyfuss fort.

Alle Anwesenden wandten die Köpfe in seine Richtung.

»Die DNA-Spuren an den Tatorten stammen definitiv nicht von Felix Steinmann. Und nach allem, was wir aus ihm herauskriegen konnten, weiß er tatsächlich nichts über die Morde, was man nicht in der Zeitung lesen kann.« Er deutete auf das Phantombild. »Und unserem Mörder sieht er ebenfalls nicht ähnlich. Ich fürchte, wir müssen unseren Verdächtigen laufen lassen.«

»Ach was«, erwiderte Michelsen sarkastisch. »Und ich fürchte, ich muss Sie jetzt allein lassen. Ich war die ganze Nacht wach, ich brauche ein paar Stunden Schlaf. Ich bin aber natürlich über Handy zu erreichen.«

Als er an Dreyfuss vorbei aus dem Raum ging, kam es ihm vor, als werfe ihm der Kölner Ermittler einen skeptischen Blick zu. Vielleicht wurde er auch nur langsam paranoid. Es war fast halb sieben, und er hatte keine Zeit, sich über den Stinkstiefel Gedanken zu machen. Er musste sich beeilen, um rechtzeitig zu Hause zu sein.

37. Kapitel

Um Punkt sieben Uhr abends drückte Laura die Türklingel im Tannenbusch 24. Bereits auf der Fahrt hierher hatte sie sich zunehmend unwohl gefühlt, doch jetzt hatte sie den Eindruck, sich jeden Moment übergeben zu müssen. Alex' Wohnung lag in Essen-Holsterhausen, einem der weniger privilegierten Stadtteile der Ruhrmetropole. Keine miese Gegend, aber kein Vergleich zu dem beschaulichen Essen-Werden, wo Laura mit ihren Eltern wohnte. Mehrgeschossige Mietshäuser säumten die Straße, an den Bordsteinen zu beiden Seiten parkten vorwiegend Kleinwagen älteren Baujahrs. Die Eingangstür von Nummer 24 hatte schon bessere Tage gesehen. Das Haus, in dem ein Chefermittler wohnte, hatte sie sich anders vorgestellt. Nach wenigen Sekunden ertönte der Summer. Laura nahm einen tiefen Atemzug und trat ein.

Alex empfing sie an der Wohnungstür. Wie bei der Arbeit trug er Jeans und ein dunkles Sweatshirt. Wieder fiel Laura auf, wie massig er war. Seine Schultern füllten den gesamten Türrahmen aus.

»Hi, sorry. Ich hoffe, ich bin nicht zu früh.« Sie blieb auf dem Treppenabsatz stehen und lächelte unsicher. War es wirklich eine gute Idee, sich abends heimlich mit dem Leiter der Mordkommission in dessen Apartment zu treffen? Sie kannte die Antwort selbst, jetzt war es jedoch ohnehin zu spät, um einen Rückzieher zu machen.

Alex bat sie herein, und sie legte ihre schwarze Jacke mit dem Fellkragen an der Garderobe ab.

»Soll ich die Schuhe ausziehen?«

Er winkte ab. »So ordentlich geht's bei mir nicht zu. Komm, ich will dir was zeigen.«

Sie folgte ihm durch die Diele ins Wohnzimmer. Auf dem Esstisch stand ein eingeschalteter Laptop. Die restliche Einrichtung beschränkte sich auf eine Couch und zwei Bücherregale. Überhaupt war die Wohnung klein. Außer der Küche und dem Bad gab es offenbar nur einen weiteren Raum. Offensichtlich wohnte er allein. Unwillkürlich überlief sie eine Gänsehaut. Beklommen nahm sie am Esstisch Platz. Alex ließ sich ihr gegenüber nieder.

»Warum müssen wir uns hier treffen?«

»Ist besser so.« Alex schien nicht gewillt, sich zu erklären.

»Na gut«, sagte sie. »Aber mich würde trotzdem interessieren, wie du es geschafft hast, mein Handy zu entsperren.«

»Du meinst, obwohl du so einen kreativen Code verwendest?«

Laura biss sich auf die Unterlippe. Bestimmt hielt er sie jetzt erst recht für ein dummes kleines Mädchen. Andererseits, wer gab ihm das Recht, in ihren Sachen herumzustöbern? Sie verzichtete auf einen Kommentar.

»Also, was gibt es Neues?«, fragte sie stattdessen.

»Wie du vielleicht gehört hast, haben wir eine weitere Tote.«

Laura nickte. Sie spürte, wie sich ihr Pulsschlag beschleunigte. Die Aussicht, endlich mehr über den neuesten Mordfall zu erfahren, ließ sie die unbehagliche Situation vergessen. »Ich hab's in der Zeitung gelesen. Eine junge Frau, oder?«

»Ja, Valerie Grundberg. Achtzehn Jahre alt. Gymnasiastin. Wir haben ihre Leiche gestern Abend gefunden.«

Laura schluckte. Achtzehn Jahre. Jünger als sie selbst. »Wie ist sie ermordet worden?«

Er berichtete ihr, dass das Mädchen nach dem Vorbild von Alfred Kubins Zeichnung verstümmelt und mit Dolchen an die Wand genagelt worden war. Laura kannte die Vorlage gut. Sie hatte die Bilder der geplanten Ausstellung in den letzten Tagen intensiv studiert. Beim Gedanken an die Qualen, die das Opfer hatte erleiden müssen, drehte sich ihr der Magen um. Dennoch wuchs ihre Neugier mit jedem Wort aus Alex' Mund.

»Kann ich die Bilder sehen?«, fragte sie zögerlich und bekam Angst vor der eigenen Courage. Wollte sie die Bilder tatsächlich sehen?

»Ich weiß nicht, ob es richtig ist, sie dir zu zeigen.«

Laura legte den Kopf schief. »Meinst du nicht, wenn ich dir bei den Ermittlungen helfen soll, sollte ich sie anschauen?«

»Vielleicht. Aber du weißt, dass das streng verboten ist. Außerdem sind die Fotos nichts für schwache Nerven.«

»Vermutlich finde ich sie sowieso bald im Internet«, erwiderte sie kaltschnäuzig. Alex zog die Brauen zusammen. Mehrere Sekunden lang glaubte sie, er würde einen Wutanfall bekommen und sie rausschmeißen. Doch er blieb still. Hinter seiner Stirn arbeitete es. Laura glaubte, eine Spur von Anerkennung in seinem Gesicht auszumachen.

Mit einem Seufzen schob er den Laptop zu ihr hinüber. Beim Anblick der entsetzlich zugerichteten Leiche entfuhr Laura ein schockiertes Stöhnen. Unfähig sich abzuwenden, starrte sie auf den Bildschirm. Sie öffnete und schloss den Mund, ohne etwas zu sagen. Schlagartig füllten sich ihre Augen mit Tränen. Wer, in aller Welt, konnte einem Menschen so etwas antun?

Sie schob den Computer von sich weg. »Habt ihr irgendeine Ahnung, wer der Kerl ist?«

Einen Moment lang klickte Alex schweigend auf dem Laptop herum, bevor er ihr den Monitor wieder zuwendete. »So soll er aussehen.«

Laura kannte Phantombilder aus dem Fernsehen und von den Fahndungsplakaten der Polizei. Der schmalgesichtige Mann auf dem Monitor sollte der Serienmörder sein?

»Woher wisst ihr, wie er aussieht?«

»Die Mutter des Opfers hat ihn gesehen. Sie sagt, er habe ihrer Tochter vor dem Haus aufgelauert.«

»Aufgelauert? Meinst du, er kannte sie?«

Alex zuckte mit den Schultern. »Das wissen wir nicht, wir müssen es vermuten. Wieso hätte er ihr sonst nachstellen sollen?«

»Glaubst du, er hat auch die anderen beobachtet?«

»Darauf weist bislang nichts hin. Wir gehen weiterhin davon aus, dass sich die anderen Opfer bewusst mit ihrem Mörder getroffen haben.«

»Du meinst also, die Opfer kannten ihren Mörder, sie kannten sich nur nicht untereinander.«

»So sieht es zumindest aus.«

Laura kratzte sich am Kopf. »Das heißt, wenn ihr rausfindet, was die Toten in ihren letzten Wochen gemacht, wen sie getroffen haben, stoßt ihr vielleicht auf den Täter?«

»Wir hoffen es. Aber bisher hat sich keine Verbindung aufgetan.«

Natürlich nicht. Wäre es so leicht gewesen, hätte Alex kaum ihre Hilfe gebraucht.

»Das ist noch nicht alles«, sagte Alex nach einigen Sekunden der Stille. »Der Mörder hat mich wieder angerufen.«

»Wann!«

»Gestern. Kurz nachdem du bei mir gewesen bist.«

»Was hat er gesagt?« Lauras Herz schlug ihr bis zum Hals.

»Lauter wirres Zeug. Wie beim ersten Mal. Er glaubt, er täte der Menschheit etwas Gutes mit seinem Irrsinn.«

»Etwas Gutes?«

»Ja. Am besten hörst du es dir selbst an.« Er öffnete eine Datei auf dem Rechner. Kurz darauf ertönte eine Männerstimme aus den Computerlautsprechern.

»Herr Kriminalhauptkommissar!«

Laura lief es eiskalt den Rücken hinunter. War das tatsächlich die Stimme des Killers?

Es fiel ihr schwer, der Unterhaltung zu folgen, die Alex ihr vorspielte. Zu wirr waren die Worte des Unbekannten.

»Nun ja, große Kunst kostet eben alles. Doch nennen Sie es, wie Sie wollen. Ich für meinen Teil würde sagen, ich verleihe meinen Modellen Unsterblichkeit.«

Laura dachte einen Moment über die seltsamen Worte nach. »Große Kunst kostet eben alles.« Sie war sich nicht sicher, ob sie den Satz schon einmal gehört hatte. »Was glaubst du, warum er dich anruft?«, fragte sie, als die Aufzeichnung beendet war.

Alex wiegte den Kopf, als habe er über diese Frage

bereits lange nachgedacht. »Ich glaube, er will gefunden werden«, flüsterte er schließlich. »Und ich glaube, er will *von mir* gefunden werden.«

Laura sah auf die Uhr. Es war nach acht. Gerne hätte sie die restliche Nacht mit Alex über dem Fall gebrütet, doch sie hatte sich zu Hause nur für einen kurzen Besuch bei einer Freundin abgemeldet. Wenn sie zu spät heimkam, würde ihre Mutter hellhörig werden.

Abrupt erhob sie sich. »Ich muss los, meine Eltern warten.«

38. Kapitel

Als Laura ihre Jacke von der Garderobe nahm und anzog, musterte Michelsen sie aus dem Augenwinkel. Trotz ihrer zierlichen Statur waren ihre Bewegungen kraftvoll und elegant. Bestimmt trieb sie Sport, die wenigsten schlanken Frauen hatten eine solche Körperspannung. Ihrer aufrechten Haltung nach zu urteilen, tippte Michelsen auf Reiten oder Ballett. Er bemerkte, dass er sie anstarrte, und wandte den Blick ab.

An der Tür hielt Laura inne. »Willst du mir vielleicht deine Handynummer geben? Dann kann ich mich melden, wenn mir noch irgendetwas einfällt. Meine hast du ja vermutlich.«

Ohne auf ihre spitze Bemerkung einzugehen, nannte er ihr seine Nummer und verabschiedete sich.

Abwesend schaute er ihr nach, wie sie mit raschen Schritten die Treppe hinuntereilte. Die eng anliegende Jeans brachte ihren kleinen apfelförmigen Po perfekt zur Geltung. In früheren Zeiten hatten reihenweise Frauen mit solchen Hinterteilen seine Wohnung verlassen.

Er rieb sich die Augen und schloss die Tür. Hinter seiner Stirn hämmerte der Kopfschmerz erbarmungslos. Die Sehstörungen waren schon während ihres Gesprächs aufgetreten, aber er hatte sie ignoriert. Jetzt, nachdem Laura seine Wohnung verlassen hatte, schlug die Migräne mit aller Gewalt zu. Als wollte sein Körper ihn für sein unverantwortliches Verhalten bestrafen. Was, zum Teufel, machte er hier? Er, der Leiter der Mordkommission, saß mit einer dreiundzwanzigjährigen Praktikantin abends in seiner Wohnung und besprach vertrauliche Interna eines Mordfalls. Er musste verrückt geworden sein!

Er hatte Laura genau beobachtet, wie sie angestrengt das Phantombild betrachtet hatte. Er hatte die Gefäße an ihrem schmalen Hals pulsieren sehen. Sie war eine wunderschöne junge Frau, und er fragte sich, ob der Typ auf ihrem Handy tatsächlich ihr Freund war. Er wischte den Gedanken fort, er hatte weiß Gott genug jungen Mädchen das Herz gebrochen, doch diese Zeiten waren Geschichte. Er hatte Laura eingeladen, um sich mit ihr über den Fall zu beraten, sonst nichts.

Auf einmal hatte er das dringende Bedürfnis, mit jemandem zu sprechen. Ohne nachzudenken, nahm er das Telefon und wählte Saskia Dudeks Nummer.

»Du hast was, Alex?«

Die Spurensicherungsexpertin hatte verwundert reagiert, dass Michelsen sie zu dieser späten Stunde privat anrief. Sie waren vor Jahren ein paarmal zusammen etwas trinken gewesen, doch mehr als Freundschaft war daraus nicht geworden. Dennoch hatte sie ihn herzlich begrüßt. Jetzt klang sie, als habe er ihr gerade einen Banküberfall gebeichtet.

»Spinnst du? Du kannst nicht nur deinen Job verlieren, du bringst auch die junge Frau in Gefahr!« Aus Saskias Worten sprach pure Fassungslosigkeit.

Es war schwer, ihr zu widersprechen. Michelsen wusste, dass es einem Außenstehenden wie der reinste Irrsinn vorkommen musste, einer Praktikantin Einblick in die Akten eines Mordfalls zu gewähren.

»Du brauchst mir keine Predigt zu halten. Ich weiß, was ich tue. Alle wesentlichen Ermittlungserfolge in diesem Fall haben wir der Kleinen zu verdanken. Sie hat einen scharfen Verstand und kennt sich mit Kunst aus. Ich kann es mir nicht leisten, auf ihre Hilfe zu verzichten, bloß weil sie keine Polizeiausbildung hat.«

»Du weißt selbst, dass das Quatsch ist, Alex. Das Mädel gefällt dir, deswegen treibst du dich mit ihr herum.«

Michelsen schwieg. Saskia hatte recht. Alles, was er sich zurechtgelogen hatte, war Blödsinn. Er hatte der ruhigen, aber aufgeweckten jungen Frau nicht wiederstehen können und eine Ausrede gesucht, um ihr nah sein zu können.

Mit einem Mal flackerten die quälenden Bilder wieder auf. Sina, die mit einem erschrockenen Stöhnen zu Boden ging. Die Todesangst in ihren Augen, als sie realisierte, dass die Kugel sie in die Brust getroffen hatte. Das Blaulicht des Notarztwagens. Die Todesanzeige. An Sinas Beerdigung hatte er keine Erinnerungen. Ihre Familie hatte seine Anwesenheit ausdrücklich untersagt.

»Du hast recht, Saskia. Ich werde den Kontakt zu Laura abbrechen. Bitte erzähl niemandem von unserem Telefonat.«

39. Kapitel

»Wir haben DNA-Spuren unter den Nägeln von Valerie Grundbergs Leiche gefunden. Sie entsprechen denen bei den anderen Toten.« Stanojevic lehnte an Michelsens Schreibtisch.

Der identische genetische Fingerabdruck belegte, dass es sich bei allen vier Morden um ein und denselben Täter handelte. Um einen Mann. Damit erschöpfte sich das Informationspotenzial allerdings schon. Zwar ließen die Genanalysen Rückschlüsse auf Herkunft, Haut- und Haarfarbe des Täters zu. Das deutsche Recht untersagte die Auswertung solcher Merkmale für die Strafverfolgung jedoch bislang.

»Damit wissen wir aber immer noch nicht, wo wir den Besitzer des Gencodes suchen sollen«, bemerkte Michelsen säuerlich. Eine DNA-Reihenuntersuchung in Essen und Umgebung konnte lange dauern. Und die Zeit lief ihnen davon. Der *Künstler* konnte jederzeit erneut zuschlagen. »Nach Fingerabdrücken muss ich nicht fragen, oder?«

Stanojevic schüttelte resigniert den Kopf. »Nein, wieder keine Abdrücke einer unberechtigten Person.«

Michelsen stieß ein bitteres Lachen aus. »Natürlich nicht, wenn ich so eine Schweinerei anrichten würde, würde ich auch Handschuhe anziehen.« Er sah auf seine eigenen Hände, auf deren Rücken sich bleistiftdicke Venen schlängelten. Einen Moment lang stellte er sich vor, wie er den Mörder mit bloßen Fäusten in der Luft zerriss. Die Idee gefiel ihm, und er musste sich zwingen, mit seinen Gedanken zu Stanojevic und den Ermittlungen zurückzukehren.

»Lass mich raten, bemerkt hat niemand was.«

Stanojevic hatte offenbar auf diese Frage gewartet, denn er hob einen Zeigefinger, wie ein Streber, der sich in der Schule meldete. »So ganz würde ich das nicht unterschreiben. Zwei Anwohner haben unabhängig voneinander von einem grünen Bus oder Lieferwagen berichtet, der am Abend vor dem Haus geparkt war und den sie nie zuvor gesehen haben.«

Ein grüner Lieferwagen. Vermutlich hatte Marion Grundberg tatsächlich den Mörder ihrer Tochter beobachtet. »Na toll«, grummelte er, »dann kennen wir ja jetzt schon mal die Lieblingsfarbe des Phantoms.«

Stanojevic fuhr unbeirrt fort. »Das Fabrikat konnte uns zwar keiner der beiden nennen, aber wir sind dabei, entsprechende Autos und ihre Halter im Umkreis zu überprüfen. Als gestohlen gemeldet ist kein Fahrzeug, auf das die Beschreibung passt.«

Michelsen stand von seinem Bürostuhl auf und tigerte vor dem Schreibtisch auf und ab. Er wusste selbst, dass es ungerecht war, die Spur mit dem Fahrzeug nicht zu würdigen. Unter Umständen fanden sie bei der Überprüfung grüner Lieferwagen einen Verdächtigen, den sie anhand der DNA-Spuren überführen konnten. Nicht wenige Verbrechen wurden auf diese Weise aufgeklärt. Sie würden weitere Plakate aufhängen, auf denen sie um die Mithilfe der Bevölkerung baten. Möglicherweise hatte noch jemand den Wagen gesehen und erinnerte sich genauer, um welches Modell es sich handelte. Dennoch, eine heiße Spur sah anders aus.

»Steht unser Termin mit Helga Bauers Ex-Mann?«, fragte er.

»Ja. Er kommt heute um fünf Uhr nachmittags ins Präsidium.«

Aus dem Flur drangen Gelächter und laute fröhliche Stimmen zu ihnen ins Büro. Michelsen brauchte den Kopf nicht zu heben, um den Grund für das Hallo unter den Mitarbeitern zu erraten.

Stanojevic klopfte ihm auf die Schulter. »Na komm. Bei Natalie gibt's Kuchen. Lass uns erst mal ein Stück essen.«

Michelsen winkte ab. »Kannst meins haben, wird eh Zeit, dass du was auf die Rippen kriegst. Ich bin versorgt.« Er deutete auf seinen Bizeps.

»Kommst du trotzdem mit?«

Michelsen zog die Brauen grimmig zusammen und blickte aus dem Fenster. »Geh schon mal vor.«

»Irgendwie werde ich das Gefühl nicht los, dass mit dir etwas nicht stimmt«, sagte Stanojevic skeptisch.

»Nutz deine weibliche Intuition lieber, um den Mörder zu finden.« Michelsen hatte keine Lust auf diese Art von Diskussion.

Als Stanojevic den Raum verlassen hatte, ließ er sich wieder auf seinen Schreibtischstuhl sinken. Er war unendlich müde. Die Ermittlungen dauerten jetzt bereits anderthalb Wochen, und wie immer in solchen Fällen hatte er keinerlei Rücksicht auf sich genommen. Nacht für Nacht hatte er die Akten studiert, über die möglichen

Beweggründe des Täters nachgedacht und nach dem Schlüssel zum Geheimnis des *Künstlers* gesucht. Manchmal hatte er das Präsidium erst nach Mitternacht verlassen, war danach direkt ins Studio zum Training gefahren und hatte schließlich zu Hause noch lange wach gelegen und nachgedacht. Das Wissen, dass der Täter weiterhin frei herumlief und den nächsten Mord plante, ließ ihn nicht zur Ruhe kommen. Er lief ein Wettrennen gegen die Zeit, das er nur verlieren konnte. Und Verlieren war nicht Michelsens Sache.

Er zuckte zusammen, als sich plötzlich seine Bürotür öffnete.

40. Kapitel

Laura hielt den Atem an und lauschte. Hinter Alex' Bürotür regte sich nicht das Geringste. Hatte sie zu zögerlich geklopft? Oder war er womöglich gar nicht da? Bisher hatte er sich jedenfalls nicht blicken lassen, obwohl sie ihm getextet hatte, dass sie gebacken hatte. Bestimmt ließen ihm die Ermittlungen keine Zeit zum Kuchenessen.

Sie fasste sich ein Herz und drückte die Klinke hinunter. Alex saß an seinem Schreibtisch, das Gesicht in die Hände gestützt. Als Laura durch den Türspalt lugte, hob er den Kopf.

»Darf ich reinkommen?«, fragte sie leise. Obwohl Alex nicht antwortete, machte sie einen Schritt in den Raum und schloss die Tür hinter sich. »Ich … ich wollte nur sagen, ich hab Kuchen gebacken.«

»Bin auf Diät«, knurrte Alex.

Laura suchte nach einer menschlichen Regung, wenigstens nach einem sarkastischen Lächeln in seinem Gesicht, fand jedoch bloß Kälte. Vermutlich stand er mehr unter Stress, als er zuzugeben bereit war.

»Hör zu, Laura. Ich will, dass du dich in Zukunft von mir und der Kriminalpolizei fernhältst. Vergiss, dass wir jemals miteinander gesprochen haben.«

Sie schluckte. »Wieso …?«

»Ich bin dir keine Erklärung schuldig. Tu einfach, was ich sage.«

»Alles klar«, flüsterte Laura. »Trotzdem vielen Dank für die spannende Zeit.«

Alex stieß verächtlich Luft durch die Nase. »Na, herzlich gern.«

Seine abweisende Art versetzte ihr einen Stich. Hatte er sie nicht erst vor Kurzem gebeten, ihn bei den Ermittlungen zu unterstützen? Und hatte er sie nicht gestern Abend zu sich nach Hause eingeladen, um mit ihr über den Fall zu sprechen? Und nun behandelte er sie plötzlich wieder wie ein kleines Mädchen, das er sich nicht schnell genug vom Hals schaffen konnte. Hatte er keine Verwendung mehr für sie und verhielt sich deshalb wie ein Arschloch? Am liebsten wäre sie umgehend aus dem Raum gerannt wie vorige Woche, als er sie wegen der Fotos angeschrien hatte. Aber nein, dies war womöglich ihr letztes Zusammentreffen, und sie würde sich nicht davon abbringen lassen, sich vernünftig zu verabschieden. Wenn er nicht über seinen Schatten springen konnte und den Unnahbaren spielen wollte, war das sein Problem.

Sie kramte etwas aus ihrer Hosentasche hervor. »Ich hoffe, dass du den Mörder bald schnappst. Vielleicht bringt dir das etwas Glück. Mein Talisman seit der ersten Klasse. Hat mir bisher bei allen Prüfungen geholfen.«

Der Schlüsselanhänger mit dem pinkfarbenen Gummischwein baumelte trübsinnig in der Luft, Alex machte jedoch keinerlei Anstalten, das Geschenk entgegenzunehmen.

»Sehe ich so verzweifelt aus?«, fragte er in abfälligem Tonfall.

Nun schlug Lauras Verunsicherung in blanken Zorn um. Was hatte dieser Idiot eigentlich für ein Problem? »Ja, du siehst sogar ziemlich verzweifelt aus, um ehrlich zu sein.« Sie versuchte, ihrer Stimme einen scharfen Klang zu verleihen, obwohl sie bereits die Tränen der Enttäuschung in sich aufsteigen fühlte. Dennoch tat es gut zu sehen, wie sich eine Spur Überraschung in Alex' Maske der Gleichgültigkeit mischte. »So verzweifelt, dass du mich um Hilfe bitten musstest, weil ich als Einzige begriffen habe, was der Mörder mit seinen Taten sagen will.«

Alex erhob sich von seinem Stuhl. Wenn er vor ihr stand, wurde ihr die beeindruckende Gestalt des muskelbepackten Bullen richtig bewusst. »Du entschuldigst mich, ich habe Wichtigeres zu tun, als mich von dir anmachen zu lassen.« Er klang betont gelangweilt.

»Das hättest du dir ruhig früher überlegen können«, gab Laura zurück. »Dann wäre uns beiden eine Menge Ärger erspart geblieben.« Sie hörte, wie ihre Stimme brach, doch sie war noch nicht fertig. »Weißt du was?«, setzte sie nach. »Ich wünsche dir trotzdem viel Glück!« Sie warf den Talisman auf seinen Schreibtisch und verließ das Büro.

Michelsen sah Laura nach. Ja, vielleicht war er ein egozentrisches Arschloch. Doch er würde nicht zulassen, dass noch einmal jemand durch seine Schuld in Gefahr geriet. Je mehr Abstand Laura in Zukunft von ihm hielt, desto besser.

Er packte das hässliche pinkfarbene Gummischwein

mit seiner Faust und warf es in die Schreibtischschublade.

41. Kapitel

»Hatten Sie in den letzten Wochen Kontakt zu Ihrer Ex-Frau?«

»Zum Glück nicht! Sie können mir glauben, ich hätte die Alte nie mehr angepackt, nicht mal, um sie umzubringen.«

Michelsens schroffer Tonfall schien Rainer Benthin nicht besonders zu beeindrucken. Der gedrungene, deutlich übergewichtige Mann trug ein kurzärmeliges, grün kariertes Hemd zu ausgewaschenen Jeans. Michelsen kannte seine Aussagen aus den Verhören bei der Frankfurter Kripo und wusste, dass der frühere Ehemann von Helga Bauer ein wasserdichtes Alibi für die Tage um den Mord an seiner geschiedenen Frau hatte. Auch wenn er sie während ihrer Ehe immer wieder geschlagen hatte, kam der widerliche Kerl als Täter nicht infrage. Trotzdem hatten sie ihn erneut zur Befragung einbestellt. Jeder Hinweis auf die Lebensumstände der ermordeten Frau konnte von Bedeutung sein.

»Haben Sie eine Ahnung, wer Ihre Ex-Frau umgebracht haben könnte?«

Der Dicke lachte verächtlich. »Was weiß denn ich! Vielleicht irgendeiner von den armen Spinnern, die ihr Geld geliehen haben.«

»Geld? Wieso musste sich Ihre Ex-Frau Geld leihen?«

»Na, weil sie bis zum Hals in Schulden steckte. Die Bank hätte ihr am liebsten schon vor Jahren die Wohnung weggepfändet.«

Michelsen warf Stanojevic einen Seitenblick zu. Was für ein widerliches Arschloch. Aus den Akten wussten sie, dass Benthin mit den Unterhaltszahlungen an Helga Bauer immer im Rückstand gewesen war. Beharrlich behauptete er, über kein Geld zu verfügen. Die protzige goldene Uhr an seinem fleischigen Handgelenk sprach eine andere Sprache.

»Nach unseren Informationen hat Frau Bauer den Kredit bei ihrer Bank in letzter Zeit immer fristgerecht bedient«, stellte Stanojevic fest.

Dieses Mal lachte der dicke Mann so heftig, dass er sich verschluckte und einen Hustenanfall bekam, bevor er weitersprechen konnte. »Na, dann hat ihr wohl irgendjemand was zugesteckt. Von ihrer Familie hat sie jedenfalls längst nichts mehr bekommen. Die wussten schon lange, woran sie bei Helga waren.«

»Wer könnte Ihrer Ex-Frau Geld geliehen haben?«, hakte Michelsen nach.

Der fette Kerl zuckte mit den Schultern. »Mir doch egal. Aber eins steht fest, der Trottel kriegt seine Kohle nicht mehr zurück.«

Es hatte keinen Sinn, sich weiter mit dem Ekelpaket zu unterhalten. Michelsen beendete die Vernehmung und entließ Benthin.

»Denkst du, was ich denke?«, fragte Stanojevic, nachdem der dicke Mann das Befragungszimmer verlassen hatte.

Michelsen nickte. »Wir müssen wissen, bei wem Helga Bauer in der Kreide gestanden hat. Möglicherweise handelt es sich um dieselben Leute, denen auch Holger Baniszewski Geld geschuldet hat.«

»Wir sollten uns noch mal ihren Lebensgefährten vornehmen. Wenn irgendjemand über ihre finanziellen Schwierigkeiten Bescheid wusste, dann vermutlich er.«

»Finde raus, ob wir ihn heute sprechen können, Mike. Außerdem brauchen wir alle Kontobewegungen von Helga Bauer aus dem letzten Jahr. Darum kümmere ich mich.«

42. Kapitel

Es war ein komisches Gefühl, Pierre am Düsseldorfer Flughafen in Empfang zu nehmen. Als er mit seiner blauen Reisetasche über der Schulter aus der milchgläsernen Schiebetür der Ankunftshalle trat, kam es Laura vor, als bekomme sie Besuch aus einer anderen Welt. Es war keine zwei Monate her, dass sie sich am Pariser Flughafen getrennt hatten, und doch schien ihre gemeinsame Zeit ewig zurückzuliegen. Pierre, dem sie die schönste Zeit ihres Lebens verdankte! Jeden Abend seit ihrer Rückkehr nach Deutschland hatte sie sich in seine Arme zurückgeträumt, und auf einmal stand er vor ihr. Hier in ihrer kleinen Welt, in der sie noch bei ihren Eltern wohnte und das Nesthäkchen der Familie war. In ihrer Welt, in der sie sich in ihrer Freizeit verbotenerweise in die Ermittlungen zu einem Mordfall einmischte.

Pierre erblickte sie und begann sofort zu strahlen. Er rannte auf sie zu, nahm sie in die Arme und wirbelte sie herum. Sein Haar roch genau wie bei ihrem Abschied, nach Freiheit und unbeschwerter Freude. Nach Sommerabenden mit Rotwein aus der Flasche unter sternenklarem Himmel. Ihre Mutter, die sie zum Flughafen begleitet hatte, beobachtete das Wiedersehen aus einigen Schritten Entfernung. Eigentlich hatte Laura allein zum Flughafen fahren wollen, aber ihre Mutter hatte darauf beharrt, den Chauffeur zu spielen. Natürlich wollte sie den Jungen, der das Herz ihrer Tochter erobert hatte, so schnell wie möglich kennenlernen.

Für die Rückfahrt hatte ihre Mutter den Gast, ohne Widerspruch zu dulden, auf dem Beifahrersitz platziert und verwickelte ihn in die Art von Unterhaltung, die sie wohl für ein freundliches Willkommensgespräch hielt. »Und, hattest du einen guten Flug?«

»Ja, vielen Dank. Keine Probleme.«

»Ist das dein erstes Mal in Deutschland?«

»Ich war als Kind mal mit meinen Eltern in München«, antwortete Pierre brav.

»Ja, München ist schön. Wie geht's denn deinen Eltern?«

Langsam wurde es Laura zu bunt. »Mama! Frag ihn nicht so aus!«

Ihre Mutter warf ihr einen schmunzelnden Blick über den Rückspiegel zu. »Na, glaubst du, ich bin nicht neugierig? Du erzählst ja nie was.«

Laura ließ den Vorwurf unkommentiert.

»Wisst ihr zwei bereits, was ihr in der Zeit tun wollt, in der du hier bist?«

Laura verdrehte die Augen. Konnte ihre Mutter sie nicht einmal ihr eigenes Ding machen lassen? Schon erging sie sich in Ausführungen, was man sich in Essen alles unbedingt anschauen musste: die Villa Hügel, den Baldeneysee, die Zeche Zollverein.

»Mama, wieso bist du eigentlich nicht Fremdenführerin geworden?«

»Weil ich dann Papa niemals kennengelernt hätte.«

Laura seufzte resigniert. Sie wusste genau, was jetzt kam. Sie hatte die Geschichte, wie sich ihre Mutter als Schreibkraft an der Uni in den attraktiven Medizinstudenten verliebt hatte, tausendmal gehört. Für Pierre hingegen war die Romanze ihrer Eltern neu, und zumindest gab er vor, interessiert zuzuhören. Immerhin ließ ihre Mutter ihn auf diese Weise mit ihren Fragen in Ruhe.

Zu Hause angekommen, warteten sie auf Lauras Vater, bevor ihre Mutter das Abendessen auftischte. Sie hatte sich mächtig ins Zeug gelegt: glasierte Entenbrust auf Rote-Bete-Sauerkraut. Die ganze Zeit über plapperte sie wie ein Wasserfall. Warum machten immer alle einen derartigen Affenzirkus daraus, wenn der Freund zum ersten Mal zu Besuch war? Pierre war nicht der erste Junge, der bei ihnen am Tisch saß, doch Mama tat, als hänge die Zukunft ihrer Tochter von diesem Abend ab. Dabei hatte sie Geburtstag, war sie da nicht die Hauptperson?

Ihr Vater verhielt sich deutlich entspannter. Er unterhielt sich auf Anhieb gut mit dem französischen Gast, und als die beiden erst einmal ihre gemeinsame Leidenschaft für Fußball entdeckt hatten, waren sie kaum zu bremsen. Wie zwei alte Freunde fachsimpelten sie über vergangene und zukünftige Spiele, und Laura hatte ihre liebe Mühe, alle Beteiligten zu überzeugen, dass es an der Zeit war, sich zurückzuziehen.

Nun lagen sie beide nackt auf Lauras Bett. Pierre streichelte ihren Rücken und ließ die Hand auf ihrem Hintern ruhen. Nach dem Zubettgehen hatten sie gewartet, bis ihre Eltern aus dem Bad und endgültig in ihrem Schlafzimmer verschwunden waren. Den ganzen Abend über hatte die gespannte Erwartung ihrer ersten ungestörten Stunden zu zweit seit einer gefühlten Ewigkeit wie eine Wolke über dem Esstisch gehangen. Schon bei Pierres erstem Kuss am Flughafen hatte sie gemerkt, wie scharf er auf sie war, und als sich ihre Mutter mit den Worten »Wir lassen euch jetzt auch mal allein, ihr habt euch bestimmt viel zu erzählen« ins Bad verabschiedet hatte, hatte in ihrer Stimme ein vielsagender Unterton gelegen. Wie Laura das hasste! Sie waren ein junges Paar und hatten sich seit zwei Monaten nicht gesehen. Natürlich fielen sie bei der ersten Gelegenheit übereinander her. Es war dermaßen offensichtlich, dass ihr beinahe die Lust darauf verging.

Pierre war ein wundervoller Liebhaber, zärtlich und einfühlsam. Er sprach nicht gerne über seine verflossenen Liebschaften, aber es war nicht zu übersehen, dass er ihr in Sachen Erfahrung einiges voraushatte.

Wie er neben ihr lag, mit den Fingern über ihren nackten Körper strich und sie mit seinen großen braunen Augen verliebt ansah, kriegte sie ein schlechtes Gewissen. Der Sex war großartig gewesen. Sie beide harmonierten immer noch genauso perfekt, wie sie es vom ersten Tag an getan hatten. Und trotzdem konnte sie nicht aufhören, an die geheimnisvolle Mordserie zu denken. Sie hatte ständig die Bilder der toten Valerie Grundberg vor Augen. Sie war sich sicher, dass Pierre nicht mitbekam, wie ihre Gedanken abschweiften. Dennoch – was für eine Freundin zermarterte sich das Hirn über tote junge Frauen und ihre Mörder, während ihr Freund ihr in höchster Lust »Ich liebe dich« ins Ohr hauchte?

Sie schaute zu Pierre hinüber, der seine Hand länger nicht mehr bewegt hatte, und bemerkte, dass er drauf und dran war einzuschlafen. Immer wieder fielen ihm die Augen zu. Auf seinem Gesicht lag ein seliges Lächeln, ein Ausdruck völliger Zufriedenheit. Laura musste ebenfalls lächeln. Das hatte sich nicht geändert. Sie nahm seine Hand von ihrem Po und legte sie neben ihm aufs Laken. Als sie aufstehen und ins Bad gehen wollte, öffnete er die Augen.

43. Kapitel

Jens Weber war zwar offensichtlich überrascht, die beiden Kommissare am Mittwochabend vor seiner Wohnungstür stehen zu sehen, ließ sie jedoch bereitwillig herein. Michelsen bemerkte die minimalistische, aber geschmackvolle Einrichtung. Die avantgardistischen Deckenleuchten, die schlichte graue Couch. Jedes Möbelstück war sorgsam ausgewählt und mit viel Liebe zum Detail exakt an seinem Ort platziert worden. Gemeinsam ließen sie sich an dem weißen quadratischen Esstisch nieder.

Weber arbeitete als Grundschullehrer und war zehn Jahre jünger als seine verstorbene Partnerin Helga Bauer. Er war ein gut aussehender Mann, zur Vernehmung letzte Woche im Präsidium war er in tadellosem Outfit erschienen und hatte einen äußerst gefassten Eindruck gemacht. Nun klebte ihm das braune Haar fettig am Kopf, er war unrasiert und roch, als habe er die letzten zwei Tage nicht geduscht. Offenbar setzte ihm der Verlust seiner Lebensgefährtin mehr zu, als es zunächst den Anschein gemacht hatte.

»Warum haben Sie uns nichts von den finanziellen Schwierigkeiten erzählt, in denen Frau Bauer gesteckt hat?«, erkundigte sich Michelsen.

»Ich dachte nicht, dass es wichtig ist. Ich meine, sie hatte ja alles geklärt, soweit ich weiß.« In Webers müden Augen lag nicht die leiseste Spur von Falschheit. Wenn ihnen dieser Mann Informationen vorenthalten hatte, dann nicht mit Absicht.

»Haben Sie eine Ahnung, wie sie ihre Schulden bezahlt hat?«, fragte Michelsen nach. »Soweit wir wissen, hat sie von ihrem Ex-Mann seit Monaten keine Unterhaltszahlungen erhalten.«

Weber schüttelte den Kopf. »Nein, von diesem Arschloch hat sie sicher keinen Cent gekriegt. Helga hat nicht gerne über Geld gesprochen. Wir haben ja nicht zusammengewohnt, und wir hatten getrennte Konten. Um ehrlich zu sein, befürchte ich, dass sie woanders einen Kredit aufgenommen hat, um bei ihrer Bank die Raten für die Wohnung bezahlen zu können.«

»Hat sie Ihnen gegenüber mal etwas in der Richtung erwähnt?«, schaltete sich Stanojevic ein.

»Das nicht.« Weber zögerte. »Warten Sie, ich will Ihnen etwas zeigen.«

Unter ihren fragenden Augen verließ er den Raum und kehrte wenige Augenblicke später mit einem weißen Kärtchen in der Hand zurück.

»Das lag mal bei Helga zu Hause rum. Ich habe es eingesteckt und wollte sie darauf ansprechen. Leider …« Ihm blieb die Stimme weg. Wortlos streckte er Michelsen die Visitenkarte entgegen.

CA$H NOW

Ratenkredit, Sofortkredit, Barauszahlung
Ohne Schufa

Darunter eine Anschrift in der Essener Innenstadt und die E-Mail-Adresse *sofortkredit@cash-now.de.*

Michelsen rümpfte die Nase. »Sehr vertrauenerweckend. Glauben Sie, Ihre Freundin hat sich bei dem Laden einen Kredit geben lassen?«

Weber zuckte mit den Schultern. Wie es aussah, war er nicht in der Lage, weitere Fragen zu beantworten. Sie verabschiedeten sich und dankten Weber für seine Zeit. Minuten später saßen sie wieder im Dienstwagen.

»Glaubst du wirklich, der Mörder bringt die Leute wegen Geld um?«, fragte Stanojevic, der neben ihm die *CA$H-NOW*-Visitenkarte in der Hand hin und her wendete.

»Keine Ahnung. Aber es sieht so aus, als hätten wir zwei morgen früh einen Termin in einem Kreditbüro.«

44. Kapitel

Rasender Schmerz hämmerte hinter Franks Stirn. Es fühlte sich an, als würde ihm jemand von innen die Augen aus dem Kopf drücken. Hatte er gestern Abend schon wieder zu viel getrunken? Er hatte Tanja doch versprochen, in Zukunft etwas kürzer zu treten.

Wie aus weiter Ferne drang ein gleichförmiges Rauschen an sein Ohr. Zuerst nahm er das Geräusch kaum wahr, aber je mehr es ihm gelang, seine Benommenheit abzuschütteln, desto lauter wurde es. Er spürte, dass sein ganzer Körper vibrierte.

Mühsam öffnete er die Augen. Dunkelheit.

Frank bemerkte, dass er mit angewinkelten Beinen auf der Seite lag. Er streckte sich, seine Füße stießen jedoch auf Widerstand. Sich auf den Rücken zu drehen, gelang ihm ebenfalls nicht. Während er versuchte, einen klaren Gedanken zu fassen, wurde er plötzlich heftig nach oben geschleudert und schlug hart mit dem Kopf an. Sofort war er hellwach. Was passierte mit ihm? Das Dröhnen hatte mittlerweile eine ohrenbetäubende Lautstärke erreicht und kam von allen Seiten. Ihn beschlich eine schreckliche Ahnung. Die Enge. Die Erschütterungen. Der Lärm.

Kein Zweifel, er lag im Kofferraum eines fahrenden Autos! Wie konnte das sein? Wie, um alles in der Welt, war er hier hineingelangt?

Panisch hämmerte er mit der Faust gegen den Kofferraumdeckel. »Hilfe! Hört mich denn niemand?«

Der Straßenlärm verschluckte seine Stimme vollständig. Soweit er es einschätzen konnte, fuhr der Wagen schnell, vermutlich auf einer Bundesstraße oder sogar auf der Autobahn. Ausgeschlossen, dass ihn irgendjemand hörte. Was war geschehen? Nur mühsam gelang es Frank, Bruchstücke von Erinnerungen aus dem Dunkel zu zerren.

Er sah Julia und Leon, die in ihren Bettchen schliefen. Tanja, die ihn verwundert anschaute. Die Bilder vor seinem geistigen Auge ergaben allerdings keinen Sinn. Immer wenn er eines zu fassen bekam, glitt es gleich wieder in die undurchdringliche Schwärze um ihn herum ab.

Franks Herz pochte wie verrückt. Die Kopfschmerzen waren unerträglich.

Er versuchte, das Chaos in seinem Hirn zu ordnen. Die Landstraße zu dem Waldstück. Der Blick auf die Uhr, zwanzig Minuten zu früh. Je mehr unzusammenhängende Fetzen sein Gedächtnis zutage förderte, desto verwirrter wurde er.

Mit einem Ruck kam der Wagen zum Stehen. Frank hielt den Atem an und lauschte. Nichts. Keine Schritte. Niemand, der die Kofferraumklappe öffnete. Endlose Sekunden später fuhr das Auto an, und das schreckliche Dröhnen war genauso laut wie zuvor. Wo, verdammt noch mal, brachte man ihn hin?

Sein Magen rebellierte, als das Fahrzeug mit hoher Geschwindigkeit eine Kurve nahm.

Allmählich war er in der Lage, klare Gedanken zu formulieren. Das Letzte, woran er sich erinnerte, war, wie er in seinem Auto durch die Nacht fuhr. Ein Treffen um zehn Uhr. Was war das überhaupt für eine beschissene Idee gewesen?

Mit einem Mal dämmerte es Frank, wer hinter alledem steckte. Doch warum, zum Henker? Warum!

Sie fuhren jetzt deutlich langsamer, dafür auf holprigerem Untergrund. Jedes Mal, wenn der Wagen über eine Unebenheit rumpelte, kriegte er einen heftigen Schlag ab. Vergeblich suchte Frank eine Position, in der wenigstens sein Kopf Schutz fand. Er konnte sich beim besten Willen nicht erinnern, wann er das Bewusstsein verloren hatte. Aber spielte das jetzt eine Rolle?

Rasend vor Wut und Verzweiflung trat er mit den Füßen gegen die Kofferraumklappe. Dieses Scheißding musste aufgehen!

Der Wagen verringerte weiter das Tempo und hielt schließlich an. Frank hörte, wie eine der Türen geöffnet und wieder zugeschlagen wurde. Er spannte seinen Körper zum Angriff und lauschte. Jetzt hantierte jemand von außen am Kofferraum. Das Arschloch würde gleich sein blaues Wunder erleben. Wenn der Typ glaubte, diese Scheiße mit ihm abziehen zu können, hatte er sich geschnitten! Plötzlich sprang die Klappe auf. Grelles weißes Licht blendete ihn schmerzhaft. Blinzelnd machte Frank die Kontur eines Mannes aus. So schnell er konnte, richtete er sich aus seiner zusammengekauerten Haltung auf und wollte sich gerade aus dem Wagen wuchten, als ihm ein stechender Schmerz durch den Oberschenkel fuhr. Geschockt hielt er in der Bewegung inne. Langsam ließ sein Entführer die Taschenlampe sinken. Frank kannte das selbstgefällige Grinsen nur zu gut. Ehe er etwas sagen konnte, verlor er erneut das Bewusstsein.

45. Kapitel

»Hey, nicht weggehen«, flüsterte Pierre versonnen. »Wir können die ganze Nacht so liegen bleiben.«

Laura lächelte. »Ich geh nur ins Bad, mich bettfertig machen. Es ist gleich halb zwölf, und ich muss morgen früh raus.«

»Meld dich einfach krank.«

»Das kann ich nicht machen. Wobei, jetzt ist es eigentlich auch egal.«

»Wie meinst du das?«

Zögerlich erzählte sie Pierre, wie Alex sie heute im Büro hatte auflaufen lassen.

»Na dann kannst du ja froh sein, dass du den Typen endlich los bist und es hinter dir hast.«

Pierres lapidare Reaktion machte Laura sprachlos. Seit er hier war, hatte sie es vermieden, über die mysteriöse Mordserie zu sprechen. Laura wusste, was Pierre von ihrem Engagement in der Angelegenheit hielt, und hatte kein Bedürfnis, sich mit ihm zu streiten. Sie konnte das Thema jedoch nicht totschweigen! Schließlich ging ihr fast nichts anderes im Kopf herum. Er sah sie aus seinen kastanienbraunen Rehaugen an und begriff überhaupt nicht, wie sehr die Abfuhr des Kommissars sie verletzt hatte. Vielmehr schien er das Thema so schnell wie möglich abhaken zu wollen.

»Ist doch egal. Der Typ ist sowieso ein Spinner, und dein Praktikum ist fast vorbei. Außerdem bin ich ja jetzt da. Da kommst du schnell auf andere Gedanken.« Er nahm ihre Hände in seine und strahlte sie an, aber Laura wand sich aus seinem Griff und kehrte ihm den Rücken zu.

»Du verstehst das nicht«, murmelte sie.

»Nein, ich verstehe es echt nicht! Ich bin seit ein paar Stunden da, und die ganze Zeit bist du in Gedanken bei diesem blöden Polizisten mit seinem Mordfall. Ich glaube fast, dir wäre es lieber, wenn ich wieder gehen würde.«

Laura schossen Tränen in die Augen. Plötzlich fühlte sie sich unendlich mies. »Tut mir leid. Ich weiß auch nicht, was mit mir los ist.«

Natürlich hatte er recht, sie hatte bei den Ermittlungen in einem Serienmord rein gar nichts zu suchen. Das hatte Alex wohl ebenfalls erkannt und sie deswegen eiskalt abblitzen lassen. Sicher bereute er es, sie in die Einzelheiten des Falls eingeweiht zu haben. Laura wünschte nur, er hätte den Mut gehabt, ihr das offen ins Gesicht zu sagen. Sie wischte sich die Tränen aus den Augenwinkeln, zog die Nase hoch und drehte sich wieder zu Pierre um, der sie immer noch gekränkt anschaute.

»Ich glaube, ich muss schlafen.« Sie rang sich ein Lächeln ab. »Morgen bin ich bestimmt besser drauf.«

Pierre legte die Arme um sie und drückte ihr einen Kuss auf die Stirn. Es tat gut, ihn bei sich zu haben. Einen Moment lang schloss Laura die Augen und genoss seine Umarmung. Dann löste sie sich vorsichtig von ihm und verschwand im Bad.

46. Kapitel

Als Frank wieder zu sich kam, lag er mit dem Gesicht auf feuchtem Waldboden. Eine ekelhafte Mischung aus Blut und Erde füllte seinen Mund. Hatte er sich beim Sturz auf die Zunge gebissen? Sie schmerzte höllisch. Wo auch immer er war, er musste schleunigst weg hier. Er versuchte aufzustehen, doch seine Hände gehorchten ihm nicht. Es dauerte einen Moment, bis er begriff, dass sie hinter seinem Rücken gefesselt waren. Bevor er die Situation erfassen konnte, spürte er etwas Kaltes, Hartes in seinem Nacken.

»Schön langsam.«

Mit Mühe gelang es ihm, sich erst auf die Seite und anschließend auf den Rücken zu drehen. Der Mann über ihm, dessen Stimme er sofort erkannt hatte, zielte mit einem Gewehr direkt auf sein Gesicht.

»Was wollen Sie von mir?« Er brachte die Worte nur mühsam hervor. Die Todesangst in seiner Stimme ließ ihn noch mehr verzweifeln.

»Gedulden Sie sich etwas. Es gibt keinen Grund zur Eile.«

Keinen Grund zur Eile?

Frank zitterte am ganzen Körper. Ihm war kalt. Abartig kalt! Der zunehmende Mond stand hell am Himmel und verlieh dem nächtlichen Wald einen unwirklichen bläulichen Glanz. Zu seinem Entsetzen bemerkte Frank, dass er nackt war. Lediglich um die Hüften trug er ein helles Stück Stoff.

Einen Lendenschurz?

»Hören Sie, wenn Sie Geld wollen. Ich treibe alles auf.«

Der Mann lachte leise. »Wenn ich mich recht erinnere, stecken Sie bis zum Hals in Schulden. Aber keine Sorge, ich möchte kein Geld von Ihnen.«

Frank brach in Tränen aus. »Was, zur Hölle, wollen Sie dann von mir? Ich habe Familie, zwei Kinder. Ich flehe Sie an. Lassen Sie mich frei!«

Der Mann lächelte. »Ja, Ihre Familie kann stolz auf Sie sein. Ich habe Großes mit Ihnen vor. Kein Wunder, dass Sie da etwas aufgeregt sind.«

Wovon redete dieser Kerl?

»Und jetzt stehen Sie auf.« Der Tonfall des Mannes war plötzlich wieder scharf. »Ein Märtyrer liegt nicht mit dem Gesicht im Dreck.«

»Märtyrer?« Frank kapierte überhaupt nichts mehr.

Der Mann gab keine Antwort. Schweigend hob er das Gewehr, um seiner Aufforderung Nachdruck zu verleihen.

Die gefesselten Hände machten Frank das Aufstehen fast unmöglich. Unter Schmerzen kämpfte er sich dennoch auf die Füße, verlor strauchelnd das Gleichgewicht und drohte erneut hinzustürzen. In letzter Sekunde gelang es ihm, sich zu fangen und auf den Beinen zu bleiben.

»Sehr gut. Und jetzt gehen wir ein Stück.«

Den kalten Gewehrlauf in seinen Nacken gepresst, trieb ihn der Entführer in den Wald hinein. So musste sich der Gang zur eigenen Hinrichtung anfühlen. Der Gedanke an Tanja und die Kinder zerriss Frank das Herz. Sie schliefen in diesem Moment vermutlich ahnungslos in ihren Betten. Bis sie bemerkt haben würden, dass er von seinem abendlichen Ausflug nicht zurückgekehrt war, war er womöglich nicht einmal mehr am Leben.

Wieso hatte er dem Treffen überhaupt zugestimmt? Sein Gefühl hatte ihm von Anfang an gesagt, dass es ein Fehler war. Aber die Aussicht auf einen Rettungsanker im Meer aus Schulden und unbezahlten Rechnungen, in dem er zu ertrinken drohte, hatte ihn alle Vorsicht vergessen lassen. Selbst schuld. Diese letzte Rechnung musste er bezahlen. Der Preis war höher, als er sich je hätte träumen lassen.

Er versuchte, die Gedanken zu verdrängen und sich zu konzentrieren. Es musste einen Weg geben zu fliehen, den Scheißkerl zu überwältigen. Doch mit dem Gewehr im Genick konnte jede verdächtige Bewegung tödlich sein. So stolperte er weiter barfuß über den unebenen Untergrund.

Nach einigen Minuten blieb der Mann hinter ihm abrupt stehen. »Stopp! Wir sind da. Stellen Sie sich dort an den Baum!«

Frank sah sich unsicher um. Sie hatten eine Lichtung mitten im Wald erreicht. Wollte ihn der Irre hier draußen erschießen? Fragend schielte er zu dem Mann mit dem Gewehr hinüber.

Der deutete wortlos mit der Waffe auf einen Baum

mit auffällig dickem Stamm am Rand der Lichtung. Jede Kraft, Widerstand zu leisten, hatte Frank verlassen. Wenn ihn das Arschloch umbringen wollte, sollte er es gefälligst schnell tun. Er bemerkte, dass der Mann ihn nach wie vor auffordernd anschaute, und trottete zu dem Baum hinüber.

»Brav.« Er zog ein zweites Seil durch Franks Fesseln, das eine Ende warf er auf den Waldboden. »Sie stellen sich mit dem Rücken zum Baum und rühren sich nicht vom Fleck.«

Die Waffe wieder auf ihn gerichtet, schlich der Mann um ihn herum und verschwand aus Franks Gesichtsfeld. Einen Moment lang dachte er darüber nach, einfach loszurennen, im selben Augenblick wurde er jedoch gewaltsam nach hinten gezerrt. Er versuchte noch einmal; sich loszureißen. Zu spät. Zufrieden grinsend tauchte sein Entführer wieder vor ihm auf und betrachtete ihn, wie er an den Baum gefesselt dastand, als habe er eine Skulptur fertiggestellt.

»Nicht schlecht. Gar nicht schlecht«, murmelte der Mann, drehte sich um und verlor sich nach ein paar Schritten im Dunkel des Waldes.

47. Kapitel

Als Michelsen und Stanojevic am Donnerstagmorgen den Besprechungsraum des Polizeipräsidiums betraten, empfing sie Harald Dreyfuss mit einem triumphierenden Grinsen.

Nach der Erstellung des Phantombilds und den Berichten über den grünen Lieferwagen hatten er und das Team die Anwohner aus der Nachbarschaft der bisherigen Opfer erneut befragt. Ein Nachbar von Holger Baniszewski hatte der Polizei mitgeteilt, dass der Besitzer einer kleinen Fleischerei in der Nähe einen solchen Wagen fuhr. Da er außerdem glaubte, den Metzger in den Tagen vor Baniszewskis Verschwinden vor dem Haus des Toten gesehen zu haben, war der Mann als Verdächtiger vorläufig festgenommen worden. Dreyfuss hatte ihn gegenüber der Presse als neuen Hauptverdächtigen präsentiert. Als Leiter der Ermittlungen hatte Michelsen dem zugestimmt, aber er blieb skeptisch. Er wusste nur zu gut, wie die Erinnerung Menschen einen Streich spielen konnte, wenn man sie nach konkreten Personen oder

Ereignissen fragte. Der Fleischermeister ähnelte dem Phantombild höchstens entfernt und stritt zudem ab, Baniszewski oder einen der anderen Toten überhaupt zu kennen. Ein überzeugendes Alibi hatte er jedoch nicht präsentiert. Die DNA-Analysen würden ihnen in den nächsten Tagen mehr Aufschluss geben.

»Guten Morgen, die Herren. Schön, Sie noch mal zu sehen«, begrüßte sie Dreyfuss. »Wie es aussieht, hat unsere Zusammenarbeit bald ein Ende.«

Michelsen lächelte schief. »Sie glauben allen Ernstes, der Metzger war's?«

»Sie können mich gerne vom Gegenteil überzeugen.« Er legte eine Pause ein. »Wenn Sie nicht anderweitig zu beschäftigt sind.«

Michelsen funkelte Dreyfuss an. »Ich werde mein Bestes tun. Während Sie den armen Fleischermeister ausquetschen, sehen wir uns diesen Kreditladen an.«

»Tun Sie das«, gab Dreyfuss spöttisch zurück. »Ich wünsche Ihnen viel Erfolg.«

48. Kapitel

Die ganze Nacht über wälzte sich Laura hin und her. Immer wieder rissen sie die Bilder der Mordopfer und ihre eigenen unzusammenhängenden Gedankenfetzen aus dem unruhigen Schlaf. Um kurz vor sechs hielt sie es nicht mehr aus. Sie konnte unmöglich auch nur eine Minute länger liegen bleiben.

Pierre neben ihr atmete langsam und gleichmäßig. Laura liebte es, ihn anzusehen, wie er so dalag, den dunklen Wuschelkopf tief ins Kissen vergraben, als gebe es nichts auf der Welt, das seinen unschuldigen Schlaf stören könnte. Dennoch lief ihr aus irgendeinem Grunde eine Gänsehaut über den Rücken.

Sie hielt die Luft an und bemühte sich, sich möglichst geräuschlos von der Decke zu befreien. Vor dem Bett stehend, hielt sie einen Moment inne. Pierre nahm keinerlei Notiz von ihr. Auf Zehenspitzen schlich sie zum Schreibtisch und klappte ihren Laptop auf.

Laura fluchte innerlich, als der Windows-Startsound die Stille zerriss. Wie zur Antwort drehte sich Pierre im

Bett auf die andere Seite und murmelte etwas. Laura verharrte wie versteinert und lauschte. Nach wenigen Sekunden atmete er genauso regelmäßig wie vorher. Erleichtert ließ sie sich auf dem Schreibtischstuhl nieder.

Wonach suchte sie eigentlich genau? Soweit sie mitbekommen hatte, fehlte vom Täter nach wie vor jede Spur. Er hinterließ keine Fingerabdrücke oder Hinweise auf seine Identität. Wenn die Opfer entdeckt wurden, war er über alle Berge. Doch wenn Alex recht hatte und der Mörder gefunden werden *wollte,* musste er irgendwelche Spuren legen. Waren sie einfach zu blind, sie zu sehen?

Sie versuchte, sich an die Worte des Mörders zu erinnern, die Alex ihr vorgespielt hatte und die ihr so seltsam bekannt vorkamen. »Echte Kunst kostet eben alles.« So oder so ähnlich musste es gewesen sein. Sie gab die Worte bei Google ein. *Meinten Sie: Echte Kunst ist eben alles?*, fragte die Suchmaschine blöd zurück. Nein, das hatte der Killer nicht gesagt. Rasch scannte Laura die Ergebnisse, aber keines davon war hilfreich.

Was hatte der Mörder noch gesagt? Laura zermarterte sich das Gehirn nach dem genauen Wortlaut dessen, was Alex ihr vom ersten Telefonat berichtet hatte. »Wenn das Publikum keine Albträume hat, ist ihm sofort langweilig.« Die Suchanfrage dauerte, die WLAN-Verbindung war nicht die beste. Schließlich erschien die Seite mit den Suchergebnissen. Nur fünf Treffer. Laura stutzte. Alle enthielten das genaue Zitat. Wie es aussah, stammten die Worte von einem gewissen Thomas Bernhard. Sie erinnerte sich, den Namen schon einmal gehört zu haben.

Aus dem Wikipedia-Artikel zu Thomas Bernhard erfuhr sie, dass es sich um einen österreichischen Schriftsteller handelte, der 1989 verstorben war. Natürlich. Sie hatten im Studium über Bernhard und seine Äußerungen zur Kunst gesprochen. Der Mann war ein scharfer Kritiker des österreichischen Kulturbetriebs gewesen, der zu Lebzeiten besonders durch bissige Zitate und Skandale aufgefallen war. Immerhin, das konnte passen. Benutzte der Täter absichtlich die Worte des Schriftstellers?

Zitate Thomas Bernhard, tippte sie ins Suchfenster ein. Zahlreiche Links zu Online-Zitatensammlungen wurden angezeigt. Dieser Bernhard musste viele markige Sprüche vom Stapel gelassen haben.

Genie ist eine Verkrüppelung.
Alles ist lächerlich, wenn man an den Tod denkt.

Laura verdrehte die Augen. Autoren waren alle gleich verrückt. Sie schreckte zusammen, als sie ihren Vater auf dem Flur hörte. Halb sieben. Jeden Moment würde er aus dem Haus gehen.

Sie scrollte weiter durch Bernhards gesammelte Aphorismen. Plötzlich hielt sie den Atem an. Konnte das wahr sein?

Große Kunst kostet eben alles. Genau das waren die Worte des Täters gewesen. Noch ein Zitat von Thomas Bernhard.

Was hatte das zu bedeuten? Wollte der Verrückte mit seinen Morden Kritik an der geplanten Ausstellung üben? Und wenn ja, warum?

Laura kehrte zu Wikipedia zurück. Bernhard hatte etliche Romane verfasst, darunter die sogenannte Künstler-Trilogie. Sie seufzte. Wenn sich die Hinweise auf die Beweggründe des Täters in der Biografie oder dem Werk des Autors versteckten, hatte sie keine Chance, ihm auf die Schliche zu kommen. Sie konnte unmöglich Bernhards Lebenswerk durcharbeiten, um herauszufinden, was den Verrückten zum Morden motivierte. Sie musste Alex informieren. Die Polizei zog dann vermutlich Experten zurate, die aus den Anspielungen ein Psychogramm des Mörders erstellten. Vielleicht war sie der Polizei mit ihrer Entdeckung dennoch einen entscheidenden Schritt voraus. Der Gedanke, Alex zum wiederholten Mal auf eine Spur zu stoßen, die er selbst nicht aufgetan hatte, erfüllte sie mit Genugtuung. Besonders nach seinem unmöglichen Verhalten gestern. Sicher würde er nicht begeistert sein, wenn sie sich bei ihm meldete. Er hatte ihr unmissverständlich zu verstehen gegeben, dass er auf ihre Unterstützung nicht mehr angewiesen war. Doch jetzt lagen die Dinge anders.

Sie sah auf die Uhr. Viertel vor sieben. Wenn sie ihn vor dem Präsidium abpassen wollte, hatte sie noch etwas Zeit. Sie vertiefte sich erneut in die Suchergebnisse. Wie sie erfuhr, existierte sogar eine Thomas-Bernhard-Gesellschaft. Da mussten Experten sitzen, die eine Verbindung zwischen der Mordserie und dem Werk des Schriftstellers zu erkennen in der Lage waren. Laura surfte durch die Website. Offenbar setzte sich der Vorstand der Gesellschaft aus ein paar alten Professoren zusammen. Kein Wunder. Die meisten waren Österreicher und lehrten an den Universitäten von Salzburg und Wien. Plötzlich blieb ihr Blick an einem der Namen hängen: Professor Werner Kaubelitz, Essen.

Beinahe hätte Laura einen überraschten Laut von sich gegeben, aber sie beherrschte sich rechtzeitig, um Pierre nicht zu wecken. Mit klopfendem Herzen klickte sie auf den Namen des Professors. Ein kleines Fenster mit dem Foto eines freundlich dreinschauenden älteren Herren mit ergrautem Bart und randloser Brille öffnete sich. Darunter war die akademische Vita von Professor Kaubelitz zu lesen. Der Literaturwissenschaftler lehrte seit 1994 an der Essener Uni. Der Liste seiner Publikationen nach zu urteilen, beschäftigte er sich intensiv mit dem Schaffen Thomas Bernhards. Konnte es ein Zufall sein, dass einer der führenden Experten der Bernhard-Forschung in der Stadt lebte, in der ein Mörder sein Unwesen trieb, der offensichtlich eine krankhafte Faszination für den Schriftsteller pflegte?

Sie musste Alex schleunigst informieren, alles andere wäre unverantwortlich. Während sie mit sich rang, arbeitete sie sich durch den Vorlesungsplan des literaturwissenschaftlichen Studiengangs. Professor Kaubelitz hielt donnerstags um acht Uhr eine Vorlesung zu zeitgenössischer Literatur. Plötzlich kam Laura eine Idee. Der Gedanke war verlockend. Sie wollte zu gern erfahren, was Professor Kaubelitz zu den Morden und Zitaten zu sagen hatte. Und, ehrlich gesagt, hatte sie überhaupt keine Lust, dem eingebildeten Alex das Feld zu überlassen. Vermutlich maß er ihrer Entdeckung ohnehin keine Bedeutung bei – wenn er überhaupt bereit war, mit ihr zu sprechen.

49. Kapitel

Diese verdammte Kälte! Frank zitterte am ganzen Körper. Seit Stunden harrte er halb nackt hier draußen aus, die Fesseln ließen ihm keine andere Wahl. Seine Beine schmerzten vom Stehen, doch beim Versuch; sich hinzusetzen, würde er sich die Schultern auskugeln. Langsam kroch das erste Dämmerlicht zwischen den dicht gewachsenen Bäumen hervor. Wie lange war es her, dass der Drecksack ihn angebunden hatte und dann verschwunden war? Sollte er an diesem gottverdammten Baum erfrieren?

»Ein Märtyrer liegt nicht mit dem Gesicht im Dreck.« Was, zur Hölle, hatte diese Scheiße zu bedeuten!

Kraftlos versuchte er zum hundertsten Mal, seine Fesseln zu lockern. Es war aussichtslos. In Filmen befreiten sich Gefangene immer, indem sie die Seile durchscheuerten. Hier, in der Realität, riss er sich bloß seine Handgelenke an der rauen Rinde des Stamms auf.

Du bist selbst schuld. Ohne deine beschissene Spielsucht hättest du den Typen nie kennengelernt.

Die Erkenntnis schmerzte weit mehr als seine geschundenen Knochen. Irgendetwas in ihm hatte immer geahnt, dass ihn die Abhängigkeit, die er all die Jahre so meisterhaft vor seiner Familie verheimlicht hatte, eines Tages einholen würde.

Und warum hast du dann immer weitergemacht?

Frank hatte sich diese Frage schon tausendmal gestellt. Es gab keine Antwort. Ein übermächtiges Gefühl von Scham trieb ihm die Tränen in die Augen. Wahrscheinlich war es das Beste, wenn er im Wald verreckte. Tanja und den Kindern blieb auf diese Weise eine Menge erspart. Anstatt eines Tages erfahren zu müssen, dass ihr Vater jahrelang ein Doppelleben geführt hatte, würden sich die Kinder nur daran erinnern, dass er einfach verschwunden war, als sie noch klein gewesen waren. Sie würden ihn als ihren Papa in Erinnerung behalten, nicht als das spielsüchtige Wrack, zu dem er geworden war. Um Tanja machte er sich keine Sorgen. Sie war eine attraktive, kluge Frau und würde schnell einen Neuen finden. Einen besseren Mann, als er es je gewesen war. Einen besseren Vater für ihre Kinder.

Ein leises Geräusch riss Frank aus seinen quälenden Gedanken. Er hielt den Atem an, aber gleich darauf schwieg der Wald genauso wie zuvor. Endlose Sekunden vergingen, ohne dass sich in der morgendlichen Grabesstille etwas regte.

Halt! Da war es wieder! Nein, er hatte sich nicht geirrt. Da waren Schritte. Ganz in der Nähe ging jemand durch den Wald. Plötzlich erwachte Hoffnung in ihm. War es möglich, dass ihn jemand mitten im Nichts fand?

»Hallo? Ist da irgendwer?« Er brachte die Worte kaum heraus, so ausgetrocknet war sein Mund. »Hilfe! Bitte …«

Keine Antwort.

Er wandte den Kopf nach rechts und links, konnte allerdings niemanden entdecken. Vermutlich waren die morgendlichen Spaziergänger längst zu Hause. Doch da, am anderen Ende der Lichtung tauchte eine Gestalt aus dem Dickicht auf. Frank begann, lauter zu rufen, und verstummte, als er die schlaksige Silhouette seines Entführers erkannte. Mit einem Schlag war jede Aussicht auf Rettung zunichte. Dafür packte ihn die Verzweiflung umso brutaler.

Mit angehaltenem Atem wartete er darauf, dass der Mann zu ihm herüberkam, der machte jedoch keinerlei Anstalten; sich zu nähern. Stattdessen lief er mit gesenktem Kopf an der Schmalseite der Lichtung entlang, als suche er nach dem richtigen Ort.

Dem richtigen Ort für was?

Das Herz schlug Frank bis zum Hals. Was ging hier vor?

Abrupt blieb der Mann stehen, sah zu Frank herüber und wiegte den Kopf hin und her. Er schien noch nicht zufrieden zu sein und machte einige Schritte zurück in die Richtung, aus der er gekommen war. Erneut sah er herüber. Dieses Mal nickte er zufrieden. Offensichtlich hatte er den richtigen Ort gefunden.

Der Mann trug eine große schwarze Tasche über der Schulter, die er nun auf den Waldboden legte und öffnete.

Frank kniff die Augen zusammen. Auf die Entfernung war schwer zu erkennen, was sein Peiniger daraus hervorholte.

Nein. Das durfte nicht wahr sein!

Die Angst verlieh Frank neue Energie, die zumindest zum Schreien reichte. »Halt! Nein! Was haben Sie vor?«

In aller Seelenruhe fuhr der Mann fort, den Inhalt seiner Tasche auszupacken und auf dem Boden vor sich auszubreiten. Das erwachende Tageslicht ließ die Szene von Minute zu Minute deutlicher zutage treten. Mit vor Entsetzen geweiteten Augen starrte Frank zum anderen Ende der Lichtung. Was der Wahnsinnige mit großer Zufriedenheit vor sich auf der Erde betrachtete, waren ein Bogen und ein Köcher voller Pfeile.

Mit aller Kraft riss Frank an seinen Fesseln. Er musste hier weg. Koste es, was es wolle. Der Schmerz des sich immer tiefer einschneidenden Seils drang kaum noch in sein Bewusstsein. Doch seine Anstrengung war vergebens. Der Strick rührte sich keinen Millimeter.

Quälend langsam hob der Mann den Bogen auf, nahm einen Pfeil aus dem Köcher und legte ihn ein. Frank brüllte und wand sich.

Warum? Warum er?

Der Schütze spannte den Bogen. Einen schrecklichen Moment lang stand die Welt still. Dann explodierte der brennende Schmerz in seinem Bein, als das spitze Metall den rechten Oberschenkel durchbohrte. Frank blickte an sich hinunter und sah den hölzernen Schaft tief in seinem Fleisch stecken. Reflexartig versuchte er, das Bein anzuziehen, aber der Schmerz wurde dadurch nur noch unerträglicher. Der Pfeil hatte seinen Oberschenkel buchstäblich an den Baum genagelt. Rasend vor Schmerz und Angst jaulte er in die morgendliche Stille. Als er den Kopf hob, hatte der Irre bereits den nächsten Pfeil eingespannt.

50. Kapitel

Der kleine, blasse Mann hinter dem Schalter der *CA$H-NOW*-Filiale in der Essener Innenstadt glotze Michelsen mit offenem Mund an. Bei dem Wort »Kriminalpolizei« waren ihm beinahe die Froschaugen aus dem kahlen Kopf gesprungen. Michelsen wunderte das wenig. Unternehmen wie dieses hatten naturgemäß ein gespanntes Verhältnis zu Gesetzeshütern. Dass er und Stanojevic an diesem Donnerstagmorgen nicht gekommen waren, um das Kreditbüro wegen unlauterer Geschäftspraktiken hochzunehmen, konnte Froschauge nicht wissen.

»So ungefähr habe ich mir den Laden vorgestellt«, brummte er, als sich der Mann endlich in Bewegung gesetzt hatte, um den Geschäftsführer zu holen.

Stanojevic nickte. »Der perfekte Ort, um sein Leben zu ruinieren.«

Das traf es ziemlich gut. Neonröhren tauchten den schäbigen Raum in kaltes Licht. Überall priesen Plakate *Geld sofort* und *zu unfassbar günstigen Konditionen* an. Leichtgläubige Menschen in finanziellen Schwierigkeiten verschuldeten sich hier für den Rest ihrer Tage. Die einzige Kundin im Raum schaute von einem der drei Schalter aus immer wieder zu ihnen herüber.

»Guten Tag, was kann ich für die Herrschaften tun?« Der Geschäftsführer, ein etwa fünfzigjähriger Mann in einem billig glänzenden Anzug, den das Namensschild an der Brust als Heiko Zobel auswies, bemühte sich sichtlich um einen seriösen Tonfall.

»Michelsen, Kriminalpolizei. Können wir irgendwo ungestört sprechen? Wir würden uns gerne mit Ihnen unterhalten.«

Zobel rollte die Augen und warf einen umständlichen Blick auf seine Armbanduhr. »Wird es lange dauern?«

Michelsen lächelte breit. »Wenn wir Sie mit aufs Präsidium nehmen, dauert es länger. Also hätten Sie wohl ein paar Minuten Zeit für uns?«

Zobel seufzte. »Ich wüsste zwar nicht, warum, aber von mir aus.«

Die Büroräume im hinteren Teil des Ladens sahen noch heruntergekommener aus als der Kundenbereich. Drucker und Aktenordner standen auf dem Boden, die Schreibtische bogen sich unter Stößen von Papier. Die Luft roch muffig. In einem Waschbecken an der Wand gammelten ein paar ungespülte Kaffeetassen vor sich hin.

»Also, worum geht es?« Zobel machte keine Anstalten, ihnen einen Sitzplatz anzubieten.

»Um Ihre Kundin Helga Bauer«, antwortete Michelsen.

Der Geschäftsführer verschränkte die Arme vor der Brust. »Wir geben keine Auskunft über unsere Kunden.«

Damit hatte Michelsen gerechnet. Kreditnehmer vertrauten auf die Diskretion ihrer Gläubiger mehr als auf alles andere. »Ich befürchte, das tun Sie doch. Wir sind von der Mordkommission, Helga Bauer ist tot.«

Mit einem Mal wurde Zobel noch blasser. »Und was habe ich damit zu tun?« Er versuchte, seine unnahbare Fassade aufrechtzuerhalten, das Zittern seiner Stimme war jedoch nicht zu überhören.

»Das würden wir auch gerne wissen«, gab Stanojevic zurück. »Dazu brauchen wir alle Unterlagen zu Helga Bauer und Einblick in Ihre Kundendatei. Wir wären Ihnen sehr verbunden, wenn Sie kooperieren.«

»Das geht nicht so einfach«, entgegnete Zobel stockend.

»Sie können selbstverständlich Nein sagen«, schaltete sich Michelsen wieder ein. »Dann machen wir Ihnen den Laden dicht und nehmen Ihre Computer und Akten mit.« Drohungen wie diese verfehlten selten ihren Zweck. Zwar gestaltete sich eine Beschlagnahme von Geschäftsakten nicht ganz so unkompliziert, aber das brauchte der Kreditheini ja nicht zu wissen.

Zobel kaute einen Moment auf seiner Unterlippe herum und machte sich dann am Computer zu schaffen. »Ich suche Ihnen die Unterlagen heraus.«

»Gut«, lobte Michelsen. »Wir würden uns gerne nach weiteren Kunden von Ihnen erkundigen.«

Zobel sah ihn fragend an.

»Hat ein Simon Gossler bei Ihnen einen Kredit erhalten?«, setzte Michelsen nach.

Der Geschäftsführer tippte den Namen zögerlich in seine Tastatur. Nachdem er einige Sekunden reglos auf den Bildschirm geschaut hatte, nickte er fast unmerklich.

»Holger Baniszewski?«, fragte Michelsen weiter.

»Wie schreibt man das?«

Michelsen buchstabierte den Namen.

Nachdem er auch Baniszewski in der Datenbank gesucht hatte, weiteten sich Zobels Augen vor Angst. »Was hat das zu bedeuten?«

»Genau das versuchen wir herauszufinden. Gibt es eine Valerie Grundberg in Ihrer Kartei?«, erkundigte sich Michelsen nach dem letzten Opfer.

Zobels Hände zitterten nun so stark, dass er es kaum fertigbrachte, den Namen einzugeben. »Wie man's spricht?«

Michelsen nickte.

»Haben wir nicht«, flüsterte Zobel.

Stanojevic und Michelsen wechselten einen Blick.

»Sind Sie sich ganz sicher?«, hakte Michelsen nach.

Zobel tippte den Namen noch einmal ein. »Nein. Wir haben keine Kundin mit diesem Namen.«

Michelsen legte die Stirn in Falten. »Okay. Ich brauche alles, was Sie zu den drei genannten Personen an Unterlagen haben. Und ich möchte mit den Mitarbeitern sprechen, die sie betreut haben.«

Zobel wand sich auf seinem Stuhl. »Die Unterlagen suche ich Ihnen heraus. Doch was Ihre zweite Bitte betrifft, da gibt es ein Problem.«

»Was für ein Problem?«, wurde Michelsen laut. Er hatte verdammt noch mal keine Zeit, sich von einem schmierigen kleinen Halsabschneider an der Nase herumführen zu lassen.

Zobel zog den Kopf ein, als habe er Angst, geschlagen zu werden. Sein arroganter Tonfall war einem ängstlichen Wispern gewichen. »Frau Bauer, Herr Gossler und Herr Baniszewski wurden von unserem Mitarbeiter Herrn Grünthal betreut.«

»Und?«

Zobels Stimme erstarb fast, als er weitersprach. »Herr Grünthal ist seit zwei Wochen nicht zur Arbeit erschienen und auch telefonisch nicht erreichbar. Wir haben keine Ahnung, wo er ist.«

51. Kapitel

Die Vorlesung *Einführung in die Literatur des 20. Jahrhunderts* hatte gerade begonnen, als Laura ihr Fahrrad vor dem Audimax der Uni Essen anschloss. Das Interesse der Studenten hielt sich um diese Uhrzeit noch in Grenzen, daher hatte sie die lange Reihe der Fahrradständer beinahe für sich allein. Durch die Tür an der Hinterseite betrat sie den großen Hörsaal und setzte sich in die letzte Reihe.

»... und die Bedeutung dieser kollektiven traumatischen Erfahrung für die amerikanische Literatur des zwanzigsten Jahrhunderts ist an vielen Stellen evident.« Professor Kaubelitz sprach in überdeutlichem, akkuratem Deutsch.

Mit seiner braunen Bundfaltenhose und dem dunkelblauen Pullunder über dem weißen Hemd wirkte er genauso vertrocknet und aus der Zeit gefallen, wie Laura sich einen Literaturprofessor vorstellte. Sein Vortrag über den Einfluss des Vietnamkriegs auf die zeitgenössische amerikanische Literatur schläferte sie jetzt schon ein. Wahrscheinlich war es ohnehin eine Schnapsidee, Kaubelitz nach der Vorlesung anzusprechen. Andererseits würde er sie kaum auffressen, und die Aussicht, Alex mit einer verwertbaren Spur in der Tasche wieder gegenüberzutreten, war einfach zu verlockend.

Während der Professor in seinem gleichförmigen Singsang über die psychologischen Folgen der amerikanischen Kriegstraumata referierte, ließ Laura ihren Blick durch den Hörsaal schweifen. Etwa zwanzig Studenten hatten sich früh am Morgen aus dem Bett gequält. Die meisten verschanzten sich hinter ihren Laptops. Einige machten sich Notizen, andere surften im Internet. Sie versuchte, sich auf die Vorlesung zu konzentrieren, doch immer wieder sackte ihr der Kopf auf die Brust.

»Ich danke Ihnen und wünsche einen angenehmen Tag. Wir sehen uns nächste Woche.«

Die allgemeine Unruhe am Ende der Vorlesung schreckte Laura auf. Sie machte sich auf nach vorne zum Pult, wo zwei Studenten bereits darauf warteten, dem Professor ihre Fragen stellen zu können. Sie blieb abseits stehen, bis alle verschwunden waren und sich Kaubelitz ebenfalls auf den Weg zum Ausgang machen wollte.

»Herr Professor?«

Der alte Herr drehte sich zu ihr um. »Bitte sehr. Was kann ich für Sie tun?«

»Ich habe eine Frage an Sie.«

Der Professor lächelte. »Na dann, nur zu.«

»Es geht um Thomas Bernhard.«

Verwunderung mischte sich in Professor Kaubelitz' Miene. »Was möchten Sie wissen?«

»Nun ja.« Laura druckste herum. Sie wusste selbst nicht genau, was ihre Frage war. »Sie haben bestimmt vom *Künstler* gehört, dem Serienmörder«, brachte sie schließlich hervor.

»Ja, eine schreckliche Geschichte. Aber was hat das mit Thomas Bernhard zu tun?«

»Das weiß ich nicht.« Laura sah sich um. Der Hörsaal war leer. »Ich glaube, dass der Mörder sich irgendwie auf Thomas Bernhard beruft.«

Mit einem Mal war jedes Lächeln aus Professor Kaubelitz' Gesicht verschwunden. Einen Moment lang musterte er Laura eingehend, als wollte er herausfinden, ob sie ihn zum Narren halten wollte. Laura wurde immer nervöser. Womöglich war es das Beste, wenn sie wieder nach Hause fuhr. Doch ehe sie den Gedanken vertiefen konnte, schaute sich der Professor um, um sicherzugehen, nicht beobachtet zu werden.

»Kommen Sie mit«, sagte er schließlich und verließ den Hörsaal.

52. Kapitel

Der Motor des Passats jaulte auf wie ein getretener Hund, als Michelsen den Wagen aus der Parklücke auf die Straße schießen ließ.

Stanojevic neben ihm hielt sich mit einer Hand am Handgriff über der Beifahrertür fest, während er mit der anderen das Handy ans Ohr presste. »Alles klar, wir sind auf dem Weg«, sagte er und legte auf.

Michelsen schwieg, bis Stanojevic die Adresse ins Navi getippt hatte. »Und?«, fragte er schließlich.

»Die Adresse stimmt. Roman Grünthal ist gemeldet im Oleanderweg vierzehn. Die Kollegen sind schon unterwegs. Das Wohngebiet ist in ein paar Minuten abgeriegelt. Wenn er da ist, wird er uns nicht entwischen.«

Michelsen schaute auf das Display des eingebauten Navigationssystems. Zeit bis zur Ankunft: vierzehn Minuten. Zu lange. Er trat aufs Gas und steuerte den Dienstwagen durch den morgendlichen Berufsverkehr.

»Roman Grünthal«, wiederholte er, mehr zu sich selbst. »R. G.«

»Ganz genau«, erwiderte Stanojevic.

Michelsen beschleunigte das Tempo weiter, während Stanojevic einen weiteren Anruf erhielt.

»Grünthal ist neunzehnhundertvierundsechzig in Ibbenbüren geboren«, berichtete er, nachdem er aufgelegt hatte. »Abitur irgendwo im Westfälischen. Abgebrochenes Geschichtsstudium in Köln. Alleinlebend, nicht vorbestraft. Verschiedene Jobs in den letzten Jahren, seit ungefähr zwei Jahren bei *CA$H NOW.*«

Michelsen trat heftig auf die Bremse, da vor ihnen ein Taxi abrupt anhielt. »Arschloch!«, knurrte er und manövrierte den Wagen um das stehende Fahrzeug herum, bevor er das Gaspedal wieder durchtrat.

»Kinder hat er nicht«, fuhr Stanojevic fort. »Sein Vater hatte eine Immobilienfirma, die Roman jedoch wohl kurz nach dessen Tod verkauft hat.«

Michelsen runzelte die Stirn, während sich langsam ein Bild vor seinem geistigen Auge formierte. Ein gescheiterter Sprössling aus gutem Hause. Ein Einzelgänger, der reihenweise Menschen umbrachte. Gut möglich, dass das der Mann war, den sie suchten. Er blinzelte, als er den winzigen, flimmernden Punkt bemerkte, der vor ihm auf der Straße tanzte …

Verdammte Migräne.

Sie brauchten die Hausnummern nicht zu lesen, um Grünthals Wohnhaus zu erkennen, nachdem sie mit quietschenden Reifen in den Oleanderweg eingebogen waren. Streifenwagen versperrten die Durchfahrt, Dutzende Beamte hatten vor dem Gebäude Position bezogen. Nein, wenn Grünthal zu Hause war, konnte er nicht entkommen.

Michelsen parkte den Passat in zweiter Reihe und marschierte zwischen den quer auf der Fahrbahn stehenden Streifenwagen hindurch. An der Grundstücksgrenze traf er auf Einsatzleiter Bernd Anthuber, einen untersetzten Mann mit rotem Haar und ebensolchem Schnauzbart. Der deftige Bayer war länger im Geschäft als er und für Fälle wie diese genau der richtige Mann. Michelsen eilte mit großen Schritten auf ihn zu.

Anthuber hob beschwichtigend die Hände. «Er ist nicht hier. Wir mussten die Wohnung aufbrechen. Von Grünthal selbst keine Spur.«

»Fuck!« Michelsen ballte die Hand zur Faust. Wenn dieser Grünthal ihr Mörder war, wusste er spätestens jetzt, dass sie ihn im Visier hatten.

»Aber kommen Sie mal mit, Kriminalhauptkommissar Michelsen«, sprach Anthuber weiter. »Ich denke, wir haben trotzdem etwas, das Sie sich ansehen sollten.

53. Kapitel

Laura folgte dem Professor über den Parkplatz in Richtung Universitätshauptgebäude. Die Uni Essen war ein scheußlicher Bau aus den Siebzigerjahren, der von grauen achteckigen Türmen und dazwischenliegenden, ebenso grauen Flachdachgebäuden beherrscht wurde. Laura kannte die Silhouette nur vom Vorbeifahren auf dem Cityring, doch schon immer hatten die trostlosen Fassaden in ihr Bilder von Selbstmördern heraufbeschworen, die sich von den Dächern stürzten. Dass Teile der Türme mit längst verblichenen Farbstreifen verziert waren, machte den Gesamteindruck noch deprimierender. Von einer ehemaligen Klassenkameradin wusste sie, dass die Farbakzente der besseren Orientierung zwischen den ansonsten tödlich gleichförmigen Gebäuden dienten. Die Türme wurden mit dem Anfangsbuchstaben der jeweiligen Farbe bezeichnet.

Professor Kaubelitz steuerte auf das Gebäude R12 zu, erkennbar an einem blutroten Streifen auf dem abgenutzten Mauerwerk. Schweigend fuhren sie mit dem

Fahrstuhl in die dritte Etage. Auf dem Gang, auf dem Kaubelitz' Büro lag, begegneten sie niemandem. Wortlos schloss Kaubelitz die Bürotür auf und ließ Laura den Vortritt.

Erst als er die Tür wieder hinter sich geschlossen hatte, begann er zu sprechen. »Das, was Sie gerade gesagt haben, wie kommen Sie darauf?«, fragte er unverblümt.

»Ich … ich weiß nicht.« Was sollte sie ihm erzählen? Dass sie die Privatermittlerin in einem Mordfall spielte? »Vermutlich ist es Quatsch«, versuchte sie, einen Rückzieher zu machen.

»Hoffentlich«, murmelte der Professor und zog die Schreibtischschublade auf. »Wissen Sie, Ihr Besuch ist nicht das erste merkwürdige Ereignis für mich.«

»Wie meinen Sie das?«, rief Laura überrascht und spürte, wie ihr Gesicht knallrot wurde.

Schweigend reichte ihr der Professor ein Stück Papier aus der Schublade. Eine herausgerissene Seite aus einer Zeitung. Der Artikel kündigte die Essener Ausstellung an. Das abgedruckte Bild kannte sie mittlerweile sehr gut. Peter Paul Rubens' *Das Martyrium des heiligen Sebastian* war eines der weniger schockierenden Exponate der geplanten Ausstellung. Der Maler hatte Sebastian als kräftigen Mann dargestellt, der, nur mit einem Lendenschurz bekleidet, an einen Baum gefesselt war. Mehrere Pfeile steckten in Sebastians Körper, gemäß der Überlieferung, nach der Diokletian den Heiligen für sein Bekenntnis zum christlichen Glauben von Bogenschützen hatte erschießen lassen. Der Sebastian auf dem Bild lebte noch. Laura hatte gelesen, dass auch der echte Sebastian die Bogenschüsse überlebt haben sollte und später auf Geheiß des Kaisers mit Keulen erschlagen worden war.

Was Laura jedoch sofort ins Auge stach, waren die

Worte, die in einer kunstvoll geschwungenen Handschrift quer über das Bild geschrieben standen.

Jeder Mensch ist ein einmaliger Mensch und tatsächlich, für sich gesehen, das größte Kunstwerk aller Zeiten.

»Das ist von Thomas Bernhard, oder?«, flüsterte sie.

Der Professor nickte.

»Wo haben Sie das her?«

»Es lag letzte Woche in meiner Post.«

»Ohne Absender?«

Kaubelitz nickte erneut. »Jemand muss es für mich unten eingeworfen haben. Ich war mir nicht sicher, was ich davon halten sollte. Ich dachte, irgendein Student hat sich einen Scherz erlaubt.«

»War sonst etwas dabei?« Laura staunte über sich selbst. Sie klang fast wie eine echte Polizistin.

»Nein, lediglich der Umschlag mit diesem Blatt. Sie sollten sich die Rückseite ansehen.«

Laura wendete das Papier. Die Rückseite bestand aus Text. Scheinbar wahllos hatte jemand einzelne Wörter mit gelbem Textmarker markiert. Laura sah den Professor fragend an.

»Lesen Sie«, forderte Kaubelitz sie auf.

Laura setzte die markierten Wörter zusammen und las stockend vor: »*Es endet, zu meinen Füßen tote Poeten.* Ist das auch ein Zitat von Thomas Bernhard?«

»Nein«, antwortete der Professor. »Diese Worte habe ich nie zuvor gehört.«

Laura brummte der Schädel. Ruhelos rasten ihre Gedanken im Kreis. Was hatten die rätselhaften Botschaften an Professor Kaubelitz zu bedeuten? Sie musste sofort mit Alex sprechen!

»Ich muss gehen!«, sagte sie ohne Vorwarnung und

sprang auf. Ehe der Professor den Mund aufmachen konnte, war sie bereits aus der Tür und im Treppenhaus. Atemlos hetzte sie über den Parkplatz zurück zu ihrem Fahrrad. Ein eisiger Wind blies ihr entgegen. Im Rennen fischte sie ihr iPhone aus der Hosentasche und wählte Alex' Handynummer. Sie musste sich anstrengen, das Telefon nicht fallen zu lassen, während sie lief.

Das Rufzeichen.

Geh ran!

Nach fünfmaligem Klingeln steckte sie das Handy weg und rannte weiter. Anscheinend hatte Alex keine Zeit oder Lust, mit ihr zu sprechen. Sie musste so schnell wie möglich zum Präsidium.

Sie beugte sich hinunter, um ihr Fahrrad aufzuschließen, und stellte fest, dass sie die Zeitungsseite nach wie vor in der Hand hielt. Hastig faltete sie das Blatt zusammen und verstaute es in ihrer Jackentasche. Als sie den Mann hinter ihrem Rücken bemerkte, fuhr sie blitzartig hoch. Zu spät! Schon hatte ihr der Angreifer ein Tuch vor Mund und Nase gepresst. Ein kräftiger Arm umklammerte ihre Brust. Sie versuchte zu schreien, sich loszureißen – vergeblich. Der Angreifer war zu stark. In Panik warf sie den Kopf hin und her. Irgendjemand musste ihr zu Hilfe kommen! Die Umklammerung nahm ihr die Luft. Ihre Augen füllten sich mit Tränen. Ein heißer Stich an ihrem Hals war das Letzte, was sie spürte, bevor sie das Bewusstsein verlor.

54. Kapitel

Grünthals Wohnung lag im ersten Obergeschoss. Es war nicht zu übersehen, dass das SEK die Tür gewaltsam geöffnet hatte. Der Rahmen war am Schloss gebrochen, ein langer Riss zog sich über die gesamte Türzarge bis zum Boden. Zahllose Splitter bedeckten die Fußmatte und den Fliesenboden. Nein, die Spezialeinheit gab sich keine Mühe, die Spuren ihrer Anwesenheit zu verwischen. An der Schwelle ließ Anthuber Michelsen den Vortritt. Eine Beamtin reichte ihnen Plastiküberzieher für ihre Schuhe. Es war ungewöhnlich, dass die Ermittler die Wohnung so früh betraten. Normalerweise ließen sie erst die Spurensicherer ihre Arbeit erledigen, aber Anthuber wollte ihm seine Entdeckung unverzüglich präsentieren.

In der Wohnung mussten sich Michelsens Augen erst an die Dunkelheit gewöhnen. Durch die Spalten der hinuntergelassenen Rollläden fiel nur wenig Licht herein. Die Luft roch nach billigen künstlichen Dufterfrischern, wie sie manche Leute ins Auto hängten. Vom Eingang aus erstreckte sich eine schmale Diele nach rechts. Ein rot-blauer Läufer auf dem Fußboden verlieh dem Eingangsbereich etwas Biederes. An der Stelle, an der sich der Flur verbreiterte, unterhielt sich eine Gruppe bewaffneter Beamter. Michelsen schaute Anthuber fragend an. Der deutete wortlos auf eine Zimmertür. Was auch immer ihn bewegt hatte, Michelsen sofort in Grünthals Wohnung zu führen, es befand sich dort drin.

Der Raum hinter der Tür war vollkommen unmöbliert. Goldgerahmte Gemälde zierten die Wände und verliehen dem Zimmer den Charakter einer bizarren Galerie. Michelsen brauchte bloß Sekundenbruchteile, um die Bilder zu erkennen. Rubens' *Martyrium des heiligen Sebastian* und Millais' *Ophelia* hingen da als billige Kunstdrucke an der Wand. Vorsichtig einen Fuß vor den anderen setzend, lief er die Reihe ab. Jedes einzelne Bild stammte aus dem Ausstellungskatalog von *Die andere Seite.* Was, zum Henker, hatte das zu bedeuten? Was ging in Roman Grünthals kaputtem Gehirn vor?

Plötzlich prallte Michelsen zurück, als sei er gegen eine Glasscheibe gelaufen. »Heilige Scheiße …«

Was für ein krankes Schwein.

Aus dem Bilderrahmen zu seiner Linken starrten ihn die abgeschlagenen Köpfe von Baniszewski und Gossler an. Der Wahnsinnige hängte sich tatsächlich Fotografien seiner Werke an die Wand. Fassungslos starrte Michelsen auf das grausame Stillleben, unfähig, die Augen abzuwenden.

Er kannte das Foto. Es handelte sich um das gleiche Bild, das Felix Steinmann im Internet gepostet hatte. In dem reich verzierten barocken Rahmen wirkte es, als sei Géricaults Gemälde auf grauenhafte Art und Weise zum Leben erwacht. Er zwang sich, die anderen Abzüge anzusehen. Ein Teil von ihm hoffte, dass er sich irrte, doch er wusste ohnehin, was ihn erwartete. Ein Blick an die gegenüberliegende Wand genügte, um seine Befürchtungen zu bestätigen. Zwischen all den Abzügen alter Gemälde hingen die Fotos der geschundenen Leichen von Helga Bauer und Valerie Grundberg.

Das Flimmern vor Michelsens Augen nahm inzwischen bereits das halbe Gesichtsfeld ein, seine Zunge fühlte sich an wie Schmirgelpapier. Sein Handy klingelte in seiner Hosentasche, er zog es ein Stück heraus.

LAURA STÜRMER RUFT AN.

Herrgott! Er hatte gedacht, die Kleine habe kapiert, dass er den Kontakt abgebrochen hatte. Warum, zum Teufel, rief sie ihn jetzt wieder an? Er drückte die Stummtaste und ließ das Handy zurück in die Tasche gleiten.

Zurück im Flur traf er auf Stanojevic und Anthuber, die sich im Flüsterton unterhielten. Seltsam, an Tatorten, an denen Tote herumlagen, herrschte oft ohrenbetäubender Lärm. Aber hier, in der Wohnung des Ungeheuers, sprachen alle gedämpft wie in einer Kathedrale – oder in einem Museum.

»Irgendein Hinweis, wo sich der Typ aufhält?«, unterbrach Michelsen die Unterhaltung. Die eigene Stimme klang seltsam kraftlos in seinen Ohren.

»Bisher nicht.« Anthuber sah unglücklich aus. »Die Großfahndung läuft.«

Michelsen nickte. Natürlich lief die Fahndung. Doch irgendetwas an der Art, wie sich Stanojevic und Anthuber anschauten, gefiel ihm nicht. »Gibt's sonst noch was?«

»Kommen Sie mal mit.« Wieder dieser gedämpfte Tonfall. Er folgte Anthuber ins Schlafzimmer, einen schmalen Raum, in dem nur ein Bett und ein Schreibtisch Platz fanden. Michelsen kam der Aufforderung des Einsatzleiters nach, an den Tisch zu treten. »Wir wissen nicht, was das zu bedeuten hat …« Anthuber sprach weiter, Michelsen hörte ihn bereits nicht mehr.

Was er durch den Schleier des Flimmerskotoms auf der Holzplatte liegen sah, konnte einfach nicht wahr sein. Die Fotos auf dem Tisch zeigten eindeutig ihn, Alexander Michelsen. Fotografiert aus der Distanz. Vor dem Polizeirevier. Am Dienstwagen vor dem Haus von Helga Bauer. Vor seiner eigenen Haustür. Michelsen stützte sich am Schreibtischstuhl ab, das Zimmer begann, sich um ihn zu drehen. Sein Hirn weigerte sich zu begreifen. Bis eben hatte er gedacht, dem Täter dicht auf den Fersen zu sein, doch er hatte sich gewaltig getäuscht. Im Gegenteil – der Mörder beobachtete *ihn.*

55. Kapitel

Frank wartete auf den Tod. Jede Hoffnung auf Rettung hatte er längst aufgegeben. Seine Familie würde er nie wiedersehen. Hier, gefesselt an diesen Baum, würde er sterben. Verbluten. Erfrieren. Vielleicht beides. Frank kümmerte es nicht. Solange der Irre Tanja und die Kinder in Ruhe ließ, konnte er ruhig krepieren. Sein einziger Wunsch war, dass es schnell gehen würde.

Doch die Erlösung kam nicht.

Frank hatte das Bewusstsein verloren, nachdem der zweite Pfeil seine Schulter durchschlagen hatte. Als er zu sich gekommen war, hatte er überrascht festgestellt, dass sein Entführer aufgehört hatte, auf ihn zu schießen. Nach wie vor brannten höllische Schmerzen in Schulter und Oberschenkel.

Zu seinem eigenen Erstaunen stellte er fest, dass er keinerlei Angst mehr verspürte. Die Panik, die ihn seit der Fahrt im Kofferraum begleitet und immer wieder übermannt hatte, war einer seltsamen Klarheit der Gedanken gewichen. Völlig unbeteiligt sann er über seine Lage nach, als beobachtete er sich selbst von außen.

Fühlten sich so die letzten Minuten an, von denen Sterbende berichteten?

Der Tag hatte die Dunkelheit vollständig von der Lichtung vertrieben. Frank sah an sich hinunter. Sein linkes Bein war blutüberströmt, der Fuß stand in einer dunklen Lache. Die Wunde schien nicht mehr zu bluten. Den Pfeil in seiner Schulter konnte er nicht sehen, es hatte jedoch den Anschein, dass auch aus diesem Einschuss kein Blut mehr austrat. Verbluten würde er also aller Voraussicht nach nicht.

Hielt der Schütze ihn mit Absicht am Leben? Konnte er derart präzise zielen?

»Herr Beining. Schön, dass Sie wieder wach sind. Ich dachte schon, Sie wollten ewig schlafen.«

Erschrocken wandte Frank den Kopf und entdeckte seinen Entführer, der in einigen Metern Entfernung auf einem Stein saß. Es wirkte, als habe der Mann seit Stunden dort gesessen und gewartet, bis er zu sich kam.

»Ich hoffe, Sie haben sich ein wenig erholt. Es waren ja doch ganz schöne Strapazen für Sie.«

»Warum bringen Sie mich nicht einfach um?«, presste Frank zwischen zusammengebissenen Zähnen hervor.

»Wer sagt denn, dass ich Sie umbringen will? Welchen Grund hätte ich dazu?«

Zynisches Arschloch! Was, zum Teufel, hatte er für einen Grund, ihn zu entführen und zu foltern?

»Sie gefallen mir lebendig viel besser«, fuhr der Mann fort. »Leider kann ich Ihnen nicht durchgehend Gesellschaft leisten. Aber seien Sie beruhigt, ich bin nicht weit weg. Wenn mich jemand sucht, ich bin da oben.« Mit diesen Worten deutete er auf ein Haus, dessen Dachfirst in einigen Hundert Metern Entfernung über den Baumkronen zu erkennen war.

Während sich Frank fragte, was er mit dieser Information anfangen sollte, erhob sich sein Peiniger und kam auf ihn zu.

»Sie sind sicher durstig. Trinken Sie erst einmal etwas.« Mit diesen Worten hielt er Frank eine Wasserflasche an die Lippen.

Begierig trank er sie in einem Zug aus. Gott, wann hatte er zum letzten Mal etwas getrunken?

»Recht so«, sagte der Mann mit einem zufriedenen Blick auf die leere Flasche in seiner Hand. »Schließlich müssen Sie noch etwas durchhalten.«

56. Kapitel

Keuchend rannten Michelsen und Stanojevic zurück zum Wagen. Während sie Roman Grünthals Wohnung begangen hatten, war ein Unwetter aufgezogen, und der Sturm blies ihnen den Regen in kräftigen Böen ins Gesicht.

»Der Typ hat mich die ganze Zeit beobachtet!«, schrie Michelsen gegen den Wind an.

»Aus welchem Grund sollte er das tun?«

»Es reicht ihm nicht, die Morde zu begehen. Er will uns auf seine Spur locken.«

»Aber warum? Wieso will er, dass wir ihn finden?«

»Weil er der Welt irgendetwas sagen will. Ich habe nur keine Ahnung, was.«

»Und du hast nie bemerkt, dass du fotografiert worden bist?« Stanojevic ließ sich auf den Beifahrersitz fallen und zog die Autotür zu. »Auch nicht jetzt, wo du weißt, wie er aussieht?«

»Wer sagt, dass er selbst fotografiert hat?«, gab Michelsen zu bedenken. »Vielleicht hatte er Komplizen, die die Bilder gemacht haben.«

»Möglich. Das gerade in der Wohnung sah für mich jedoch eher nach einem einsamen Irren aus.«

Michelsen brummte zustimmend. Psychopathen wie Grünthal handelten meist allein. Vermutlich wäre es dem Monster ohnehin schwergefallen, einen Verbündeten für einen derartig abartigen Plan zu finden.

Die schwarzen Regenwolken verdunkelten den Himmel fast vollständig. Unscharf spiegelten sich die Frontlichter des Passats auf dem regennassen Asphalt.

»Was ist mit den Leuten aus der *CA$H-NOW*-Kartei?«, schnitt Stanojevic das nächste schwierige Thema an.

»Alles potenzielle Opfer.«

»Und was schlägst du vor, Alex? Alle unter Polizeischutz stellen?«

»Wenn es sein muss. Und schnellstens diesen Wahnsinnigen finden!«

Sie hatten noch keinen Überblick über Grünthals Kundenstamm, die Unterlagen und Computer von *CA$H NOW* wurden just in diesem Moment beschlagnahmt. Es musste sich um Hunderte Namen handeln. Jeder einzelne konnte der des nächsten Opfers sein.

»Wir müssen wissen, ob es vermisste Personen unter den Kunden gibt«, knurrte Michelsen.

»Sind wir dran. Braucht nur etwas Zeit.«

Michelsen schlug mit der Faust aufs Lenkrad. »Wir haben keine Zeit, verdammt!«

»Was ist mit Valerie Grundberg?«, fuhr Stanojevic fort. »Sie war keine Kundin, und Grünthal hat sie trotzdem umgebracht.«

»Keine Ahnung. Ich muss noch mal mit ihrer Mutter sprechen.«

Zu viel zu tun. Zu wenig Zeit.

Zwanzig Minuten später kam der Passat mit quietschenden Reifen vor dem Polizeipräsidium zum Stehen.

»Alex?« Stanojevics ernster Tonfall verriet ihm sofort, was als Nächstes folgte. Er hatte bereits darauf gewartet.

»Was?«

»Du weißt, dass du in dem Fall nicht weiter ermitteln kannst.«

»Wer sagt das?«

»Jeder vernünftige Mensch.«

Natürlich hatte Stanojevic recht. Die Fotos auf Grünthals Schreibtisch wiesen ihn als unmittelbares Ziel des Verrückten aus. Harald Dreyfuss war als leitendes Mitglied der Sonderkommission sofort über die Funde informiert worden. Er würde sich die Chance, ihn auszubooten, nicht entgehen lassen.

»Und wer soll es dann machen?«, fragte er. »Dreyfuss?«

Stanojevic stöhnte. »Bitte nicht. Aber das LKA zieht die Ermittlungen sicherlich demnächst an sich und macht den Widerling zum Leiter.«

Michelsen schwieg. Das Szenario, das Stanojevic beschrieb, war hochwahrscheinlich. Allein die Medienaufmerksamkeit durch die Fotos im Internet und die nahende Ausstellung sorgten dafür, dass die Herren in den oberen Etagen nervös wurden, wenn es um die Essener Mordserie ging.

Die Frage war bloß, ob der Mörder da mitspielte.

»Was, wenn Grünthal von mir gefunden werden will?«

Stanojevic sah ihn an, als habe er den Verstand verloren. »Was willst du tun? Den Lockvogel spielen?«

»Was immer nötig ist.«

Stanojevics Seufzen genügte als Antwort. Immerhin

wusste er, wann es keinen Zweck hatte, mit ihm zu diskutieren. Schweigend betraten sie das Präsidium und eilten ohne Umweg in die umgestalteten Büroräume der Sonderkommission. Einige Kollegen klopften ihm anerkennend auf die Schulter. Auch Dreyfuss kam freudestrahlend auf ihn zu.

»Meine Anerkennung, Kriminalhauptkommissar Michelsen. Mein Verdächtiger war der falsche Mann. Sieht ganz so aus, als hätten Sie den dicken Fisch an der Angel.«

»Sieht wohl so aus«, erwiderte Michelsen knapp.

»Schade nur, dass Sie ihn nicht mehr werden an Land ziehen können. Nach allem, was ich gehört habe, wäre das nun wirklich unverantwortlich.«

»Ihre Fürsorge rührt mich, ich kann jedoch sehr gut auf mich selbst aufpassen.«

»Das bezweifle ich nicht«, gab Dreyfuss süßlich zurück. »Aber das LKA sieht das vermutlich anders, und mir wird nichts anderes übrig bleiben, als meine direkten Vorgesetzten über die neue Sachlage zu informieren.«

»Tun Sie, was Sie nicht lassen können«, brummte Michelsen. »Doch bis Sie damit fertig sind, lassen Sie mich gefälligst in Ruhe arbeiten.«

Er drehte sich um und ging in sein Büro. Dort vergewisserte er sich, dass die Tür verschlossen war und niemand auf dem Gang lauschen konnte. Erst dann zog er sein Handy aus der Tasche.

1 ANRUF IN ABWESENHEIT von LAURA STÜRMER

Lass es sein!

Was hatte Laura von ihm gewollt?

Nichts. Lass die Kleine da raus. Denk an Sina!

Er schloss die Augen. Nein. Laura rief ihn nicht ohne triftigen Grund an. Schon gar nicht nach seiner gestrigen Abfuhr.

Michelsen atmete tief ein und drückte auf Rückruf.

Es klingelte viermal, bis der Anruf entgegengenommen wurde.

»Laura?«

Michelsens aufgewühlte Stimme und das Zittern seiner Hände führten ihm die eigene Hilflosigkeit vor Augen. Er wusste, dass er sich unprofessionell verhielt. Er hatte vollkommen die Kontrolle verloren – und nichts verabscheute er mehr als das! Unter normalen Umständen ließ er sich niemals derart aus der Fassung bringen. Doch das hier waren nun mal keine normalen Umstände.

Für einige Sekunden herrschte Stille in der Leitung. Am liebsten hätte Michelsen lauthals nach Laura geschrien, er beherrschte sich jedoch und lauschte angestrengt in das leise Rauschen der Mobilfunkverbindung.

Das Kichern am anderen Ende war fast unhörbar, aber es genügte, um ihm das Blut in den Adern gefrieren zu lassen. Plötzlich fühlte es sich an, als ob der Boden unter seinen Füßen schwankte. Nein! Das durfte nicht wahr sein. Er suchte mit der Hand nach Halt und bekam mit Mühe die Schreibtischkante zu fassen. Hörte dieser Albtraum denn niemals auf? Chaotische Bilder von Laura und der Leiche von Valerie Grundberg flackerten vor seinem inneren Auge auf. Einen Moment lang glaubte er, das Bewusstsein zu verlieren, doch er zwang sich, einen kühlen Kopf zu bewahren. Er durfte jetzt keine Schwäche zeigen. Lauras Leben hing davon ab.

Einen endlosen Augenblick lang herrschte Stille in der Leitung. Hatte er sich nur verhört?

In der nächsten Sekunde erklang allerdings die bekannte widerlich näselnde Stimme. »Herr Kriminalhauptkommissar! Wie schön, dass wir uns mal wieder sprechen. Und noch dazu aus einem solch freudigen Anlass.«

Dieser Bastard!

»Wo ist Laura Stürmer?« Auch wenn Michelsen innerlich zum Heulen zumute war, klang er kalt und brutal. Zumindest äußerlich hatte er sich jetzt unter Kontrolle. In Extremsituationen hatte er immer funktioniert. Er durfte sich jetzt keinen Fehler erlauben!

Erneutes Kichern. »Oh, ich glaube, die ruht sich aus, für das, was vor ihr liegt. Ein sehr kluges Mädchen. Ihr Geschmack für Frauen scheint besser entwickelt zu sein als der für Kunst, Herr Kriminalhauptkommissar.«

»Ich will Laura Stürmer sprechen!«

Der Mann am anderen Ende der Leitung seufzte. »Ich sagte Ihnen schon, dass sie schläft. Aber Zuhören ist ja nie Ihre Stärke gewesen.«

»Was wollen Sie?«

»Ich will, dass Sie teilhaben an der Vollendung meiner kleinen Werkreihe. Wenn Sie nicht so schwer von Begriff wären, würden Sie mich nicht so lange warten lassen.«

Was spielte dieser Irre für ein Spiel mit ihm?

»Ich finde Sie, darauf können Sie sich verlassen.«

Erneut kicherte der Mann.

»Hören Sie, Roman Grünthal«, wurde Michelsen laut. »Wir wissen, wer Sie sind. Ihre Vorstellung ist vorbei. Wir werden jeden Stein umdrehen, bis wir Sie haben. Also geben Sie auf und lassen Sie das Mädchen frei!«

»Herr Kriminalhauptkommissar«, Grünthal klang mitleidig, »wenn Sie bloß halb so schlau wären wie Ihre Nachwuchskommissarin, könnten wir uns längst von Angesicht zu Angesicht unterhalten. Im Spurenlesen ist die Kleine viel schneller als Sie. Und glauben Sie ja nicht, dass es Ihnen etwas nützt, wenn Sie mir Ihre Truppe von Vollidioten auf den Hals hetzen.«

Michelsen traten Tränen in die Augen. Wie konnte er nur so dumm sein? »Egal, was Sie vorhaben, ich rate Ihnen, es nicht zu tun, sonst …«

»Sonst was?« Hohn und Verachtung lagen in Grünthals Worten. »Jetzt hören Sie mir mal zu, Rambo. Wenn Sie die Kleine wiedersehen wollen, müssen Sie schon persönlich vorbeikommen. Also strengen Sie lieber Ihre drei Gehirnzellen an und heften sich an ihre Fersen. Was ein kleines Mädchen geschafft hat, dürfte für einen Kerl wie Sie ja wohl kein Problem sein.«

»Sie widern mich an«, brachte Michelsen zwischen zusammengepressten Zähnen hervor.

»Ach, Herr Kriminalhauptkommissar«, mit einem Mal war Grünthals Tonfall wieder genauso ekelhaft süßlich wie zuvor, »die Kunst ist das Höchste und das Widerwärtigste zugleich.«

Ein Klicken in der Leitung beendete das Gespräch.

Einen Moment lang verharrte Michelsen wie vom Schlag getroffen mit dem Handy am Ohr. Was sollte er tun? Geistesabwesend öffnete er die Schreibtischschublade und sah das pinkfarbene Gummischwein darin liegen. Vielleicht hatte Laura recht und er konnte tatsächlich einen Glücksbringer gebrauchen. Er nahm das hässliche Ding heraus und stopfte es in seine Jackentasche.

57. Kapitel

Michelsen fand Stanojevic im Konferenzraum im Gespräch mit Harald Dreyfuss und zwei weiteren Beamten. Überall im Raum klingelten Telefone, Anweisungen wurden hin und her gerufen. Die Jagd auf Roman Grünthal band alle Kapazitäten der Sonderkommission.

»Ich muss mit dir reden«, raunte er seinem Partner zu.

»Was gibt's?«

»Nicht hier!«, zischte Michelsen.

Stanojevic seufzte. »Hat das vielleicht einen Moment Zeit? Wie du siehst, ist hier gerade einiges los.«

»Es ist dringend!«, beharrte Michelsen.

Unter Dreyfuss' misstrauisch funkelnden Augen verließen sie den Konferenzraum und gingen in Michelsens Büro.

»Was ist denn los?«, fragte Stanojevic, nachdem sie die Tür hinter sich geschlossen hatten. »Wir haben keine Zeit! Wir müssen Grünthals gesamtes Umfeld durchleuchten, die Akten von *CA$H NOW* überprüfen und uns ganz nebenbei auch noch um deine Sicherheit kümmern.«

»Grünthal hat Laura Stürmer in seiner Gewalt«, unterbrach ihn Michelsen.

Es dauerte mehrere Sekunden, bis Stanojevic seine Worte verarbeitet hatte. »Wie bitte?«, fragte er schließlich. »Die Praktikantin?«

Michelsen nickte.

»Warum? Woher willst du das wissen?«, fragte Stanojevic verwirrt.

»Er hat es mir selbst gesagt.«

»Du meinst, er hat dich wieder angerufen?«

»So ähnlich. Hör zu, ich muss Laura finden, und du musst mir helfen.«

»Du machst überhaupt nichts!«, brauste Stanojevic auf. »Der Typ hat dich im Visier, und Dreyfuss hat veranlasst, dass dir die Ermittlungen entzogen werden. Wir müssen sofort alle über die Entführung informieren.«

»Du verstehst das nicht, Mike!«, schrie Michelsen. »Er will, dass ich komme und Laura finde. Wenn ich sein Spiel nicht mitspiele, bringt er sie um!«

»Du hast komplett den Verstand verloren! Was willst du machen? Die Kleine heimlich suchen gehen?«

»Ganz genau. Und zwar mit dir.«

»Vergiss es. Ich werde jetzt Dreyfuss ins Bild setzen, und dann lassen wir die ganze Stadt nach Laura Stürmer durchkämmen.«

»Wenn du das machst«, flüsterte Michelsen, »ist Laura tot.«

58. Kapitel

Laura hatte keine Ahnung, wie lange sie geschlafen hatte. Unzusammenhängende Gedankenfetzen flogen ihr durch den Kopf. Pierre am Flughafen. Mama und Papa zu Hause auf der Couch. Die tote Valerie Grundberg. Alex, der sie im Polizeipräsidium anschrie. Dazwischen immer wieder das unheimliche Phantombild des Mörders, dieses Allerweltsgesicht, das ausdruckslos vor sich hin stierte und sie doch nicht aus den Augen ließ.

Unvermittelt verspürte sie den Drang, sich zu bewegen. Aufzustehen, herumzulaufen, was auch immer. Unendlich langsam folgten ihre Glieder ihren Kommandos, jede Rührung erforderte größte Willensanstrengung. Es fühlte sich an, als würde sie in einem Becken voller Honig schwimmen.

Endlich gelang es ihr, die Augen zu öffnen. Das Licht bohrte sich schmerzhaft in ihr Gehirn. Es dauerte eine weitere Ewigkeit, bis sie in der Lage war, ihre Umgebung zu erkennen. Jetzt, da sie sich an die Lichtverhältnisse gewöhnt hatte, sah sie, dass die Beleuchtung spärlich war. Eine altmodische Deckenlampe erhellte den Raum mehr schlecht als recht. Durch ein kleines Fenster erkannte sie nur einen Ausschnitt des dunklen, wolkenverhangenen Himmels.

Wie spät mochte es sein? Welcher Tag?

Laura drehte den Kopf. Sie war in einer Art Rumpelkammer gelandet. Auf dem Fußboden lehnten gerahmte Bilder an den Wänden, in einem Regal stapelten sich antike Gegenstände. Sie konnte eine Porzellanpuppe ausmachen. Einen Kerzenleuchter.

Wo, zur Hölle, befand sie sich?

Wie aus dem Nichts schoss eine heiße Welle der Angst durch ihren Körper. Wie war sie hierhergelangt? Sie versuchte, eine Erinnerung zu fassen zu bekommen, aber das Letzte, was sie wusste, war, wie sie aus Professor Kaubelitz' Büro gestürmt war. Sie musste sofort ihre Eltern anrufen. Oder Pierre, Alex, irgendwen.

Mit Händen, die nicht ganz ihr zu gehören schienen, griff Laura nach ihrem Handy. Es dauerte einen Moment, bis sie realisierte, dass sie statt in der Hosentasche auf ihrem blanken Oberschenkel herumtastete. Sie war nackt! Die Erkenntnis traf sie wie ein Schlag. Irgendjemand hatte sie betäubt, ihr die Kleidung genommen und sie eingesperrt.

Blitzartig fuhr sie hoch. Außer dem dürftig bezogenen Bett enthielt der Raum einige Regale voller antikem Schrott. In der Wand rechts von ihr bemerkte sie eine Tür. Sie verspürte den übermächtigen Impuls, aufzuspringen und sie aufzureißen. Mühsam zwang sie sich, tief ein- und auszuatmen. Sie durfte jetzt nichts Unüberlegtes tun! Wer immer sie hergebracht hatte, verfolgte irgendeinen Plan. Vielleicht war ihr Entführer noch im Haus. Ihm nackt und halb betäubt in die Arme zu rennen, war sicherlich keine gute Idee.

Erst einmal musste sie herausfinden, ob ihr etwas fehlte. Hastig tastete sie ihre Arme und Beine ab, konnte jedoch keine Verletzungen oder schmerzenden Stellen entdecken. Sie sah an sich hinunter. Kein Kratzer. Lediglich ihr linker Fuß fühlte sich wund an und war aus irgendeinem Grund mit Klarsichtfolie umwickelt. Sie wollte bereits erleichtert aufatmen und die Folie von ihrem Fuß entfernen, als sie plötzlich vor Entsetzen erstarrte. Was ging hier vor? Auf ihrer makellos glatten Scham war kein Härchen zu sehen. Der Streifen, den sie normalerweise stehen ließ, war verschwunden. Bis eben hatte sie sich beherrschen können. Jetzt aber brach sie in Tränen aus. Sie konnte sich nicht dagegen wehren, es passierte einfach.

Ohne Vorwarnung musste sie sich übergeben. Sie schaffte es gerade rechtzeitig, dass sich das Erbrochene neben das Bett ergoss, bevor sie erschöpft und schluchzend zusammenbrach. Welcher Mensch war dazu fähig, ihr so etwas anzutun? Es schmerzte wahnsinnig, ihre Privatsphäre derartig verletzt zu sehen. Eine Weile lang war sie unfähig, sich zu rühren. Der Schmerz der Erniedrigung lähmte ihre Gedanken.

Erst allmählich machte sie sich bewusst, dass sie nicht ewig da liegen bleiben konnte. Sie benutzte das Bettlaken, um sich den Mund abzuwischen und ihre Augen zu trocknen, und setzte sich auf die Bettkante. Sie musste herausfinden, was hier passierte. Der Täter hatte sie nicht entführt, um ihr eine Intimrasur zu verpassen.

Ihr Blick fiel wieder auf die Folie an ihrem Fuß. Eilig riss sie das dünne Plastik von ihrer Haut und stieß einen gellenden Schrei aus. Sie merkte, wie sie zu hyperventilieren begann und ihr erneut übel wurde. Mit aller Kraft kniff sie die Augen zusammen. Sie wollte um nichts in der Welt ein weiteres Mal sehen müssen, was ihr den

Verstand zu rauben drohte. Doch das Bild hatte sich bereits unauslöschlich in ihr Gehirn gebrannt: Auf der Außenseite ihres Fußes prangten deutlich lesbar die tätowierten Buchstaben R und G – sie trug die Signatur des *Künstlers!*

Laura hatte keine Zeit, den Schock zu verarbeiten. Als sie hörte, wie sich der Schlüssel im Türschloss drehte, blieb ihr Herz für einen Moment stehen.

59. Kapitel

»Die Stürmers haben bereits im Präsidium nach Laura gefragt«, sagte Stanojevic, nachdem er das Handy vom Ohr genommen hatte. »Sie muss heute Morgen früher als sonst aus dem Haus gegangen sein, ohne sich bei ihrem Freund zu verabschieden. Telefonisch ist sie ebenfalls nicht zu erreichen, darum ist die Familie ziemlich beunruhigt.«

»Zu Recht«, knurrte Michelsen.

Mit langen Schritten eilten sie die beschauliche Wohnstraße im Herzen von Essen-Werden entlang. Die adrett geschnittenen Hecken, gepflegten Vorgärten und die frei stehenden Einfamilienhäuser mit ihren Erkern versprühten trotz des unfreundlichen Novemberwetters etwas Einladendes. Dennoch fühlte sich Michelsen an solchen Orten der perfekten bürgerlichen Idylle auf merkwürdige Weise fehl am Platz. Dort ließen es sich diejenigen gut gehen, die das nötige Kleingeld besaßen, mit dem vulgären Snobismus der Bredeneyer Reichenviertel jedoch nichts anfangen konnten. Nein, das war keine Gegend, in der man damit rechnete, mit Tod und Horror konfrontiert zu werden.

»Ich kann nach wie vor nicht glauben, dass ich mich auf diesen Irrsinn eingelassen habe. Wenn bei unserem Alleingang irgendwas schiefgeht, werden wir geteert und gefedert«, sagte Stanojevic kopfschüttelnd.

Michelsen schwieg. Es war schlimm genug, dass er Laura in die Hände des Mörders hatte fallen lassen. Nun brachte er auch noch seinen Partner in Schwierigkeiten.

»Wie kommt Grünthal überhaupt auf Laura Stürmer?«, fragte Stanojevic.

»Keine Ahnung.«

»Immerhin hat er dich beschattet. Kann er euch irgendwo zusammen gesehen haben?«

»Was glaubst du? Dass ich Zeit habe, mit der Praktikantin Kuchen essen zu gehen?«, erwiderte Michelsen.

»Ich glaube, das wäre die beruhigendste Erklärung«, murmelte Stanojevic, als sie das Haus der Familie Stürmer erreichten.

Die Stürmers wohnten in einem Fachwerkhaus, das sie vermutlich mithilfe eines exklusiven Architekten von Grund auf renoviert hatten. Die moderne Eingangstür aus Stahl und Glas bildete einen reizvollen Kontrast zum schwarz-weißen Gittermuster der Fassade. Hier lebten Menschen mit Geschmack.

Michelsen schluckte, während er den Klingelknopf betätigte. Es dauerte keine fünf Sekunden, bis ihnen eine kleine blonde Frau um die fünfzig die Tür öffnete. Beim Anblick von Renate Stürmer krampfte sich Michelsens Magen zusammen. Laura sah genauso aus wie ihre Mutter.

»Kriminalhauptkommissar Michelsen, Kriminalpolizei. Das ist mein Partner Kriminaloberkommissar Stanojevic. Es geht um Laura. Dürfen wir reinkommen?«

Renate Stürmer war bereits bei den ersten Worten in Tränen ausgebrochen und verlor komplett die Fassung, nachdem er den Namen ihrer Tochter erwähnt hatte. Schluchzend schlug sie die Hände vors Gesicht und brachte keine Silbe heraus. Er legte ihr die Hand auf die Schulter und geleitete sie mit sanftem Druck durch den Flur ins Haus. Stanojevic schloss die Eingangstür hinter ihnen.

Das lichtdurchflutete Wohnzimmer reichte über zwei Etagen bis in den Dachstuhl des Fachwerkhauses. Der Architekt hatte ganze Arbeit geleistet. Einige großformatige abstrakte Bilder schmückten die weiß verputzten Wände. Vor der rückwärtigen Glasfront, die den Blick auf einen hübschen, sympathisch verwilderten Garten freigab, stand ein schwarzer Flügel.

»Frau Stürmer, es ist wichtig, dass Sie uns jetzt zuhören. Es gibt Hinweise, dass Ihre Tochter entführt wurde. Wir brauchen Ihre Mithilfe, um sie so schnell wie möglich zu finden.« Michelsen sprach laut und bestimmt auf die völlig aufgelöste Frau ein. Sie versuchte zwar, ihr Weinen zu unterdrücken, doch ihre Augen schweiften unstet durch den Raum. Michelsen war nicht sicher, ob sie seine Worte verstanden hatte. »Wann haben Sie Laura zuletzt gesehen?«

Ihr leerer Blick streifte sein Gesicht. Sie versuchte, ihre Konzentration zu sammeln, aber mehr als ein paar unverständlich gestammelte Fetzen brachte sie nicht heraus. So kamen sie nicht weiter. Die Uhr tickte.

»Ist Ihr Mann zu Hause?«, erkundigte sich Michelsen.

Frau Stürmer schüttelte energisch den Kopf. »Nein … nein, er ist noch in der Klinik. Wir dachten ja nicht …«

»Und Lauras Freund?«

»Pierre? Er ist mit dem Fahrrad losgefahren, um Laura zu suchen.«

Michelsen verdrehte die Augen. Hier hätten ihnen die beiden mehr genutzt. »Wo ist Lauras Zimmer?«

Zitternd deutete Renate Stürmer nach oben. Mit einer Handbewegung bedeutete er Stanojevic, sich um die Frau zu kümmern.

Es war nicht schwierig, Lauras Zimmer ausfindig zu machen. Schon durch die offene Tür erkannte er eine typische Mädcheneinrichtung. Volle Bücherregale, gerahmte Fotos von Freunden und Klassenkameraden an den Wänden. Michelsen hatte im Laufe seines Berufslebens genug Wohnungen aller sozialen Schichten gesehen, um anhand des Interieurs mit einiger Sicherheit auf die Bewohner schließen zu können. Das war eindeutig das Zimmer einer Tochter aus gutem Hause. Er betrat den Raum. Auf dem ungemachten Bett lagen zwei Decken, zwei Kopfkissen. Der Gedanke, dass Laura in ihrer letzten Nacht in Freiheit nicht allein geschlafen hatte, versetzte ihm einen Stich.

Auf einem Stuhl lagen ein paar Kleidungsstücke, auf dem Schreibtisch stand ein Laptop. Das gerahmte Foto eines Pferdes auf dem Fensterbrett bestätigte seinen allgemeinen Eindruck. Reiten – das liebste Hobby reicher Mädchen. Das erklärte Lauras aufrechte Körperhaltung. Jugendliche aus weniger privilegierten Familien hatten statt Pferdefotos meist riesige Fernseher. Je asozialer, desto größer. Bei ihr suchte er vergebens danach. Insgesamt war das Zimmer halbwegs aufgeräumt. Auf den ersten Blick zumindest verriet es nicht, wohin Laura aufgebrochen war.

Michelsen ging zum Schreibtisch und klappte den Laptop auf. Die Anmeldung verlangte ein Kennwort.

Er rief sich die Notiz von Lauras Handy ins Gedächtnis. Nach kurzem Zögern begann er zu tippen: *Paris0210.*

Zwei endlose Sekunden lang rechnete der Computer, dann bestätigte ein Signalton die erfolgreiche Anmeldung.

Er öffnete Lauras E-Mail-Programm und den Internetbrowser. Die aktuellsten Mails enthielten beim flüchtigen Überfliegen nichts Außergewöhnliches. Laut Browserverlauf hatte sie am Morgen die Website der Essener Fakultät für Geisteswissenschaften besucht. Vielleicht überlegte sie, was sie als Nächstes studieren sollte, nachdem ihr die Erfahrung mit Michelsen ihren Traum von der Polizeikarriere madig gemacht hatte. Zuvor hatte sich Laura im Netz über Thomas Bernhard informiert, einen österreichischen Schriftsteller.

»Was Interessantes gefunden?«, fragte Stanojevic in seinem Rücken.

Michelsen drehte sich um und sah, dass Frau Stürmer ebenfalls mit heraufgekommen war und im Türrahmen stand. »Ich versuche herauszufinden, was Laura vorhatte.«

Stanojevic trat näher heran. »Sieht ziemlich unverdächtig aus.«

Michelsen reagierte nicht. Angestrengt starrte er auf den Bildschirm.

»Was denkst du, Alex?«

Er konnte Stanojevic nichts vormachen. Selbst wenn er seine heimlichen Treffen mit Laura nicht bemerkt hatte, wusste er, dass Michelsen ihm etwas verheimlichte. »Ich finde das ganz und gar nicht unverdächtig«, sagte er leise und hoffte, dass Frau Stürmer ihn nicht hörte. Fieberhaft klickte er die Seiten aus Lauras Browserverlauf durch.

»Was meinst du damit?«

»Laura war etwas auf der Spur.«

»Was soll das heißen?« Stanojevic flüsterte nun auch.

Wortlos deutete Michelsen auf den Monitor. Die Website enthielt eine Auflistung berühmter Zitate des Schriftstellers.

Wenn das Publikum keine Albträume hat, ist ihm sofort langweilig.

»Ist das nicht …?«, fragte Stanojevic.

Michelsen nickte. »Das hat Grünthal am Telefon zu mir gesagt.«

Zum Glück war Stanojevic schlau genug, keine weiteren Fragen zu stellen.

Einen Moment lang schwiegen sie beide, während sich Michelsen weiter durch Lauras Suchverlauf arbeitete. Nach einigen Sekunden erschien das Gesicht eines älteren Mannes auf dem Bildschirm.

»Professor Werner Kaubelitz«, las Stanojevic leise vor.

Michelsen überlegte angestrengt. Was hatte Laura vor?

»Mike«, sagte er schließlich, »wir besuchen diesen Professor.«

60. Kapitel

In Panik wandte Laura den Kopf hin und her. Kein Ort, an dem sie sich verstecken konnte. Sie schaffte es gerade rechtzeitig, sich mit dem Bettlaken zu bedecken, ehe die Tür aufschwang und ein Mann im Rahmen auftauchte. Der Flur hinter ihm war deutlich heller erleuchtet als ihr Gefängnis, sodass sie nicht mehr als die Umrisse der hochgewachsenen Gestalt ausmachen konnte.

»Ah, meine Schöne ist endlich wach! Guten Morgen, Laura. Du hast lange geschlafen, die Mittagszeit ist längst vorbei.« Die Freundlichkeit in der unangenehm näselnden Stimme des Mannes klang aufgesetzt, als wollte er sich über sie lustig machen.

Laura kniff die Augen zusammen. Als der Fremde in den Raum trat, konnte sie sein Gesicht besser erkennen. Sie hatte den Mann nie zuvor gesehen, trotzdem waren ihr die feinen Gesichtszüge seltsam vertraut, als erinnerte er sie an jemanden, den sie kannte.

Das Phantombild! Die Ähnlichkeit stach nicht sofort ins Auge. Der Haaransatz des Mannes lag höher als auf dem Bild, das Alex ihr gezeigt hatte, die Nasenflügel waren etwas breiter. Und doch gab es keinen Zweifel: Vor ihr stand der *Künstler!*

»Ich hoffe, du hast gut geschlafen. Du hast bestimmt Hunger, schließlich hast du eine ganze Weile nichts gegessen.«

Erst jetzt sah sie, dass er ein silbernes Tablett in der Hand hielt, das er behutsam auf dem Bett abstellte.

Das Bettlaken um ihren Körper gerafft, rutschte Laura so weit ans Kopfende des Bettes, wie sie konnte. »Wer sind Sie? Was wollen Sie von mir?«, schluchzte sie aufgelöst.

»Ich bin niemand. Um mich geht es nicht.«

»Was haben Sie mit mir gemacht?«

»Nichts weiter. Ich musste dich lediglich ein wenig hübsch machen.«

Hübsch machen? Was, zum Teufel, hatte das zu bedeuten? Laura fand nicht die Kraft, etwas zu erwidern. Stattdessen musste sie nur noch heftiger weinen.

»Nicht doch, meine Teuerste. Es gibt keinen Grund zu weinen. Heute ist ein großer Tag.«

»Was?« Laura hatte das Gefühl, jeden Moment den Verstand zu verlieren.

»Ich muss schon sagen, da hat sich dieser Michelsen wirklich eine kluge Nachwuchskommissarin ausgesucht. Ich hatte eigentlich damit gerechnet, dass die Polizei selbst meine Hinweise entschlüsselt und mich aufspürt.«

»Das werden sie auch! Die Polizei weiß Bescheid und wird jede Sekunde hier sein.«

Der Mörder lächelte seelenruhig. Kein Wunder. Laura wusste, wie durchsichtig ihre Lüge war.

»Ich wünschte, du hättest recht. Ich kann es kaum erwarten, mein Werk zu vollenden.«

»Ihr Werk vollenden? Wovon reden Sie?«

Der Mann lachte in sich hinein. »Wer wird denn so neugierig sein? Wir wollen nicht die ganze Spannung kaputt machen. Du wirst es früh genug verstehen. Ich habe dich schließlich nicht ohne Grund hergebracht.«

»Warum ich? Was habe ich damit zu tun?«

»Nichts.« Die Antwort bereitete dem Serienmörder offenbar Vergnügen. »Du hast nichts damit zu tun. Aber wenn mir der Herr Chefermittler derart perfektes Material auf dem Silbertablett serviert, sage ich nicht Nein.«

Material. Laura begriff sehr gut, wovon ihr Entführer sprach. Das Monster wollte sie für eine seiner perversen Kreationen abschlachten.

»Ich hatte eigentlich ein anderes Motiv im Sinn«, fuhr der Mann in gelassenem Tonfall fort, während er mit auf dem Rücken verschränkten Armen um das Bett herumlief. »Als ich dich bei Kommissar Gorilla gesehen habe, musste ich allerdings umdisponieren.«

»Mich gesehen? Wo haben Sie mich gesehen?«

»Vor dem Präsidium. Beim Kommissar zu Hause. Ihr zwei wart ja geradezu unzertrennlich.«

Wie war das möglich? »Sie beobachten ihn?«, fragte Laura fassungslos.

»Natürlich. Ich muss ja wissen, für wen ich mir all die Mühe mache.«

Laura verstand überhaupt nichts mehr. »Sie machen das für Alex?«

Der Mörder lachte verächtlich. »Natürlich nicht. Dein Sherlock Holmes interessiert mich einen Dreck. Entscheidend ist, dass mich überhaupt jemand sucht. Und ich muss sichergehen, dass dieser jemand auch auf die richtige Fährte kommt.«

»Das heißt, Sie wollen, dass man Sie entdeckt?«

»Selbstverständlich.« Er sprach mit ihr wie mit einem

begriffsstutzigen Kind. »Was ist ein Kunstwerk ohne Bewunderer?«

Alex hatte also richtig gelegen. Der Täter spielte Katz und Maus mit ihnen. Er *wollte*, dass Alex ihn fand. Der Typ war komplett krank, doch immerhin redete er mit ihr. Solange sie ihn mit einer Unterhaltung bei Laune halten konnte, tat er ihr hoffentlich nichts an. Wenn sie Glück hatte, gelang es ihr auf diese Weise, Alex und der Essener Polizei etwas mehr Zeit zu verschaffen, den Irren aufzuspüren und sie zu befreien.

»Also halten Sie sich für einen Künstler?«, heuchelte Laura Interesse.

»Ein Künstler? Nein, dafür fehlt mir das Talent. Sagen wir es so«, sein selbstgerechter Tonfall verursachte ihr Übelkeit, »ich vollende die großen Kunstwerke der Welt. Bacon oder Géricault waren Genies. Aber sie waren feige!« Während er redete, gestikulierte er wild mit den Händen. In seinen Augen brannte eine fanatische Begeisterung.

Laura witterte ihre Chance! Sie musste dafür sorgen, dass er weitersprach. »Feige? Wieso glauben Sie das?«, hakte sie nach.

Der Mann beugte sich zu ihr herunter. »Weil sie alle ihre Visionen abgeschwächt haben, um die Erwartungen von Gesellschaft oder Moral zu erfüllen. Darum ist ihre Kunst niemals vollkommen.«

Laura schlug das Herz bis zum Hals. Das Gesicht des Wahnsinnigen war so nah vor ihrem, dass sie die Poren auf seiner Nase erkennen konnte. »Und Sie können deren Kunst vollkommen machen?«

Ihr Entführer richtete sich wieder auf. Ein triumphierender Ausdruck lag auf seinen Zügen. »Du hast es verstanden! Ja, ich kann sie vollkommen machen. Denn Vollkommenheit bedeutet Tod.« Er machte eine Pause, um seinen Worten mehr Gewicht zu verleihen. »Und ich«, fuhr er feierlich fort, »ich schrecke nicht vor dem Tod zurück.«

Laura lief es eiskalt den Rücken hinunter, sie durfte sich ihre Angst jedoch nicht anmerken lassen. »Hat das auch Thomas Bernhard gesagt?«

»So ähnlich. Bernhard hat vieles von der Verlogenheit der Kunst erkannt. Doch er war ebenfalls nicht fähig, den nötigen Schritt weiter zu tun. Dafür ist es jetzt an der Zeit. Mit meinem Projekt werde ich den Blick der Menschen auf die Kunst für immer verändern.«

Es fiel Laura schwer, so viel kranken Mist auf einmal zu ertragen. Immerhin hatte sie es geschafft, ihn in ein Gespräch zu verwickeln. »Warum ist Ihnen das so wichtig?«

»Warum mir das so wichtig ist?« Der *Künstler* lachte verächtlich. »Die Frage ist eher: Warum ist die Kunst den Menschen da draußen unwichtig? Ich werde es dir verraten.« Er legte erneut eine Pause ein. »Weil sie nie gespürt haben, was wahre Kunst zu leisten imstande ist.«

»Wie meinen Sie das?«, wollte Laura wissen.

»Als ich ein kleiner Junge war, da waren die Meisterwerke von Bacon und Géricault meine ganze Welt! Meine Eltern, diese selbstsüchtigen Hohlköpfe, haben mir alles gekauft, was ich haben wollte. Aufs teuerste Internat des Landes haben sie mich geschickt. Aber waren sie für mich da? Nein. Nur die Bilder – die Bilder waren immer da. Nächtelang, wochenlang, jahrelang habe ich diese unsterblichen Werke in den Kunstbänden meines Vaters bewundert. Was ich dabei empfunden habe, kann sich niemand ausmalen. Schon gar nicht das übersättigte Feierabendpublikum von heute.« Er lächelte selig.

»Ist es nicht gerade die Stärke der Kunst, dass sie die

Schranken der Realität überwinden kann? Wieso glauben Sie, dass die Darstellungen erst Wirklichkeit werden müssen, um ihre Wirkung zu entfalten?«

»Weil ein Gemälde in der heutigen Zeit nicht mehr ausreicht, um die Herzen der Menschen zu erreichen. Doch bald werde ich der Welt die ganze Macht der Kunst wieder vor Augen führen!«

»Vielleicht haben Sie das schon getan«, entgegnete Laura hastig. »Vielleicht müssen Sie nicht weitermachen. Die Menschen haben die Bilder Ihrer«, sie brachte das Wort kaum über die Lippen, »Werke gesehen.«

»Ja, das haben sie.« Der Mörder schloss die Augen. Einen Moment lang schien es, als schwelge er in Erinnerungen. Langsam öffnete er die Lider. »Was jetzt noch fehlt, ist das große Finale. Der«, er klatschte in die Hände, »Knalleffekt!« Das kindliche Leuchten in den Augen des Irren wollte nicht zu seinen grauenhaften Worten passen. Er ließ den Satz einige Sekunden im Raum nachhallen, bevor er in verschwörerischem Tonfall fortfuhr. »Und da kommst du ins Spiel.«

»Ich? Warum ich?«

»Weil du auserwählt bist. Ich habe dich auserwählt, Teil meines Meisterwerks zu werden.«

Teil seines Meisterwerks?

»Nein! Nein! Bitte lassen Sie mich gehen!« Lauras Stimme überschlug sich. Blanke Panik vernebelte ihr die Sinne.

Der Wahnsinnige lächelte sie mitleidig an. »Ach, Laura. Wer wird denn gleich die Nerven verlieren? Nun iss erst einmal etwas. Heute ist schließlich dein großer Tag.«

61. Kapitel

»Bist du völlig verrückt geworden? Eine Praktikantin in die Ermittlungen einzubeziehen?«

Michelsen hatte Stanojevic nie zuvor so außer sich erlebt wie jetzt, während sie auf der A40 Richtung Mülheim rasten. Es war bereits wieder dunkel geworden, doch immerhin hatte der Regen nachgelassen.

»Wenn das einer rauskriegt, kannst du deinen Job an den Nagel hängen! Und ich Vollidiot helfe dir, diese Scheiße zu vertuschen.«

»Ohne Laura wären wir Grünthal nie auf die Schliche gekommen«, blaffte Michelsen zurück.

»Das ist Schwachsinn, Alex! Du hast dir einen Vorwand gesucht, Zeit mit der Kleinen zu verbringen! Weil du ein selbstsüchtiges Arschloch bist, das immer nur an sich denkt!«

Michelsen erwiderte nichts. Er war wütend. Wütend auf Stanojevic, der meinte, ihm ausgerechnet jetzt eine Moralpredigt halten zu müssen. Wütend auf Laura, die sich auf eigene Faust auf Grünthals Spur begeben hatte.

Aber vor allem war er wütend auf sich selbst. Zum zweiten Mal riskierte er das Leben einer jungen Frau, weil er sich nicht an seine eigenen Prinzipien hielt. Lieber wollte er sterben, als nach Sinas auch noch Lauras Leben auf dem Gewissen zu haben!

Viel zu schnell nahm er die Ausfahrt Mülheim-Styrum. Sogar Stanojevic verstummte für einen Moment, als der Wagen bei Rot über die Kreuzung schoss.

»Glaubst du ernsthaft, dass der Professor irgendwas mit den Morden oder Laura Stürmers Verschwinden zu tun hat?«

»Keine Ahnung«, antwortete Michelsen. »Immerhin kennt er sich mit diesem Bernhard aus, von dem Roman Grünthal so ein großer Fan zu sein scheint. Und seine Seite war die letzte, die Laura vor ihrem Verschwinden besucht hat. Vielleicht hat sie mit ihm Kontakt aufgenommen. Wir haben keine Zeit, auf eine bessere Spur zu warten.«

Nach wenigen Sekunden der Stille klingelte Stanojevics Handy. Er nahm das Gespräch an und schwieg die meiste Zeit. Dann stellte er ein paar knappe Gegenfragen, ehe er auflegte.

»Sieht so aus, als hätte Grünthal nicht nur Laura entführt.«

Michelsen warf ihm einen fragenden Blick zu. »Was meinst du damit?«

»Die Kollegen haben die Kundenkartei von *CA$H NOW* mit der Liste vermisster Personen abgeglichen. Ein gewisser Frank Beining steht bei dem Laden ziemlich hoch in der Kreide. Er ist seit gestern verschwunden.«

Seit gestern. Wenn der Täter seinem Muster treu blieb, lebte Frank Beining nicht mehr.

Professor Kaubelitz' Haus lag in einer Dreißigerzone, doch Michelsen jagte den Dienstwagen mit achtzig Sachen durch die engen Straßen. Es war kein Problem gewesen, die Privatadresse des Professors herauszufinden, nachdem sie von seiner Sekretärin erfahren hatten, dass er nicht mehr im Institut war. Er bog in den Vogelweg ein, parkte den Passat vor der Hausnummer 28 in zweiter Reihe und sprang auf die Straße. Als Stanojevic ihn einholte, hatte er bereits geklingelt. Kurz darauf öffnete ihnen Professor Kaubelitz die Tür. Das Foto aus dem Internet war offensichtlich nicht ganz aktuell, denn der Hochschullehrer sah deutlich älter aus.

»Kriminalhauptkommissar Michelsen, Kriminalpolizei. Wir haben ein paar Fragen an Sie.«

Überrascht, aber freundlich und gelassen bat Kaubelitz sie hinein und führte sie ins Wohnzimmer. Sie setzten sich an den Esstisch, und der Professor bot ihnen ein Glas Wasser an, das sie dankend ablehnten.

»Haben Sie diese Frau schon einmal gesehen?« Michelsen zeigte dem alten Mann ein Foto von Laura.

Kaubelitz überlegte kurz, bevor er antwortete. »Ja, diese junge Dame war heute Morgen in meiner Vorlesung. Was ist mit ihr?«

In der Vorlesung? »Sie heißt Laura Stürmer und wurde entführt. Wenn sie heute Morgen bei Ihnen war, sind Sie vielleicht der Letzte, der sie vor ihrem Verschwinden gesehen hat.«

Der Professor nickte bedächtig. Die Tatsache, dass ihn seine Begegnung mit Laura zu einem Verdächtigen machte, schien ihn nicht zu beunruhigen. »Und woher wissen Sie, dass die junge Frau bei mir war?«

»Wir haben Lauras Computer durchsucht«, erklärte Michelsen. »Unmittelbar vor ihrem Verschwinden hat sie im Internet nach Ihnen und Ihrem Vorlesungsplan recherchiert.«

Kaubelitz runzelte die Stirn. »Die junge Frau hat mir nach der Vorlesung ein paar Fragen gestellt.«

»Was für Fragen?«, hakte Michelsen nach.

»Nach Thomas Bernhard, dem Schriftsteller. Und nach der Essener Mordserie.«

War das zu fassen? Laura hatte sich tatsächlich auf eigene Faust aufgemacht, um den *Künstler* zu jagen. Für dermaßen dumm und unvernünftig hatte Michelsen sie nicht gehalten. Dennoch konnte er nicht umhin, eine gewisse Hochachtung vor ihr zu empfinden.

»Was genau hat sie gefragt?«, bohrte er nach. Lag hier der Schlüssel zu Lauras plötzlichem Verschwinden?

»Sie hat etwas Merkwürdiges gesagt.«

»Was?«, riefen Michelsen und Stanojevic wie aus einem Mund.

»Sie glaubt, der Mörder berufe sich auf Thomas Bernhard.«

»Hat sie Ihnen mitgeteilt, wie sie zu der Vermutung gekommen ist?«, wollte Stanojevic wissen.

»Nein. Eigentlich hat sie kaum etwas erzählt. Unsere Unterhaltung war sehr kurz.«

»Hat sie Ihnen verraten, wo sie als Nächstes hinwollte?«, erkundigte sich Michelsen.

Der Professor schüttelte den Kopf. »Ich habe ihr einen Zeitungsausschnitt gezeigt, den ich in meinem Briefkasten gefunden habe. Danach ist sie plötzlich aufgebrochen.«

62. Kapitel

»Heute ist schließlich dein großer Tag.«

Die Worte des Wahnsinnigen hallten in Lauras Kopf nach wie in einer Gruft. Das Laken, das ihr Schutz und Wärme gespendet hatte, fühlte sich nun an wie ein Leichentuch. Eine entsetzliche Kälte ließ sie am ganzen Körper zittern. Für einen Moment hatte sie gehofft, Einfluss auf ihren Entführer nehmen zu können. Wenigstens etwas Zeit zu schinden. Wie naiv sie war! Der Typ würde sie noch heute für eines seiner kranken Kunstwerke töten. Die Polizei würde ihn niemals schnell genug finden, um sie zu befreien. Sie hatte nur eine Chance …

Seit er geendet hatte, betrachtete der Mann am Fußende ihres Bettes sie mit einem gütigen Lächeln. Gott allein mochte wissen, welche perversen Bilder er sich in seinem kranken Hirn ausmalte. Laura wagte nicht, sich zu rühren, solange die Augen des Täters auf ihr ruhten. Die Zeit stand still. Erst nach einer Ewigkeit wandte er sich endlich von ihr ab Richtung Tür.

Jetzt oder nie!

Blitzartig sprang Laura auf und riss das Silbertablett hoch. Der Teller mit ihrer Mahlzeit und das Wasserglas fielen mit einem lauten Scheppern auf den Boden. Der Mann fuhr herum, doch Laura hatte bereits ausgeholt und schlug ihm das Tablett mit aller Kraft ins Gesicht. Mit einem überraschten Aufschrei taumelte der Kerl zurück. Er ruderte mit den Armen, seine Hand suchte nach Halt an dem hölzernen Regal, bekam aber lediglich eine große Kaffeekanne aus Porzellan zu fassen, die klirrend zu Boden ging und in tausend Scherben zersprang. Strauchelnd verlor er das Gleichgewicht und schlug der Länge nach hin. Mit zwei großen Sätzen sprang Laura an ihm vorbei und aus der Tür.

Was war der schnellste Weg raus?

Sie fand sich in einem schmalen Flur wieder, der sich von der Tür aus zu beiden Seiten erstreckte. Einige Meter entfernt zu ihrer Linken führte eine Treppe nach unten. Laura blieb keine Zeit zum Überlegen, ewig würde der Verrückte nicht außer Gefecht sein. Mit langen Schritten stürzte sie die Treppe hinunter und nahm die letzten fünf Stufen mit einem Satz. Beim Aufprall knickte ihr linker Fuß weg. Sie registrierte das Knacken der reißenden Bänder, ihr Gehirn blendete den Schmerz jedoch aus. Sie musste hier raus, alles andere war egal!

Das Erdgeschoss schien nur aus einem Raum zu bestehen. Rechts führte eine große zweiflügelige Tür nach draußen. Laura stürmte durch den Raum, warf sich gegen das Holz und drückte die Klinke. Abgeschlossen!

Aus dem Obergeschoss drang das Fluchen des Mörders nach unten. Ihr blieb keine Zeit. Sie griff nach einem der herumstehenden Stühle und schleuderte ihn in das große Fenster neben der Flügeltür. Das dünne Glas splitterte, und ein Scherbenregen ging auf die hölzerne Fensterbank nieder. Sie warf einen ängstlichen Blick über die

Schulter. Ihr Verfolger hetzte bereits die Treppe herunter. Hastig schlug sie ein paar hervorstehende Glasscherben aus dem Rahmen und kletterte ins Freie. Die scharfen Kanten schnitten ihr in die nackte Haut an Armen und Beinen. Draußen war es mittlerweile dunkel geworden. Sie ließ sich auf das kalte Gras vor dem Fenster gleiten, bemühte sich, nicht in Scherben zu treten.

Die Kälte der Nacht traf Laura wie ein Schock, der ihre von Panik vernebelten Sinne wieder schärfte. Im Dunkel sah sie lediglich die Umrisse einiger hoher Sträucher. Kein Licht wies auf benachbarte Häuser oder eine Straße hin. Ohne innezuhalten, rannte sie los.

63. Kapitel

»Ich habe vor einigen Tagen Post erhalten.« Professor Kaubelitz sprach langsam und bedächtig. »Ein Blatt Papier, ein Zeitungsartikel. Es ging um diese Ausstellung, nach deren Exponaten die schrecklichen Morde geschehen sind. Jemand hatte ein Zitat von Thomas Bernhard darauf geschrieben.«

»Was für ein Zitat war das?«, erkundigte sich Michelsen sofort.

»Jeder Mensch ist ein einmaliger Mensch, und tatsächlich für sich gesehen das größte Kunstwerk aller Zeiten«, rezitierte der Professor.

»Haben Sie irgendeine Ahnung, wer Ihnen das geschickt haben könnte?«

Der alte Mann schüttelte den Kopf. »Nein. Ich habe der Sache keine allzu große Bedeutung beigemessen. Studenten kommen auf alle möglichen Ideen. Erst als mich die junge Frau auf Thomas Bernhard und diese schrecklichen Morde ansprach, bin ich hellhörig geworden. Wie das alles zusammenhängt, kann ich mir allerdings nicht erklären.«

»Der Täter hat Zitate von diesem Bernhard benutzt«, warf Stanojevic ein. »Laura muss das erkannt haben. Doch wie kommt die junge Frau ausgerechnet auf Sie?«

»Nun ja«, gab der Professor zurück. »Wenn Sie über Thomas Bernhard recherchieren, stoßen Sie leicht auf mich. Es gibt kaum jemanden, der sich intensiver mit seinem Werk beschäftigt.«

In Michelsens Kopf arbeitete es. Mit den Zitaten am Telefon hatte der Mörder versucht, ihn auf seine Fährte zu locken, aber er hatte sie nicht verstanden. Wieder war es Laura gewesen, die die richtigen Schlüsse gezogen hatte. Welche Rolle spielte Professor Kaubelitz in diesem Spiel?

»Wir brauchen dieses Blatt Papier.«

»Ich würde es Ihnen gerne geben.« Der Professor stockte, bevor er weitersprach. »Die junge Dame hat es jedoch mitgenommen.«

Michelsen ballte die Hand zur Faust. Vermutlich enthielt der Zeitungsausschnitt den entscheidenden Hinweis auf Grünthals Aufenthaltsort. Einen Hinweis, den nur Laura kannte. Und der Professor.

»Sie müssen versuchen, sich an jedes Detail zu erinnern«, bat er daher. »War noch etwas auf dem Blatt notiert?«

»Auf der Rückseite hatte jemand einzelne Wörter mit Textmarker gekennzeichnet«, antwortete der Professor. »Zusammengesetzt ergaben sie einen seltsamen Satz: *Es endet, zu meinen Füßen tote Poeten.*«

Stanojevic runzelte die Stirn. »Können Sie sich vorstellen, was das zu bedeuten hat?«

»Nein, das ergibt für mich keinen Sinn«, gestand der Professor resigniert ein.

»Gibt es noch etwas, an das Sie sich erinnern?«, schaltete sich Michelsen wieder ein.

»Über dem Artikel war ein Gemälde von Rubens abgebildet: *Das Martyrium des heiligen Sebastian.*«

Michelsen kannte das Bild. Es war Teil des Katalogs von *Die andere Seite.* »Ist das alles?«, fragte er. »Der heilige Sebastian und ein Spruch. Was soll uns das sagen?«

Alle schwiegen. Es musste eine versteckte Bedeutung geben, aber Michelsen fiel beim besten Willen nichts Sinnvolles dazu ein.

»Der heilige Sebastian«, sprach Stanojevic halblaut vor sich hin. »Sagen Sie, Herr Professor, gibt es in Mülheim nicht eine Kirche Sankt Sebastian?«

»Ja, natürlich«, bestätigte Kaubelitz. »Eine Kirche, nicht weit von hier. Oben, am Friedhof.« Bei den letzten Worten stockte er, als habe er etwas gesagt, das ihn selbst überraschte.

»Was ist los, Professor?«, hakte Michelsen nach.

»Der Friedhof.«

»Was ist damit?«

Der Professor schluckte geräuschvoll, bevor er die Frage beantwortete. »Der Friedhof Sankt Sebastian hat noch einen anderen Namen.« Er flüsterte nun beinahe. »Er wird auch der Dichterfriedhof genannt.«

Tote Poeten. Das musste es sein!

64. Kapitel

Auf den ersten Metern sah Laura kaum die Hand vor Augen. Blind rannte sie in die schwarze Nacht hinaus. Unter ihren Füßen spürte sie nasses Gras. Mehrfach fiel sie hin, wenn eine Unebenheit im Boden sie überraschte, doch jedes Mal rappelte sie sich auf und hetzte weiter. Vorwärts. Nur vorwärts in die Dunkelheit.

Plötzlich tauchte vor ihr ein Licht auf. Ein kleiner Punkt, weit entfernt. Ein Funke Hoffnung in der finsteren Nacht. Befand sich dort womöglich ein Haus? Nein. Das Licht bewegte sich, kam näher. Ein Auto! Das Motorgeräusch schwoll rasch an. Die schemenhaften Umrisse von Bäumen ragten vor ihr auf, als der Lichtkegel der Scheinwerfer durch die Schwärze zuckte. Sie schien jetzt auf Waldboden zu laufen. Verdammt, sie musste die Straße erreichen, ehe der Wagen vorbeifuhr. Wer auch immer am Steuer saß, würde sie sicherlich mitnehmen: eine nackte, verletzte junge Frau, allein in der kalten Nacht. Sie musste den Fahrer dazu veranlassen, anzuhalten und sie fortzubringen. Weg. Nur weg von hier.

Plötzlich blieb ihr Fuß an etwas hängen. Eine Wurzel? Sie fiel und schlug der Länge nach auf dem Erdboden hin. Der Geschmack von Blut füllte ihren Mund. Sofort war sie wieder auf den Beinen und hastete weiter. Das Fahrzeug war jetzt so nah, dass sie die beiden Scheinwerfer deutlich erkennen konnte. Nur noch ein paar Meter.

Mit einem Mal streifte das Scheinwerferlicht sie und erhellte den Weg vor ihr. Beim Anblick des Gitterzauns, der sie von der Landstraße trennte, entfuhr ihr ein entsetzter Schrei. Schon war der Wagen unmittelbar hinter dem Zaun. Mit der Kraft der Verzweiflung warf sich Laura dagegen und schrie um Hilfe. Ohne langsamer zu werden, fuhr der Pkw vorbei. Wenige Sekunden später waren die Rücklichter in der Dunkelheit verschwunden.

Verzweifelt krallte sie ihre Finger um das kalte Metall und starrte in die Nacht hinaus. Wie in Zeitlupe tauchte der Mond hinter einer der dunklen Regenwolken auf. Im Gegenlicht konnte Laura die Stacheldrahtrollen auf der Krone des Zauns ausmachen. Nein, das war kein normaler Gartenzaun. Dieses Grundstück war ein Gefängnis! Erst jetzt merkte sie, dass sie erbärmlich schlotterte. Alle Hoffnung war dahin. Wenn der Wahnsinnige sie nicht fand, würde sie hier draußen erfrieren.

Laura dachte an ihre Mutter. Sie würde es nicht verkraften, wenn die Polizei die Leiche ihres Nesthäkchens nackt und erfroren im Wald fand. Was hatte sie sich dabei gedacht, auf eigene Faust loszuziehen? Wenn sie bloß noch eine Chance bekäme, sie würde nie wieder die schützende Umarmung ihrer Familie verlassen! Hemmungslos weinend sank Laura auf die Knie.

Kräftiger Regen hatte eingesetzt. Eisig prasselte er auf sie hinab. Ihr Haar klebte in Strähnen an ihrem Gesicht. Sie hob den Blick. Ihre Eltern hatten sie seit ihrer frühen

Kindheit glauben machen wollen, dass da oben ein lieber Gott existierte, der auf seine Schäfchen achtgab. Laura hatte die Geschichte nie überzeugt. Auch jetzt, da ihr Ende unmittelbar bevorstand, fand sie dort oben nichts außer der gähnenden schwarzen Leere des Nachthimmels.

Das Schlottern hatte aufgehört. Offenbar hatte ihr Körper eingesehen, dass es sinnlos war, gegen die unbarmherzige Kälte anzukämpfen. Sie fand nicht die Kraft sich zu rühren. Langsam ließ das Weinen nach. Sie wollte sich nur auf den nassen Waldboden legen und warten, bis es vorbei war.

Es dauerte einen Moment, bis sie die Schritte bemerkte. Sie bahnten sich langsam, aber sicher einen Weg durch das Unterholz in ihre Richtung.

Kein Zweifel, da war jemand nicht weit von ihr im Wald unterwegs, und er kam immer näher.

Mit einem Mal waren Lauras Sinne geschärft. Von ihr aus sollte sie sterben, doch sich erneut von dem Irren einsperren lassen? Niemals!

Sie erhob sich und begann, den Zaun hinaufzuklettern. Sie musste die Füße auf die Kanten stellen, um in die schmalen Aussparungen des Gitters zu treten. Ihr Knöchel schmerzte wahnsinnig. Gerade war sie oben angelangt und versuchte, zwischen den Stacheldrahtrollen Halt zu finden, als die ekelhafte Stimme in ihrem Rücken erklang.

»Na sieh mal einer an.«

Laura warf den Kopf herum und sah ihren Entführer am Fuß des Zauns stehen. Mit einer großen Taschenlampe leuchtete er zu ihr hinauf. Um die Schulter hatte er ein Gewehr gelegt. In Panik zog sie sich hoch, es gab jedoch kein Durchkommen durch das dichte Geflecht des

Stacheldrahts. Die rostigen Spitzen bohrten sich tief in ihr Fleisch. In Panik schaute sie nach unten.

Der Mann zu ihren Füßen setzte die Taschenlampe auf dem Boden ab und nahm das Gewehr von der Schulter. Er legte an und zielte auf sie. Sie saß in der Falle! Mit letzter Kraft stemmte sich Laura hoch und griff in den Stacheldraht, doch schon im nächsten Moment spürte sie einen stechenden Schmerz zwischen den Schulterblättern, ehe ihr schwarz vor Augen wurde.

65. Kapitel

Der Dichterfriedhof lag nicht weit entfernt vom Haus des Professors. Eine schmale gewundene Straße führte durch waldiges Gebiet bis an den Fuß der kleinen Anhöhe, über die sich die Gräber erstreckten. Es goss mittlerweile in Strömen. Michelsen stoppte den Dienstwagen direkt vor dem schmiedeeisernen Tor in der knapp mannshohen verwitterten Friedhofsmauer. Wortlos stiegen er und Stanojevic aus dem Passat.

Michelsen lauschte angestrengt. Bis auf das Prasseln des Regens war nichts zu hören. Nachdem er die Fernbedienung betätigt und den Wagen verschlossen hatte, drückte er die Klinke des Tors. Das Quietschen der rostigen Scharniere zerriss die Stille der Nacht. Wenn sich der Mörder hier versteckte, wusste er spätestens jetzt, dass er Besuch bekam.

Sie zogen ihre Stabtaschenlampen hervor und suchten das Gelände ab. Der Friedhof stand unter Denkmalschutz, bestattet wurde dort schon lange niemand mehr.

Windschiefe Grabsteine säumten die schmalen, mit nassem, halb vermodertem Laub übersäten Wege.

Systematisch gingen sie die Gänge ab und leuchteten die Rasenflächen an den Rändern des Friedhofs aus. Das Grabfeld war nicht besonders groß, sodass eine vollständige Überprüfung nicht allzu lange dauern würde. Zum Glück, bei diesem Scheißwetter. Michelsen zog die Kapuze tiefer ins Gesicht. Sie sprachen kein Wort, während sie den Friedhof durchkämmten. Schließlich erreichten sie die letzte Reihe Gräber. Ab hier stieg das Gelände steiler an und lief in einen kleinen Wald aus, der den Friedhof an dieser Stelle statt der Mauer begrenzte. Dahinter glommen die erleuchteten Fenster eines Hauses schwach in der Ferne.

»Meinst du, Grünthal ist hier irgendwo?«, flüsterte Stanojevic.

»Pst!«

Einen Moment lang lauschten sie mit angehaltenem Atem. Michelsen ignorierte den fragenden Blick seines Partners. Er hatte etwas gehört, da war er sich hundertprozentig sicher. Doch nun blieb die Nacht still. Seine dicke Jacke hatte den Kampf gegen die Nässe längst aufgegeben. Er spürte, wie ihm das Regenwasser in den Nacken lief. Was, zur Hölle, suchten sie?

Er begann sich zu fragen, ob ihm seine gespannten Nerven nicht einen Streich gespielt hatten, da vernahm er es erneut. Ein kraftloses Wimmern. Weit entfernt, kaum wahrnehmbar und dennoch alarmierend. Stanojevics Miene verriet ihm, dass er es auch gehört hatte. Behutsam einen Fuß vor den anderen setzend, folgten sie dem Geräusch in den Wald hinein. Es war schwierig, die Richtung zu orten, aus der die Stimme kam. Immer wieder mussten sie innehalten und lauschen. Langsam, aber sicher wurde das Jammern lauter. Sie waren auf der richtigen Fährte. Gerade als sie glaubten, gleich am Ziel zu sein, erstarb der Ton. Sie hielten an und warteten reglos, kein Laut war zu hören. Mit ihren Taschenlampen leuchteten sie die Umgebung ab. Ein Vogel flatterte, aufgeschreckt durch das Licht, aus seinem Versteck. Michelsen fuhr zusammen.

Plötzlich blieb der Strahl seiner Lampe an etwas hängen. Er brauchte einen Moment, um zu realisieren, was er gesehen hatte. Mit einem Kopfnicken lenkte er Stanojevics Aufmerksamkeit auf seine Entdeckung. Was dort in wenigen Metern Entfernung hinter einem Baum hervorlugte, war ohne Zweifel ein menschliches Bein.

»Stehen bleiben, Polizei!« Blitzschnell hatte er die Pistole gezogen.

Stanojevic neben ihm hatte genauso schnell geschaltet und richtete seine Dienstwaffe ebenfalls auf die Person hinter dem Baum.

»Kommen Sie langsam mit erhobenen Händen raus!«, befahl Michelsen.

Doch die Person machte keinerlei Anstalten, dem Befehl zu folgen. Zur Antwort ertönte erneutes Wimmern. Die Waffe weiterhin im Anschlag, stapfte Michelsen mit festen Schritten auf den Baum zu und begann, ihn zu umrunden.

Als er den verwundeten, halb nackten Mann sah, ließ er die Pistole sinken. »Scheiße! Mike, ruf einen Krankenwagen!«

Der Mann war lediglich mit einem Lendenschurz bekleidet. Die Hände waren mit einem Strick hinter dem Rücken gefesselt und an einem zweiten Seil fixiert, das um den dicken Baumstamm verlief. Hölzerne Pfeile steckten in Oberschenkeln und Rumpf des Verletzten. Aus den Wunden war viel Blut ausgetreten, das dunkel verkrustet auf seiner Haut klebte.

Der heilige Sebastian.

Der Mann war vor Erschöpfung in seinen Fesseln zusammengesunken und stieß gelegentlich das schwache Wimmern aus, das sie hergeführt hatte.

Mit wenigen Schritten war Michelsen bei ihm. »Wir sind von der Polizei und werden Sie sofort in ein Krankenhaus bringen lassen.«

Mit seinem Taschenmesser schnitt er den Verwundeten los. Wenn ihre Theorie stimmte, war das der vermisste Mann aus Grünthals Kundenkartei.

»Frank Beining?«, fragte Michelsen.

Als der Mann seinen Namen hörte, öffnete er unter größter Mühe die Lider. Nur kurz gaben sie ein Paar glasiger Augen frei, bevor sie zufielen.

»Können Sie uns sagen, wer Ihnen das angetan hat?«, wollte Michelsen wissen.

Der Verwundete formte eine Antwort mit den Lippen, zum Sprechen fehlte ihm die Kraft. Gott wusste, wie lange er hatte leiden müssen. *Das Martyrium des heiligen Sebastian* … Michelsen lief es kalt den Rücken hinunter. Er verzichtete darauf, weiter nachzuhaken. Auch so hatte er die lautlose Antwort des armen Teufels verstanden.

Roman Grünthal.

Natürlich. Die Frage war bloß, wo sich das kranke Schwein jetzt versteckte. Und wo es Laura gefangen hielt. Mit einem angestrengten Stöhnen drehte Beining den Kopf nach rechts, als wolle er Michelsens Augenmerk auf etwas lenken. Michelsen folgte seinem Blick. Das Haus am Kopf des Hügels.

»Meinen Sie, Grünthal ist da drin?«

Frank Beinings schwaches Nicken genügte ihm als Antwort.

66. Kapitel

Als Erstes bemerkte Laura, dass sie nicht mehr fror. In ihrer letzten Erinnerung war sie dem Kältetod nahe gewesen, doch jetzt umgab sie eine wohlige Wärme. Ängstlich schlug sie die Augen auf. Tatsächlich. Sie war zurück in ihrem Gefängnis. Vor dem kleinen Fenster herrschte Dunkelheit, das Licht der Deckenlampe flackerte unruhig. Der Regen rauschte unaufhörlich. Hektisch schaute sie sich im Zimmer um. Sie war allein. Reflexartig begann sie, ihren Körper zu inspizieren. Sie war sauber, als habe sie gerade geduscht, sogar ihre Haare rochen frisch gewaschen. Die Schnittwunden an ihren Armen und Beinen schmerzten, waren aber gereinigt. Das Blut auf ihrem Körper war ebenso verschwunden wie die Erde und der Dreck. Der Mörder hatte sie wieder »hübsch gemacht«. Was, zur Hölle, hatte er mit ihr vor?

Auf dem kleinen Tisch neben dem Bett stand ein Tablett mit Frühstück. Laura hatte Hunger. Einen Bärenhunger. Wie lange mochte sie nichts gegessen haben? Einen Tag? Zwei Tage? Die Mahlzeit, die ihr Entführer ihr hingestellt hatte, sah lecker aus und duftete. Kaffee, Croissants, Marmelade. Ihr Magen krampfte sich zusammen, und es fiel ihr schwer, nicht über das Tablett herzufallen. Nein! Sie würde sich kein weiteres Mal betäuben lassen.

Sie musste irgendetwas unternehmen. Hier sitzen zu bleiben und abzuwarten, was der Irre mit ihr vorhatte, war keine Option. Angestrengt dachte sie nach. Das Fenster war zu klein, um hindurchzuklettern, und obendrein durch ein Eisengitter auf der Außenseite versperrt. Wenn sie nicht tatenlos auf ihren Tod warten wollte, musste sie das Zimmer durch die Tür verlassen. Was immer sie draußen erwartete, sie würde nicht unvorbereitet sein. Ohne das Essen anzurühren, erhob sie sich.

Wie ein glühendes Schwert fuhr der Schmerz durch ihren Knöchel. Fast hätte sie laut aufgeschrien, sie beherrschte sich jedoch und blieb auf dem gesunden Bein stehen. Ihr linkes Sprunggelenk war dick angeschwollen und hatte eine tiefblaue Farbe angenommen. Jetzt, nach ihrem unbedachten Auftreten, pochte der Knöchel wie verrückt. Laura biss die Zähne zusammen und setzte den Fuß vorsichtig auf.

Unter all dem Krempel im Zimmer musste es etwas geben, das als Waffe zu gebrauchen war. Sie ließ ihre Augen über die Gegenstände wandern. Ein schwerer Messingkrug mochte sich zum Zuschlagen eignen, erschien ihr allerdings ziemlich unhandlich. Einen Moment dachte sie darüber nach, einen der Porzellanteller zu zerbrechen, um eine scharfkantige Scherbe als Dolch benutzen zu können, verwarf die Idee jedoch gleich wieder bei dem Gedanken an den Lärm, den eine solche Aktion verursachen würde. Sie suchte weiter, doch das meiste, was der Wahnsinnige in seiner Rumpelkammer aufgetürmt hatte, eignete sich nicht einmal im Entferntesten dazu, einem Menschen Schaden zuzufügen.

Laura wollte sich resigniert zurück aufs Bett sinken lassen, als ihr Blick auf ein ledernes Etui im untersten Fach eines Regals fiel. Sie ging auf die Knie, um das Mäppchen herauszunehmen, und klappte es auf. Der Inhalt ließ sie trotz ihrer verzweifelten Lage lächeln.

Noch einmal suchte sie den Raum nach etwas ab, mit dem sie sich zumindest notdürftig bedecken konnte – vergebens. Es blieb ihr nichts übrig, als ihre Flucht nackt, wie sie war, anzutreten.

Ihr Herz raste wie wild. Zitternd streckte sie ihre Hand nach der Türklinke aus. Unendlich langsam, um ja keinen Laut zu produzieren, drückte sie sie nach unten. Sie hatte fest damit gerechnet, dass die Tür verschlossen sein würde, aber zu ihrem Erstaunen ließ sie sich mühelos öffnen. Mit angehaltenem Atem schaute Laura durch den Spalt, darauf gefasst, ihrem Entführer geradewegs in die Augen zu sehen.

Leer und tot lag der Flur vor ihr, dessen dunkle Dielen ein roter Läufer bedeckte. Die Beleuchtung war dürftig, was Laura nur gelegen kam. Lautlos schob sie sich auf den Gang hinaus, sah sich um und lauschte. Stille. Zum Glück kannte sie den Weg bereits von ihrem ersten Fluchtversuch. Die schweren Teppiche schluckten jedes Geräusch ihrer barfüßigen Schritte, sodass sie den Treppenabsatz ungehindert erreichte. Langsam, Stufe für Stufe, schlich sie nach unten. Gelegentlich knarrte die Treppe unter ihren Sohlen. Jedes Mal erstarrte Laura in ihrer Bewegung und hörte in die Stille hinein. Nichts regte sich im Haus. Womöglich war der Mörder gar nicht zu Hause. Eine leise Hoffnung keimte in ihr auf, sie zwang sich jedoch, auf der Hut zu bleiben.

Nach einer gefühlten Ewigkeit hatte sie den Fuß der

Treppe erreicht. Zum ersten Mal hatte sie Gelegenheit, sich in dem riesigen Raum umzusehen, durch den sie bei ihrem ersten Ausbruch in blinder Panik hindurchgerannt war. Die Einrichtung war ebenso antik wie im Rest des Hauses. Eine Stehlampe und eine Standuhr fielen ihr auf, ebenso ein langer Esstisch mit zehn kunstvoll verzierten Stühlen daran. Alles war wie aus der Zeit gefallen, kein moderner Einfluss verriet, dass sie sich in der Gegenwart befand.

Vorsichtig wagte sich Laura einige Schritte in den Raum hinein. Ein großer Paravent mit einer gemalten Kriegsszene versperrte die Sicht auf die Haustür. Sie stutzte. Den Raumteiler hatte sie zuvor nicht bemerkt. Hatte der Mörder ihn in der Zwischenzeit aufgestellt? War dies eine Falle? Sie näherte sich vorsichtig und lauschte erneut. War das ein Atmen? Ihre Hand umschloss den silbernen Brieföffner fester, den sie aus dem kleinen schwarzen Etui genommen hatte, bevor sie sich Zentimeter um Zentimeter am Raumteiler vorbeischob. Wie vom Schlag getroffen, blieb sie stehen und biss sich vor Schreck auf die Zunge. Am liebsten wäre sie auf der Stelle zurück in ihr Gefängnis gelaufen, aber sie war unfähig, sich zu rühren. Mitten im Wohnzimmer, wenige Meter von ihr entfernt, lag der Mann, der sie entführt hatte, völlig nackt auf einem mit einem weißen Laken bezogenen Bett. Er hatte die Augen geschlossen, sein Brustkorb hob und senkte sich gleichmäßig. Allem Anschein nach schlief er tief und fest.

Für einen Moment glaubte sie, zusammenzubrechen und das Bewusstsein zu verlieren. Doch wenn es eine Chance für sie gab zu fliehen, dann jetzt! Mit pochendem Herzen setzte sie ihren Weg fort. Sie musste das Bett passieren, um zum Ausgang zu gelangen. Schon stand sie direkt neben dem Mann, der nach wie vor reglos dalag. Sie zwang sich, ihn nicht anzusehen, sondern stattdessen die Eingangstür zu fixieren. Noch ein paar Schritte.

Eine Bewegung im Augenwinkel ließ sie herumfahren. Der *Künstler* hatte sich aufgerichtet und griff nach ihrem Arm. Laura machte einen Satz zur Seite. Dennoch streifte die Hand des Mörders sie. Dann geschah etwas Seltsames. Urplötzlich wich die Panik aus ihrem Kopf, und eine unheimliche Ruhe ergriff Besitz von ihr. Von einer auf die andere Sekunde empfand Laura überhaupt nichts mehr, als betrachte sie die Szene als unbeteiligte Zuschauerin. Sie würde nicht zulassen, dass der Mann ihr noch einmal wehtat, und warf einen prüfenden Blick auf das spitze Silber in ihrer Hand. Wie ferngesteuert hob sie es über den Kopf.

67. Kapitel

Michelsen wollte sofort losstürmen, Stanojevic hielt ihn jedoch zurück. »Alex, was hast du vor?«

»Ich geh rein und schnappe mir den Kerl.«

»Denkst du nicht, wir sollten zuerst Verstärkung anfordern?«

»Wenn Grünthal in dem Haus ist, ist Laura auch da«, antwortete Michelsen. »Und dann haben wir keine Zeit. Du bleibst bei Beining, bis der Krankenwagen da ist, und forderst Verstärkung an. Ich mache mich auf den Weg zu Grünthal.«

Er ließ Stanojevic stehen und hastete den bewaldeten Hang hinauf auf das Anwesen zu, das in der Dunkelheit kauerte. Die schwach erleuchteten Fenster wachten wie trübe Augen über den Friedhof. Das Grundstück selbst wurde von dem angrenzenden Wald durch einen ungewöhnlich hohen Gitterzaun getrennt, der an der Krone mit Stacheldrahtrollen bewehrt war. Als würde jemand Tiere auf dem Gelände gefangen halten.

Oder Menschen.

Das Haupttor in der Mitte des Zauns war nicht verschlossen. Von dort aus führte ein Kiesweg zur Haustür. Mit schweren Schritten marschierte Michelsen auf das zweigeschossige Haus zu, das mehr wie der Landsitz eines alten Adelsgeschlechtes wirkte als wie der Rückzugsort eines psychopathischen Serienmörders. Das weitläufige Anwesen war verwildert. Der Rasen war lange nicht geschnitten worden, und rechts neben dem Haus verrottete ein Baum, der bei einem Unwetter umgestürzt sein musste. Einen Moment lang zweifelte Michelsen, ob es nicht doch schlauer wäre, auf Verstärkung zu warten, anstatt allein vorzugehen.

Nein, die Zeit drängte! Er hatte Laura in die Hände des Serienmörders fallen lassen, und er war bereit, alles zu tun, um sie wieder zu befreien. Er blendete den Gedanken aus und konzentrierte sich auf das, was vor ihm lag. Nur noch wenige Schritte trennten ihn von der großen zweiflügeligen Tür. Er konnte sich jetzt keine Unachtsamkeit mehr erlauben. Unwillkürlich tastete er in seiner Jackentasche nach Lauras Talisman und umschloss ihn mit der Hand. Wenn er jemals einen Glücksbringer hatte gebrauchen können, dann in diesem Augenblick. Er nahm einen tiefen Atemzug der kühlen Nachtluft, bevor er seine Dienstwaffe aus dem Holster zog und die zwei steinernen Stufen zum Hauseingang hinaufging. Er stockte, als etwas unter seinen Füßen knirschte. Scherben. Das Fenster rechts neben der Eingangstür war zerbrochen. Was war hier vorgefallen?

Zu seiner Überraschung war die Tür lediglich angelehnt. Natürlich war das kein Zufall. Der Mörder erwartete ihn. Genau wie er es am Telefon gesagt hatte. Die Pistole mit beiden Händen im Anschlag, versetzte er der Tür einen Tritt. Er hatte geglaubt, auf alles gefasst zu sein, doch der Anblick, der sich ihm nun bot, überforderte seinen Verstand.

Das Innere des Hauses hielt, was der äußere Eindruck versprach. Der Raum, in den Michelsen trat, ähnelte einem Museum. Die Wände waren bis unter die hohe holzgetäfelte Decke mit Ölgemälden gepflastert. Überdimensionale alte Schinken, die das Zimmer kleiner erscheinen ließen, als es war. Dunkles Holz dominierte die Einrichtung, die über Jahrzehnte auf Flohmärkten und in Antiquitätengeschäften zusammengetragen worden sein musste. Ein Kronleuchter an der Decke spendete trübes Licht.

All das nahm Michelsen nur am Rand wahr, denn die groteske Szene unmittelbar vor ihm fesselte seine gesamte Aufmerksamkeit. Auf einem Bett in der Mitte des Raums lag ein Mann, nackt und blutüberströmt. Auf den ersten Blick erkannte Michelsen mindestens zwei Stichwunden in seiner Brust. Neben dem Bett Laura, ebenfalls nackt. Sie starrte ihn mit weit aufgerissenen Augen an. In der rechten Hand hielt sie etwas, das aus der Entfernung wie ein Dolch aussah. Michelsen war sich nicht sicher, ob sie ihn erkannte oder überhaupt etwas von ihrer Umwelt realisierte. Ihr Gesicht spiegelte nichts als grenzenloses Entsetzen.

Laura stand neben einem niedrigen, runden Tisch, auf dem zwei Schalen drapiert waren. In der vorderen lagen drei frische Äpfel. Michelsen musste diese Details nicht sehen, um zu wissen, dass sie dort waren. Er kannte das Bild in- und auswendig. Für einen Moment war die Szene eine exakte Kopie von Edvard Munchs Gemälde *Tod des Marat*. Dann verlor Laura das Bewusstsein und brach zusammen.

68. Kapitel

Natürlich hatte sich die Presse auf die Story gestürzt wie ein Rudel Ratten auf den Inhalt einer Mülltonne. Im Lokalteil der Essener Ausgabe der *WAZ* wimmelte es vor wilden Spekulationen und reißerischen Darstellungen der Ereignisse. Einige willkürlich ausgewählte Bürger kamen zu Wort, die ihrer Erleichterung darüber Ausdruck verliehen, nun endlich wieder ruhig schlafen zu können. Michelsen lächelte bitter. Er war lange genug bei der Kripo, um zu wissen, dass niemand auf Gottes Erdball jemals ruhig schlafen konnte. Diese Welt war krank, durch und durch. Ein Irrer weniger fiel da kaum ins Gewicht.

Eine vierzigköpfige Sonderkommission der Essener Polizei hat eine Woche lang nach dem Täter gefahndet, schrieb der Autor des Artikels. Der Essener Polizeisprecher lobte die unermüdliche und hervorragende Arbeit seiner Behörde. Zwar hatte das Landeskriminalamt noch am Donnerstag beschlossen, die Ermittlungen zu übernehmen und Harald Dreyfuss als neuen Leiter einzusetzen. Der offiziellen Bekanntgabe der Entscheidung am Freitag war Michelsen mit der Entdeckung des toten Roman Grünthal in den frühen Morgenstunden zuvorgekommen. Als er und Stanojevic am Mittag das Präsidium betreten hatten, war Dreyfuss bereits abgereist. Offenbar hatte er wenig Interesse daran, Michelsen zu seinem Erfolg zu gratulieren.

Details enthielt der Artikel kaum. Die Polizei hatte bisher nur bestätigt, dass der mutmaßliche Täter bei der Erstürmung eines Anwesens tot aufgefunden worden war, das er unter falschem Namen angemietet hatte. Beweismaterial in seiner Wohnung hätte bestätigt, dass es sich bei dem toten Roman G. um den *Künstler* handelte.

Das konnte man allerdings sagen: Im Garten des Anwesens am Dichterfriedhof hatte die Polizei eine originalgetreu nachgebaute Guillotine sichergestellt. Anscheinend hatte Grünthal sie nach mittelalterlichen Vorlagen selbst zusammengezimmert. Der grüne Lieferwagen, in dem Marion Grundberg den Mörder ihrer Tochter gesehen hatte, parkte mit einigen anderen Autos hinter dem Haus. Damit musste Grünthal die Leichen von Simon Gossler und Holger Baniszewski in das Waldstück transportiert haben. Bei den anderen Fahrzeugen handelte es sich ersten Erkenntnissen zufolge um die Wagen von Helga Bauer und Frank Beining.

Der schwer verletzte Beining war noch nicht vernehmungsfähig, hatte jedoch bestätigt, dass er sich mit Grünthal abends auf einem Parkplatz am Waldrand verabredet hatte. Der Kredithai hatte ihn mit der Aussicht auf eine »sehr attraktive Lösung« seiner immer drückender werdenden finanziellen Probleme zu dem Treffen gelockt. Wahrscheinlich waren die übrigen Opfer in dieselbe Falle getappt.

Michelsen schüttelte den Kopf. Unfassbar, wie Menschen in Notlagen nach jedem Strohhalm griffen und treuherzig jedem trauten, der ihnen einen Ausweg aus ihrer Misere anbot. Bei Beining war es das Glücksspiel gewesen, das ihn in den Ruin getrieben hatte.

Grünthals Verbindung zu Valerie Grundberg war auf Anhieb nicht ganz so offensichtlich. Erst nach ihrem Tod hatte ihre Mutter herausgefunden, dass die Schülerin mit einem deutlich älteren Mann namens Viktor Bormann ausgegangen war. Bormann war bei der Polizei kein Unbekannter. Der Arbeitslose hielt sich mit Gelegenheitsdiebstählen und kleinen Betrügereien über Wasser. Anscheinend ließ er sich außerdem gerne von jungen Frauen aushalten, die er um den Finger wickelte. Es wunderte Michelsen nicht, dass der windige Hund ebenfalls in der Kundenkartei von *CA$H NOW* auftauchte. Vermutlich hatte Valerie ihn zu einem Termin begleitet. Tragischerweise hatte sie dabei wohl Grünthals Interesse mehr auf sich gezogen als der Kreditnehmer selbst.

Die Durchsuchung von Grünthals Wohnung im Oleanderweg hatte das ganze Ausmaß seines Irrsinns noch deutlicher gemacht. Im Sekretär des Toten fanden sich minutiös ausgeführte Skizzen aller Morde und Tatorte. Wie ein Regisseur hatte der Wahnsinnige seine grauenhaften Inszenierungen bis ins letzte Detail geplant. Einige der Blätter zeigten Grünthal tot auf dem Bett, eine nackte Frau stehend daneben. Er musste das Anwesen am Friedhof extra für diesen letzten krönenden Akt gemietet und eingerichtet haben. Der eigene Tod, als Kunstaktion geplant. Michelsen war es kalt den Rücken hinuntergelaufen, als er auf einem der Bilder im Hintergrund die offene Haustür entdeckt hatte. Darin, schemenhaft, eine bullige Gestalt.

Er versuchte, die Erinnerungen an den Tatort abzuschütteln, und wandte sich wieder seiner Zeitung zu.

Die entführte Laura S. sei wohlauf und in Sicherheit, hieß es weiter.

»So, wenn Sie mögen, dürfen Sie jetzt reingehen.«

Eine Krankenschwester hatte ihm bedeutet, einen Moment auf dem Flur Platz zu nehmen, da Laura gerade versorgt werde. Jetzt, da die freundliche junge Frau ihn hereinbat, begann sein Herz plötzlich heftig zu klopfen. Schwerfällig erhob er sich und bedankte sich mit einem Kopfnicken.

Er atmete auf, da Laura allein war. Er hatte gefürchtet, ihren Freund Pierre an ihrem Bett anzutreffen. Wo er wohl steckte? Laura in ihrem Patientenhemdchen daliegen zu sehen, schmerzte wie ein Dolch in seiner Brust. Was war er nur für ein elender Idiot gewesen? Genauso gut hätte er jetzt an ihrem Sarg stehen können. Der Gedanke trieb ihm einen dicken Kloß in den Hals.

»Hi.« Laura klang müde, ihr Blick war teilnahmslos. Kein Ärger, keine Wut lagen darin. Schlimmer, sein Besuch schien ihr vollkommen egal zu sein.

»Wie geht's dir?« Die Frage war idiotisch, aber ihm fiel nichts Besseres ein.

»Ganz okay.« Die Worte gehaucht, kaum verständlich.

Nach allem, was er gehört hatte, fehlte Laura körperlich bis auf einige oberflächliche Schnittwunden und einen Bänderriss am Sprunggelenk nichts. Natürlich stand sie noch unter Schock. Michelsen kannte das nur zu gut. Er hatte regelmäßig mit Opfern schwerer Straftaten zu tun und wusste, dass solche Erlebnisse ihre Spuren hinterließen. Die meisten benötigten über Jahre psychologische Betreuung. Und Laura war nicht einfach bloß ein Entführungsopfer. Sie hatte ihren Entführer getötet und sein Monogramm als Tattoo auf der Haut. Michelsen schluckte. Die Schuld daran trug er.

Langsam und mit gesenktem Kopf umrundete er das Bett, um auf dem Stuhl daneben Platz zu nehmen. Er hatte Laura seit der Erstürmung des Hauses nicht mehr gesehen. Nach ihrem Zusammenbruch hatte der Rettungsdienst sie sofort ins Krankenhaus gebracht. Wie sie nun dalag, ihr schmales weißes Gesicht in einem Wust aus blonden Haaren, sah sie aus wie ein Kind. Er konnte nicht fassen, dass er sie in diese Scheiße hineingezogen hatte.

»Hör zu …«, begann er zögerlich. »Ich bin nicht gerade gut in so was, aber ich will mich bei dir entschuldigen … für … alles …« Er rang nach Worten. Er konnte Zeugen und Verbrecher vernehmen und jeden, der ihm querkam, verbal an die Wand nageln. Jetzt saß er allerdings mit schweißnassen Händen am Bett der jungen Frau, deren Leben er aufs Spiel gesetzt hatte. »Und ich will dir Danke sagen …« Wieder legte er eine Pause ein.

Lauras Gesicht zeigte nach wie vor keine Regung. Sicher, emotionale Teilnahmslosigkeit stellte eines der Symptome des Schocks dar. Trotzdem brachte ihn ihre Gleichgültigkeit vollends aus dem Konzept. Was hatte er überhaupt hier verloren? Er war es gewesen, der ihr all das angetan hatte.

Er erhob sich zum Gehen, verharrte jedoch neben ihrem Bett und griff in seine Jackentasche. »Das kannst du jetzt besser gebrauchen als ich.«

Als ihre zarte Hand das pinkfarbene Gummischwein umschloss, rollte eine Träne aus ihrem Augenwinkel, und ihr Mund verzog sich zu einem fast unmerklichen Lächeln. Ohne ein weiteres Wort drehte sich Michelsen um und verließ das Krankenzimmer.

Epilog

Der Besucherandrang war unglaublich. In beide Richtungen warteten die Menschen in mehrere Hundert Meter langen Schlangen die Alfredstraße hinauf und hinunter, um Einlass in die schon vor der Eröffnung skandalumwitterte Ausstellung *Die andere Seite* zu erlangen. Bei den Sicherheitskräften herrschte nervöse Anspannung. Am Eingang hatten sich Beamte in Zivil postiert, bereit, im Ernstfall schnell einzugreifen. Die Polizei befürchtete, dass Trittbrettfahrer und Scherzbolde die Eröffnung stören könnten. Die Essener Dienststellen hatten mehrere wenig originelle Drohanrufe und -schreiben erhalten. Keines davon war ansatzweise glaubwürdig. Dennoch wollte man nichts dem Zufall überlassen. Vor dem Einlass unterzog die für diesen Zweck personalmäßig auf mehr als das Doppelte aufgestockte Museumssecurity jeden Besucher einer genauen Überprüfung, bei der die Kunstinteressierten die Schuhe ausziehen und einen Metalldetektor passieren mussten. Ein Gewirr aus amüsierten und unverständigen Kommentaren der zahlenden Gäste und zahlreiche Unmutsbekundungen über die langen Wartezeiten erfüllte das Foyer. Gespannte Erwartung lag in der Luft. Jeder hatte die Berichte über die Mordserie in den Medien verfolgt, alle wollten die Vorlagen für die grausamen Hinrichtungen endlich im Original sehen.

Michelsen war froh, dass er aufgrund seiner Stellung an der Schlange vorbeigehen und den Seiteneingang benutzen durfte. Der Direktor und der Kurator des Museums begrüßten ihn beinahe überschwänglich, als er den Nebenraum betrat, in dem sich die offiziellen Gäste versammelten. Beiden stand die Aufregung ins Gesicht geschrieben. Zu viel Gegenwind war ihnen nach Bekanntgabe des Entschlusses, die Ausstellung wie geplant stattfinden zu lassen, entgegengeschlagen, als dass sie sich am heutigen Tag auch nur die kleinste Panne leisten konnten. Ein Zwischenfall bei der Eröffnung würde ihrer beider Karrieren nicht gerade dienlich sein. Nachdem sie einige freundliche Worte gewechselt hatten, entfernte sich Michelsen. Er verspürte keinerlei Bedürfnis danach, mit der Essener Kulturprominenz Champagner zu schlürfen. Er suchte weder Selbstbestätigung noch Zerstreuung. Er wusste selbst nicht, was er suchte.

Die vor wenigen Jahren komplett neu gestalteten Ausstellungsräume des Folkwang-Museums galten als architektonische Glanzleistung. Michelsen achtete für gewöhnlich nicht auf solche Dinge, doch die großzügigen weißen und von indirektem Licht durchstrahlten Säle ließen die ihm mittlerweile so vertrauten Abbilder des Schreckens als das erscheinen, was sie waren: brillante Kunstwerke, denen die Taten eines Wahnsinnigen Jahrzehnte und Jahrhunderte nach ihrem Entstehen nicht das Geringste anhaben konnten. An den Wänden der Ausstellungshallen, deren verschachtelter Schnitt das Kunststück vollbrachte, einerseits den Besuchermassen Platz zu gewähren, andererseits beim Betrachten trotzdem Intimität zu ermöglichen, entwickelten sie ihre eigene Strahlkraft.

Für Michelsen war es irritierend und befreiend zugleich, die Gemälde, deren verkleinerte Abbildungen er nächtelang studiert hatte, in Reih und Glied dort hängen zu sehen. Hier, im öffentlichen Raum, verloren sie ihren klaustrophobischen Sog, den sie in den langen Nächten vor seinem Laptop aufgebaut hatten. Die ungeheure Lautstärke überraschte Michelsen. Er erinnerte sich, dass seine Eltern ihn als Kind in Museen immer zur Stille gemahnt hatten. Heute schoben sich Besucher jeden Alters dicht gedrängt an den Wänden vorbei und kommentierten dabei die Exponate in kaum gedämpfter Stimmlage. Nicht wenige pressten sich die schwarzen Audioguides ans Ohr und sahen dabei aus, als telefonierten sie mit uralten schnurlosen Telefonen.

Michelsen entschied sich, die Räume in einigem Abstand zu den Reihen der Besucher, die um die beste Sicht rangelten, zu durchwandern und die Szenerie auf sich wirken zu lassen. Wenn er wollte, würde er in den kommenden Wochen noch genug Zeit haben, sich jedes Exponat in Ruhe anzusehen.

Von der Mitte des Saals aus konnte er jedes Bild erkennen. Die Farben von Millais' *Ophelia* überraschten ihn, das Original war blasser und weniger leuchtend, als es ihn die Reproduktion im Katalog hatte vermuten lassen. Bei einigen Kunstwerken verwunderte ihn die Größe. Hans Baldung Griens *Der Tod und die Frau* war kaum mehr als dreißig Zentimeter hoch. Michelsen hatte sich die verstörende Darstellung des Knochenmanns, der von hinten eine üppige nackte Frau umarmte, immer als lebensgroßes Gemälde vorgestellt. Andere Werke wie Caravaggios blutige Bibeldarstellung *Judith enthauptet Holofernes* entsprachen dagegen genau seiner Vorstellung. Michelsen schlenderte weiter. Die Ausstellung war mit zwölf Räumen großzügig dimensioniert, und er wollte nicht den ganzen Tag im Museum verbringen.

Beim Betreten von Raum Nummer vier zuckte er zusammen und hielt in der Bewegung inne. Über die Köpfe der anderen Besucher hinweg sah er sich unmittelbar dem Herzstück der Ausstellung gegenüber. Dort, an der gegenüberliegenden Wand, hing Bacons Triptychon *Three studies for a crucifixion*. Drei großformatige Gemälde, jedes an die zwei Meter hoch, die die gesamte Längsseite des Saals beherrschten. Michelsen hatte kein zweites Werk so intensiv studiert wie dieses, dennoch oder gerade deswegen war die Konfrontation mit dem Original ein Schock.

Er setzte sich auf die mit schwarzem Leder gepolsterte Sitzbank und betrachtete die eigentümliche Komposition aus grotesk verunstalteten Körpern auf rotem Grund. Das linke Panel zeigte zwei schwarz gekleidete männliche Figuren, die, in der dem Maler eigenen Kombination aus Unschärfe und erbarmungsloser Klarheit gemalt, der grausamen Szenerie je nach Sichtweise als stille Betrachter, Opfer oder Täter gegenüberstehen mochten. Michelsen war sich nicht sicher, welche Interpretation ihn am meisten beunruhigte. Den Vordergrund bildeten Teile eines zerlegten Tiers.

Michelsen hatte einmal gelesen, dass Bacon die Bilder der Rinder- und Schweinehälften in Schlachthäusern tief beeindruckt hatten. Von ihm stammte auch ein Zitat, in dem er den Menschen als potenzielles Schlachtvieh bezeichnete. Dazu passte der aufgeschnittene, ausgeweidete Körper im rechten der drei Kunstwerke, dessen ehemals menschliche Konturen in eine formlose Masse zu zerfließen schienen.

Was Michelsen jedoch unwiderstehlich bannte, war das Mittelstück des Triptychons. Jene schon für sich allein perfekt konstruierte Darstellung eines vor Schmerz und Angst gekrümmten, bis zur Unkenntlichkeit zerschnittenen und zerschlagenen menschlichen Körpers auf einem Bett, nach deren Vorbild Helga Bauer hatte sterben müssen. Als sein Blick auf diesen drei Quadratmetern Leinwand ruhte, fühlte er sich unmittelbar in die

Wohnung in Essen-Kupferdreh zurückversetzt. Sofort hatte er wieder den widerwärtigen Geruch von Blut und Eingeweiden in der Nase. Der Besucherlärm und das Gedränge des überfüllten Museums traten in den Hintergrund. Die Szene auf dem Gemälde vor ihm nahm ihn vollständig gefangen. Mehr noch, er stierte geradewegs durch das Bild hindurch ins Leere, wo ihm die Erinnerung an den Tatort so plastisch vor Augen stand, als sei er tatsächlich dort. Er sah die schwarz abgehängten Fenster und die roten Laken, hörte das Atmen von Stanojevic hinter sich. Er merkte, wie ihn erneut die Übelkeit überkam, die er beim Anblick des Leichnams verspürt hatte, aber er konnte die Augen nicht abwenden. Es fühlte sich an, als habe der Eindruck des Gemäldes eine Schleuse in seinem Kopf geöffnet, durch die nun die Ereignisse der letzten Wochen in unverminderter Heftigkeit auf ihn einstürzten.

Er schloss die Augen und vergrub das Gesicht in den Händen. Vielleicht war es keine schlechte Idee, wenn er sich ein paar Tage freinahm. Ohne Bacons Gemälde noch einmal anzusehen, erhob er sich und verließ die Ausstellungsräume.

Danksagung

Zuerst danke ich meiner Frau, ohne deren Engagement als Erstleserin, Ideengeberin und Lektorin das Buch nie erschienen wäre. Meinen Eltern, die mir die Affinität zu Büchern und Sprache in die Wiege gelegt haben.

Gesa Weiß von der Literaturagentur Langenbuch & Weiß für die Unterstützung und die vielen guten Hinweise, die das Buch viel besser gemacht haben. Kathrin Kummer und be-eBooks für den Glauben an das Projekt und die hervorragende Zusammenarbeit. Nadine Buranaseda für ihr strenges und aufmerksames Lektorat, von dem der Roman enorm profitiert hat. Björn Fehl (www.bjoernfehl.com) für die Porträtfotos. Christopher für den Rechtsbeistand. Julia für die Begeisterung und die Hilfe in letzter Sekunde.

Und ganz besonders danke ich Ihnen, lieber Leser, dass Sie bis hierhin durchgehalten haben. Dank Ihnen lebt Alex Michelsen nicht nur in meinem Kopf. Bis zum nächsten Mal.

Ein Thriller, der unter die Haut geht

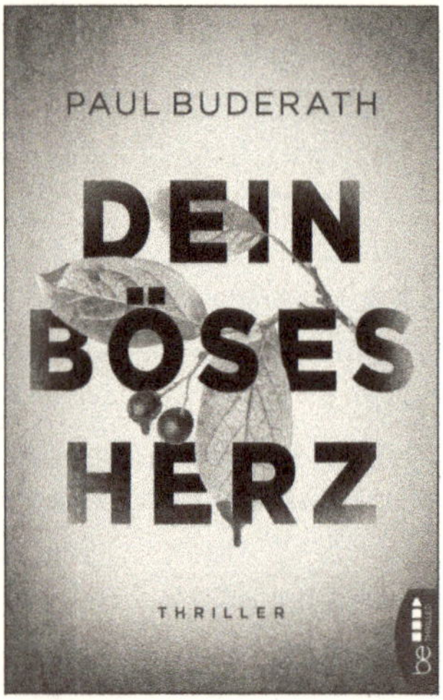

Paul Buderath
DEIN BÖSES HERZ
Thriller

ISBN 978-3-7413-0236-7

Eigentlich hatte sich Kommissarin Sandra Rehbein auf ein freies Wochenende mit ihrem Sohn gefreut. Doch dann wird sie zu einem Tatort gerufen: Auf einem verlassenen Parkplatz liegt ein toter Mann - ihm wurde das Herz herausgeschnitten. Als Sandra und ihr Team die Ehefrau des Opfers verständigen, finden sie heraus, dass diese ein Video erhalten hat, auf dem ihr Ehemann beim Sex mit einer auffällig tätowierten Frau zu sehen ist. Gibt es da einen Zusammenhang? Kurz darauf wird eine weitere Leiche gefunden - ebenfalls ohne Herz. Bei ihren Ermittlungen deckt Sandra ein dunkles Geheimnis auf, das die Opfer miteinander verbindet. Und das Morden ist noch nicht vorbei ...

Hinter der perfekten Fassade lauert das Grauen

Paul Buderath
DER SELFIE-KILLER
Dein letztes Foto
Thriller

310 Seiten
ISBN 978-3-7413-0299-2

Kommissar Alex Michelsen steht vor einem schockierenden Fall: Ein brutaler Frauenmörder zwingt seine Opfer, den Moment ihres eigenen Todes in einem Selfie zu verewigen. Die abscheulichen Fotos postet der Wahnsinnige auf den Social-Media-Accounts der jungen Frauen. Wer wird als Nächstes im Visier des perfiden Selfie-Killers stehen? Als die Polizeipraktikantin Laura Stürmer von der Mordserie erfährt, packt sie ein schrecklicher Verdacht. Und als ihre Freundin Robyn spurlos verschwindet, schlägt Laura bei Michelsen Alarm ...

Deinem Schatten kannst du nicht entkommen

Patricia Walter
BLUTROTER SCHATTEN

416 Seiten
ISBN 978-3-404-18318-0

Innerhalb weniger Tage werden in München mehrere Leichen gefunden, bei denen jeweils ein Zettel liegt: »Mit den besten Empfehlungen von Thomas Rohde.« Die Polizei steht vor einem Rätsel. Denn der verurteilte Serienmörder Rohde sitzt seit Jahren im Hochsicherheitstrakt der Psychiatrie. Weiß er, wer der Täter ist? Rohde ist bereit zu sprechen – aber nur mit einer einzigen Person: seiner Tochter Sam. Obwohl sie den Kontakt zu ihrem Vater vor langer Zeit abgebrochen hat, willigt Sam ein – und gerät bald selbst ins Visier des Killers ...

Lübbe

Lesejury